Coleção MELHORES CRÔNICAS

Rubem Braga

Direção Edla van Steen

Coleção Melhores Crônicas

Rubem Braga

Seleção e prefácio Carlos Ribeiro

© Espólio Roberto Seljan Braga, 2022

1ª Edição, Global Editora, São Paulo 2013
1ª Reimpressão, 2023

Jefferson L. Alves – diretor editorial
Flávio Samuel – gerente de produção
João Reynaldo de Paiva – coordenador editorial
Ana Cristina Teixeira e Alexandra Resende – revisão
Victor Burton – projeto de capa
Reverson R. Diniz – editoração eletrônica

CIP-BRASIL. Catalogação na fonte
Sindicato Nacional dos Editores de Livros, RJ

B792r

Braga, Rubem, 1913-1990
    Rubem Braga : melhores crônicas / Rubem Braga ; direção de Edla van Steen ; [seleção Carlos Ribeiro]. – São Paulo : Global, 2013.

(Melhores crônicas)

Inclui bibliografia

ISBN 978-85-260-1848-8

1. Braga, Rubem, 1913-1990. 2. Crônica brasileira. I. Steen, Edla van, 1936-. II. Ribeiro, Carlos, 1958-. III. Título. IV. Série.

13-1744.   CDD: 869.98
                                                  CDU: 821.134.3(81)-8

Obra atualizada conforme o
NOVO ACORDO ORTOGRÁFICO DA LÍNGUA PORTUGUESA

Global Editora e Distribuidora Ltda.
Rua Pirapitingui, 111 – Liberdade
CEP 01508-020 – São Paulo – SP
Tel.: (11) 3277-7999
e-mail: global@globaleditora.com.br

 globaleditora.com.br   @globaleditora

 /globaleditora   @globaleditora

 /globaleditora   /globaleditora

 blog.grupoeditorialglobal.com.br

Direitos reservados.
Colabore com a produção científica e cultural.
Proibida a reprodução total ou parcial desta
obra sem a autorização do editor.

Nº de Catálogo: **3454**

Melhores Crônicas

Rubem Braga

ESCRITOR MÚLTIPLO

O "velho" Braga resiste e continua emocionando seus leitores. Razões, para isto, não faltam, embora seu nome seja frequentemente esquecido em diversos compêndios da história literária do nosso país, nos quais a crônica é quase sempre lembrada como um gênero, ou subgênero, à parte. Daí, talvez, o fato de que ele seja sempre citado como o nosso cronista mais importante, em vez de, simplesmente, como um dos nossos mais importantes escritores.

Deve-se dizer, entretanto, que suas crônicas não se ajustam a uma classificação estática e intransigente dos gêneros, nem à hierarquização que alguns querem lhe impor. Diversos críticos têm alertado para a flexibilidade das crônicas do autor capixaba, que algumas vezes se aproxima da estrutura formal do conto e, em outras, dos chamados poemas em prosa. Ou ainda do ensaio e da reportagem. Aproximações estas que não se realizam apenas do ponto de vista formal, da técnica, mas também, e sobretudo, no aspecto da qualidade dos textos, que se equiparam ao que de melhor já se produziu na literatura de língua portuguesa em qualquer um dos gêneros considerados "maiores".

A aceitação sempre favorável do público, e de escritores e críticos do porte de Manuel Bandeira, Carlos Drummond de Andrade, Otto Lara Resende, Antônio Houaiss, José Paulo Paes, Hélio Pólvora, Ruy Espinheira Filho, Davi Arrigucci Jr.,

Antonio Candido e Domício Proença Filho, entre outros, não parece ter sido suficiente para retirar o cronista de uma mal disfarçada e estranha posição subsidiária em nossas letras. Para isto contribuiu, talvez, a postura dele próprio, caracterizada por um tom levemente autodepreciativo.

Ao utilizar a crônica como uma "máquina de confessar", Rubem cria um alter ego que lhe serve de máscara ficcional, caracterizado por uma visão entristecida do mundo e que não dá espaço a qualquer atitude de exaltação do seu próprio talento. O que não significa que não tivesse consciência plena dele.

Tais referências são úteis para se entender o universo ficcional do cronista, incluindo suas opiniões, a respeito de si próprio e do seu ofício.

Com efeito, em quase todos os seus livros, encontra-se essa visão, às vezes melancólica, às vezes amarga. Em "A mulher ideal", por exemplo, ele declara: "Fraca é a minha imaginação; não sei inventar nada, nem o enredo de um conto, nem o entrecho de uma peça; se tivesse imaginação escreveria novelas, e não croniquetas de jornal".

A posição do cronista sempre foi retratada por Braga como a de um exilado: de um homem condenado a um ofício no qual não consegue ver nenhuma grandeza. O próprio ato de datilografar as crônicas é retratado como um gesto mecânico, um gesto sem alma.

A figura do homem urbano, distanciado de suas raízes e que exerce uma atividade intelectual no contexto da sociedade industrial é muitas vezes retratada sob um ângulo pouco favorável, quando comparada com a do homem simples do povo, que exerce uma atividade útil e digna. Em "O lavrador" refere-se a um colono das plantações de café do interior de São Paulo, que lhe expõe os seus métodos de trabalho e os direitos que alega ter como filho do Estado. Ao descrevê-lo, o cronista fala sobre si mesmo: "Olho sua cara queimada de sol; parece com a minha, é esse mesmo tipo de feiura triste do interior". [...] "Pergunta a minha profissão, e tenho vergonha de contar que vivo de escrever papéis que não valem nada". E conclui: "Deve ser da minha idade – mas sabe muito mais coisas".

O autor contrapõe a imagem do homem do campo, simples, autêntico, com raízes profundas no que faz e vive, a um outro (ele próprio), escriba urbano, preso a coisas fugazes e superficiais, desgarrado do que é verdadeiramente importante.

* * *

Esta visão questionadora do modo de vida urbano remete a um dado importante para a compreensão da sua obra: Rubem Braga foi, provavelmente, o primeiro cronista brasileiro formado sob a influência do Modernismo e um dos primeiros escritores que, passada a euforia desenvolvimentista dos pioneiros desse movimento, percebeu os aspectos desumanos da sociedade industrial, que se formava no Brasil.

O contraponto entre um mundo rural muitas vezes idealizado e o ambiente urbano das grandes cidades é, portanto, um aspecto essencial para a compreensão do lirismo expresso em seus textos. A cidade moderna é recriada através de um olhar cujas principais marcas são de um desencanto e humor melancólicos, aliados a uma percepção aguda dos desequilíbrios sociais, das injustiças e da hipocrisia que nela vicejam. Este desencanto parece ter raízes num sentimento de perda de valores, da simplicidade, da poesia e de uma humanidade lírica que aos poucos foram tragados pelo chamado progresso. É visível, em diversos autores do período, esse desencantamento proveniente do distanciamento progressivo da natureza, e, consequentemente, das raízes mais profundas que ligam o homem à terra, ou, num sentido mais amplo, a todo um universo de representações de uma civilização que começava a se desintegrar. Raízes que repousam no tempo antigo em que infância e natureza são os principais pontos de convergência através dos quais estabelece um referencial de pureza necessário para lançar o seu olhar crítico sobre a civilização mecânica que banaliza a existência e torna o homem apenas um mero objeto descartável numa engrenagem desumanizante.

É justamente nesse "desencantamento" que repousa sua expressão lírica mais marcante. A subjetividade do autor nunca perde, entretanto, a referência do objeto exterior, mesmo que incerto ou fugidio, em torno do qual tece sua "linguagem volátil": "frases aéreas, soltas, borboleteantes", conforme definição de Davi Arrigucci Jr. A meditação lírica, marcada pela subjetividade, nunca deixa de estar enredada "de algum modo num relato objetivo".[1] A concretude da existência é sempre lembrada pelo cronista, mesmo nos seus momentos de maior divagação lírica.

Nada do que se refere ao caráter "ilógico" de uma determinada vertente da literatura romântica, e também da moderna, pode ser encontrado na literatura de Rubem. A imaginação, que *esvoaça* como uma borboleta, tocada por impressões subjetivas, não se perde, em nenhum momento, do controle racional do autor. O fluxo da consciência dá lugar à prosa divagadora do assunto puxa assunto ou, como muito bem definiu Arrigucci, a um "artesanato da memória e da imaginação", no qual, razão e imaginação parecem se entender perfeitamente.

A ironia, o ceticismo, o tom desinteressado de quem não quer nada mais do que "navegar pela superfície da alma", são característicos de quem não mais vê a arte como atividade psicofânica. Se, como os românticos, ele não encontra mais nenhum sentido no universo, ao contrário daqueles, não encontra também mais nenhuma motivação para realizar uma jornada em busca desse sentido.

---

1 ARRIGUCCI JR, David. "Fragmentos sobre a crônica". In:_____. *Enigma e comentário – ensaios sobre literatura e experiência.* São Paulo: Companhia das Letras, 1987, p. 30.

Sem esse idealismo, elimina-se a possibilidade de adotar a psicologia tempestuosa tão cara, por exemplo, a um Álvares de Azevedo, e com ela a noção grandiloquente do mistério da existência, no que este tem de sobrenatural e horror. Às trevas da noite, como ambiente e signo, sucede-se o tom cinzento da melancolia. As mansões sombrias cedem à casa fechada, com suas memórias, onde habitam outros tipos de fantasmas. Por sua vez, o herói romântico dá lugar ao anti-herói moderno personificado no alter ego do "velho urso". O seu sofrimento perde toda a grandeza, e as suas alegrias revestem-se de miudezas, pequenas alegrias limitadas pela consciência sempre presente da transitoriedade da vida.

As crônicas selecionadas para esta antologia são representativas de alguns aspectos marcantes da crônica braguiana, e que apresento, a seguir, de forma resumida.

* * *

A ligação visceral entre o homem e a cidade é uma característica marcante da crônica brasileira desde João do Rio. Em Rubem Braga são numerosas as cenas que ocorrem nas ruas. Há, entretanto, uma diferença muito grande entre o cronista e os primeiros escritores modernos na relação que tinham com a mesma. Ao contrário daqueles, o que se vê aqui é um grande desdém em relação a toda e qualquer noção de progresso material.

Mas seria falso afirmar que existe aí uma total aversão ao progresso. A rejeição ao canto de sereia dos grandes centros urbanos parece esconder um fascínio que revela uma herança ao mesmo tempo romântica e moderna de um escritor que encontra no cotidiano da metrópole o combustível que alimenta os seus escritos. Neste caso, o próprio narrador é também o homem comum que percorre as ruas da cidade denunciando suas mazelas e contradições. Ao tomar como ingredientes a vida atual, o presente vulgar, instável e transitório, ele se inscreve como herdeiro da tradição moderna iniciada com Baudelaire: herói poeta que, como um albatroz com as asas cortadas, cai das alturas para caminhar desajeitadamente, entre os homens, no mundo das mercadorias.

Assim como o espaço público, das ruas, praias, becos e jardins, Braga refere-se constantemente ao espaço privado da casa, como síntese da vida íntima, afetiva e de valores imateriais que deveriam ser preservados. Nos seus quase 60 anos de atividade profissional, como jornalista e cronista, ele transmitiu a imagem de um homem inadaptado ao tempo e ao espaço em que viveu. Um viajante insatisfeito, assombrado pelo fantasma da tristeza e da melancolia, em busca de uma casa ideal que não mais existe, ou que existe, em algum lugar, mas que foi definitivamente perdida.

Na crônica "Vem uma pessoa", o autor/narrador recebe notícias melancólicas da sua cidade natal, Cachoeiro de Itapemirim, "onde a estupidez e a cobiça dos homens continua a devastar e exaurir a terra". Fala sobre a praia de Marataízes – "pedaço de terra, em cima das pedras, entre duas prainhas" – onde esperava levantar "a sua casa perante o mar da infância". É um sonho que jamais se realizará e que o cronista sabia que jamais se realizaria, como mostra no parágrafo seguinte: "Esse dia talvez esteja muito longe, e talvez não exista. Mas é doce pensar que o nordeste está lá, jogando as ondas bravas e fiéis contra as pedras de antigamente", lá no "território em que o velho Braga construiu sua casa de sonho e de paz". A casa do sonho do cronista não existe no chamado "mundo real" pela simples razão de que é uma casa de sonho, "com pedras de ar e telhas de brisa".

A imagem da casa – tão frequente nas crônicas do autor – é bastante apropriada para se explorar e compreender o lirismo presente na sua obra. Não apenas pelo seu aspecto mais óbvio – espécie de útero, abrigo primordial/maternal que se encontra, talvez, na raiz do símbolo do paraíso perdido. Nem como ponto de fuga para a realidade opressiva da vida cotidiana, do perigo advindo do próprio existir no mundo. Ela é também representação de um cosmos, síntese de um universo conhecido na infância pelo escritor e que ele perdeu para sempre.

A casa de Rubem Braga é um lugar no qual se tem consciência da transitoriedade do mundo. Sólida e estável, mas também vaga e inconstante é, ao mesmo tempo, defesa contra o tempo e consciência deste, na sua insuportável intensidade. Em "Receita de casa", ele expressa isto quando ressalta a necessidade da existência de um porão. É no porão que as crianças sentirão um certo medo que, "[...] embora pensem que é medo do escuro, ou de aranhas-caranguejeiras, será o grande medo do Tempo, esse bicho que tudo come, esse monstro que irá tragando em suas fauces negras os sapatos da criança, sua roupinha, sua atiradeira, seu canivete, as bolas de vidro, e afinal a própria criança".

O Tempo habita o subterrâneo, enquanto na superfície o homem vive a sua ilusão de eternidade. A existência do porão permite, no entanto, uma tomada de consciência da efemeridade das coisas. A associação entre casa e tempo é também uma aproximação entre vida e morte. Uma projeção ou reflexo do eu do cronista. Não é por acaso que ele se refere àquela casa como uma "fazenda lírica".

E o que revelam as casas de Rubem Braga do próprio Rubem Braga? O que dizem do homem que as sente e do escritor que as registra? Já se disse algo sobre isto: a consciência do tempo, a percepção histórica, a recordação dos mortos e das ternuras findas, enfim, todo esse conjunto de elementos que remetem a uma melancolia do tempo perdido tão comum aos escritores que viveram, no século XX, a transição de uma sociedade ainda fortemente agrária para uma sociedade industrial, na qual coexistiam e ainda coexistem o arcaico e o moderno. Pode-se dizer que, de certa forma, a casa significa, para o cronista, um elo fundamental entre o passado e o futuro. Uma espécie de "linha do tempo" sem a qual tudo cai no esquecimento.

* * *

Outro elemento de importância singular nesse contexto é o da representação da imagem feminina: manifestação do instante epifânico através do qual o mundo adquire significado, ainda que fugaz. A ênfase na revelação do momento, que é descrito, menos pelo que ele *é em si*, e mais pelo registro dos sentimentos despertados no espírito do observador, é, provavelmente, um elemento central da sua expressão lírica.

Como na arte e na literatura impressionistas, o que mais importa não é o enredo, não são os acontecimentos externos, que muitas vezes praticamente inexistem, mas a vida interior do artista que converte esses acontecimentos em impressões e exprimem a sua própria essência. Não como um distanciamento da realidade, mas como uma forma de vê-la, em sua intimidade.

A crítica à vida burguesa, à existência insípida e incolor do homem da cidade, que vive imerso num cotidiano cinzento, entre objetos sem alma, e ao trabalho racionalizado e burocratizado da civilização moderna, é certamente um dos elementos mais marcantes nas crônicas de Rubem. Esse cotidiano cinzento dos subúrbios é, frequentemente, o pano de fundo das narrativas do escritor, paisagem espiritual na qual caminha o próprio cronista, em suas aventuras de "pequeninos nadas".

Na sua prosa divagadora, ele parece nos querer dizer que todas as grandes ações já foram realizadas e que nada mais resta a fazer do que se deixar levar no fluxo intenso da cidade e da vida, na condição de um mero observador ou, segundo Arrigucci, de "um contemplativo, que parece manter diante da vida ao redor uma atitude tolerante de passividade receptiva".

A ideia da felicidade, no sentido de um estado de satisfação permanente, soa-lhe superficial, pois, mesmo nos momentos de intensa alegria, encontra-se presente uma percepção aguda da transitoriedade do tempo, da caminhada inelutável para o completo aniquilamento. A ideia de uma vida após a morte torna-se uma concepção penosa e cruel. Antes, a diluição no nada, onde todos recebem o seu perdão. A única forma de felicidade possível é a do momento vivido em toda a sua intensidade: o momento epifânico da revelação, que traz a beleza ao mesmo tempo que a desfaz.

A imagem que o autor traça da cidade moderna parece funcionar, portanto, como um recurso eficiente para evidenciar o contraste entre a realidade vulgar da vida urbana, demarcada por uma concepção estéril e vazia de progresso, e outra realidade mais profunda, em que a delicadeza da percepção poética, do lirismo, se mostra como fragmentos. Sobre o mundo mesquinho e demasiadamente banal da cidade, sobrepõe-se com vivacidade e frescor a tenra beleza das coisas miúdas: um pé de milho que nasce num canteirozinho espremido, junto do portão ("Meu pé de milho é um belo gesto da terra"), um passarinho que fugiu da gaiola, uma folha seca trazida pelo vento que anuncia a chegada do outono.

São nessas imagens fulgurantes e instantâneas, que imprimem beleza e poesia no caos urbano da vida moderna, que o cronista expressa sua visão de mundo, diretamente ligada ao prazer dos sentidos. Por outro lado, essas aparições colocam em evidência, segundo Arrigucci, um "sentimento de fugacidade irreparável das coisas e um travo de melancolia", ou seja, "um ritmo em que se destaca o tempo forte da visão – imagem súbita, iluminação, epifania – no espaço urbano e dessacralizado da vida moderna". Esses elementos que irrompem subitamente no cotidiano do cronista, podem ser uma borboleta amarela, que voa "indiferente aos carros que passavam roncando sob suas leves asas"; uma esquadra no mar, a lembrança do quarto de uma moça em Paris, as Ilhas Altas, que vê "quando no horizonte marinho há uma faixa de ar trêmulo", e ali "se projetam ilhas com penhascos soberbos, altas, nítidas, fabulosas".

A felicidade do narrador é a do instante – "tempo do êxtase, do rapto, do momento iluminado, do instante fotográfico" (Arrigucci), mas mesmo este é comprometido pela consciência da passagem do tempo, da morte, da destruição. Isto é bem visível, por exemplo, em "A companhia dos amigos". Nesta crônica, ele fala de uma partida de futebol, com velhos amigos, na praia de Copacabana. Após o jogo, mergulham na água e ficam ali, "uns 30 homens e mulheres, rapazes e moças, a bestar e conversar na água".

O momento, de doçura e alegria, é saboreado pelo narrador, até que ele toma consciência de sua fugacidade e, também, da inconstância dos homens.

O ideal feminino de beleza para Braga é valorizado, portanto, por essa característica de fugacidade, que o protege de ser devorado pelo tempo. A mulher que passa, ilumina os olhos do cronista/poeta e desaparece numa rua qualquer, no aeroporto, numa praia, é uma promessa de permanência, ilusória, mas efetiva.

* * *

Há outros aspectos – a exemplo da infância e da natureza – que ocupam posições de destaque na obra do nosso cronista, mas cuja análise não cabe no curto espaço desta apresentação. Mas é importante destacar, nas poucas linhas que me restam, um aspecto geralmente relegado e esquecido da obra de Rubem: a sua contundente crítica social. Conhecido, geralmente, como o cronista ameno das "borboletas e dos passarinhos", esquece-se o fato de que a grande maioria das suas 15 mil crônicas (designação genérica para o grande número de textos, que incluem artigos, notas, comentários, entrevistas e reportagens), publicadas ao longo de 60 anos de atividade diária, é composta por escritos duros, denunciativos e, mesmo, panfletários. Este aspecto é visível, de forma um tanto mais enfática, nos dois primeiros livros – *O conde e o passarinho* e *O morro do isolamento* –, e na antologia *Uma fada no front*: Rubem Braga em 39, organizada por Carlos Reverbel.[2]

A visão parcial da obra e da pessoa ou *persona* do "velho urso" de Cachoeiro do Itapemirim dá margem, portanto, a equívocos tais como o de acreditar que se tratava de um cronista alienado da realidade social e política brasileira do seu tempo; ou, no extremo oposto, que tenha sido, em algum momento ao longo da sua história, um militante político aliado a grupos de esquerda, um comunista convicto, com planos de derrubada do poder e mudança do sistema político e econômico, ideia que ele ironizava, com frequência, em suas crônicas. O que não o impediu de realizar, ano após ano, uma oposição dura e às vezes feroz a todas as formas de arbitrariedade.

Deve-se dizer, entretanto, que, embora não fosse filiado a nenhum partido político, o cronista atuou como repórter e editor de jornais de esquerda, especialmente no período do governo de Getúlio Vargas. Em 1935, por exemplo, no Recife, onde morou por alguns meses, ajudou a fundar o jornal *Folha do Povo*, porta-voz da *Aliança Nacional Libertadora*, ligado ao Partido Comunista. De volta ao Rio, trabalhou no jornal *A Manhã*, fechado pelo governo, e no semanário *Diretrizes*, ao lado de Samuel Wainer.

No início dos anos 1950 dirigiu, ao lado de Joel Silveira e Rafael Correa de Oliveira, o tabloide *Comício*. Das colaborações de Rubem a esse periódico (provavelmente vinte, no

---

[2] Vale destacar os estudos feitos por Ana Karla Dubiela, autora de *A traição das elegantes pelos pobres homens ricos:* uma leitura da crítica social em Rubem Braga (Edufes, 2007) e de *Um coração postiço*: a formação da crônica de Rubem Braga (BNB, 2010).

total, se considerarmos que tenha publicado um texto em cada número), trazemos para esta antologia dezesseis, obtidas através do processo de microfilmagem, na Fundação Casa de Rui Barbosa. (Por serem consideradas acervo raro, a Fundação não permite que sejam xerocadas.) Desse total, dez se incluem na categoria das crônicas epistolares, de refinada ironia, dirigidas ao presidente da República e a outras personalidades influentes no cenário político e econômico da época, tais como o presidente Vargas, o deputado Nelson Carneiro, autor de emenda favorável ao divórcio na Constituição Federal; o ministro da Guerra, general Ciro do Espírito Santo Cardoso e a filha do presidente, Alzira Vargas, então responsável pela Comissão do Bem-Estar Social. Através dessas cartas, o cronista traça um painel crítico do complexo jogo dos interesses envolvidos, nas relações de poder do governo Vargas.

Ao lado de textos emblemáticos da preocupação social do autor, a exemplo de "A empregada do Dr. Heitor", "Luto da família Silva" e "Crianças com fome", as crônicas do *Comício* representam, aqui, as frentes de combate do "velho urso", na atuação política contra as arbitrariedades cometidas pelo Estado, englobando aí a censura, a tortura e a repressão policial; no confronto com o poder econômico em suas diversas formas de expoliação, insensibilidade e controle social; na cultura e nos costumes, com posicionamentos sobre questões polêmicas do nosso tempo, nas esferas da religião, da sexualidade e das artes, entre outras; e nos impactos provocados pelo processo crescente de urbanização e industrialização sobre o meio ambiente, área em que atuou de forma pioneira, no Brasil. Esperamos, assim, neste momento em que passaremos a comemorar o centenário de nascimento do autor de *Ai de ti, Copacabana*, contribuir para uma compreensão mais ampla do que significou sua atuação, não apenas no âmbito do jornalismo e da literatura, como também na construção real, efetiva deste país.

Carlos Ribeiro

O CONDE E O PASSARINHO

A EMPREGADA DO DR. HEITOR

*E*ra noitinha em Vila Isabel... As famílias jantavam. Os que ainda não haviam jantado chegavam nos ônibus e nos bondes. Chegavam com aquela cara típica de quem vem da cidade. Os homens que voltam do trabalho da cidade. As mulheres que voltam das compras na cidade. Caras de bondes, caras de ônibus. As mulheres trazem as bolsas, os homens trazem os vespertinos. Cada um entrará em sua casa. Se o homem tiver um cachorro, o cachorro o receberá no portãozinho, batendo o rabo. Se o homem tiver filhos, os filhos o receberão batendo palmas. Ele dará um beijinho mole na testa da mulher. A mulher mandará a empregada pôr a janta, e perguntará se ele quer tomar banho. Se houver rádio, o rádio será ligado. O rádio tocará um fox. Ouvindo o fox, o homem pensará na prestação do rádio, a muher pensará em outra besteira idêntica. O homem dirá à empregada para dar comida às crianças. A mulher dirá que as crianças já comeram. A empregada servirá a mesa. Depois lavará os pratos. Depois irá para o portão. O homem conversará com a mulher dizendo: "mas, minha filha, eu não tive tempo...". A mulher ficará um pouco aborrecida e, como nenhum dos dois terá ânimo para discutir, ela dirá: "mas, meu bem, você nunca tem tempo...". Então o homem, para concordar com alguma coisa, concordará com o seguinte: a empregada atual é melhor que a outra. A outra era muito malcriada. Muito. Era demais. Essa agora é boazinha. Depois, sem propósito nenhum, o homem dará um suspiro. A mulher olhará o relógio. O homem perguntará que horas são. A mulher olhará outra vez, porque não tinha reparado.

– Oito e quinze...

No relógio da sala de jantar do vizinho serão quase oito e vinte. Em compensação a família é maior. O velho estará perguntando ao filho se o chefe da repartição já está bom. Na véspera o filho dissera ao pai que o chefe da repartição estava doente. O velho é aposentado. O filho está na mesma repartição onde ele esteve. A filha está em outra repartição. Eles têm um amigo que é importante na Prefeitura. Todos os três gostam de conversar a respeito da repartição. Talvez mesmo não gostem de conversar a esse respeito. Mas conversam. A casa da família é uma repartição. O velho está aposentado, não assina mais o ponto: A moça saiu com o namorado que é quase noivo e que a levará ao Boulevard, à Praça 7 de Março, ao cinema. Eles vão acompanhados da menorzinha. A moça na repartição ganha 450, mas só recebe 410 miliquinhentos, e se julga independente. A sua tia costuma dizer aos conhecidos: ela tem um bom emprego. O emprego é tão bom que ela às vezes até trabalha. Ela um dia se casará e será muito infeliz. Perderá o emprego por causa de uma injustiça e negócios de política, quando mudar o prefeito e o amigo de seu pai for aposentado. Depois do primeiro filho ficará doente e morrerá. A criança também morrerá. Também, coitadinha, viver sem mãe não vale a pena. A tia chorará muito e comentará: coitada, tão moça, tão boa... E continuará vivendo. Aliás a vida é muito triste. Essa opinião é defendida, entre outras pessoas, pela cozinheira da casa, que já está velha e nunca vai ao portão porque não tem nada que fazer no portão. É uma mulata desdentada e triste, que há quinze anos responde à mesma dona de casa: "eu já vou, dona Maria". E há quinze anos vai fazer o que dona Maria manda. E que nunca teve uma ideia interessante, por exemplo: matar dona Maria, incendiar a casa. Está tão cansada de viver que nem sequer mais quebra os pratos. Um dia ficará mais doente. Com muito trabalho, e por ser um homem de bom coração, o seu patrão arranjará para ela um leito na Santa Casa, onde ela falecerá. Seu corpo será aproveitado no Instituto Anatômico, mais escuro e mais feio pelo formol.

    As luzes estão acesas em todas as casas daquela rua quieta de Vila Isabel. Um homem dobra a esquina: vem do Boulevard. Outro homem dobra a esquina: vai ao Boulevard. Algumas empregadas amam. Algumas famílias vão ao cinema.

    De longe vem um rumor, um canto. Vem chegando. Toda gente quer ver. São quinze, vinte moleques. Devem ser jornaleiros, talvez engraxates, talvez moleques simples. Nenhum tem mais de quinze anos. É uma garotada suja. Todos andam e cantam um samba, batendo palmas para a cadência. Passam assim, cantando alto, uns rindo, outros muito sérios, todos se divertindo extraordinariamente. O coro termina, e uma voz de criança canta dois versos que outra voz completa. E o coro recomeça. Eles vão andando depressa como se marchassem para a guerra. O batido das palmas dobra a esquina. Ide, garotos de Vila Isabel. Ide batendo as mãos, marchando, cantando. Ide, filhos do samba, ide cantando para a vida que vos separará e vos humilhará um a um pelas esquinas do mundo.

    O menino, filho do Dr. Heitor, ficou com inveja, olhando aqueles meninos sujos que cantavam e iam livres e juntos pela rua. A empregada do Dr. Heitor disse que aqueles eram os moleques, e que estava na hora de dormir. A empregada do Dr. Heitor é de cor parda e namora um garboso militar que uma noite não virá ao portão e depois nunca mais aparecerá, deixando a empregada do Dr. Heitor à sua espera e à espera de alguma coisa. De alguma coisa que será um molequinho vivo que cantará samba na rua, marchando, batendo palmas, desentoando com ardor.

Rio, fevereiro, 1935

BATALHA NO LARGO
DO MACHADO

Como vos apertais, operários em construção civil, empregados em padarias, engraxates, jornaleiros, lavadeiras, cozinheiras, mulatas, pretas, caboclas, massa torpe e enorme, como vos apertais! E como a vossa marcação é dura e triste! E sobre essa marcação dura a voz do samba se alastra rasgada:
"Implorar
Só a Deus
Mesmo assim às vezes não sou atendido.
Eu amei..."
É um profundo samba orfeônico para as amplas massas. As amplas massas imploram. As implorações não serão atendidas. As amplas massas amaram. As amplas massas hoje estão arrependidas. Mas amanhã outra vez as amplas massas amarão... As amplas massas agora batucam... Tudo avança batucando. O batuque é uniforme. Porém dentro dele há variações bruscas, sapateios duros, reviramentos tortos de corpos no apertado. Tudo contribui para a riqueza interior e intensa do batuque. Uma jovem mulata gorducha pintou-se bigodes com rolha queimada. Como as vozes se abrem espremidas e desiguais, rachadas, ritmadas, e rebentam, machos e fêmeas, muito para cima dos fios

elétricos, perante os bondes paralisados, chorando, altas, desesperadas!

Como essas estragadas vozes mulatas estalam e se arrastam no ar, se partem dentro das gargantas vermelhas. Os tambores surdos fazem o mundo tremer em uma cadência negra, absoluta. E no fundo a cuíca geme e ronca, nos puxões da mão negra. As negras estão absolutas com seus corpos no batuque. Vêde que vasto crioulo que tem um paletó que já foi dólmã de soldado do Exército Nacional, tem gorro vermelho, calça de casimira arregaçada para cima do joelho, botinas sem meia, e um guarda-chuva preto rasgado, a boca berrando, o suor suando. Como são desgraçados e puros, e aquela negra de papelotes azuis canta como se fosse morrer. Os ranchos se chocam, berrando, se rebentam, se misturam, se formam em torno do surdo de barril, à base de cuícas, tamborins e pandeiros que batem e tremem eternamente. Mas cada rancho é um íntegro, apenas os cordões se dissolvem e se reformam sem cessar, e os blocos se bloqueiam.

Meninas mulatas, e· mulatinhas impúberes e púberes, e moças mulatas e mulatas maduras, e maduronas, e estragadas mulatas gordas. Morram as raças puras, morríssimam elas! Vê-de tais olhos ingênuos, tais bocas de largos beiços puros, tais corpos de bronze que é brasa, e testas, e braços, e pernas escuras, que mil escalas de mulatas! Vozes de mulatas, cantai, condenadas, implorai, implorai, só a Deus, nem a Deus, à noite escura arrependidas. Pudesse um grande sol se abrir no céu da noite, mas sem deturpar nem iluminar a noite, apenas se iluminando, e ardendo, como uma grande estrela do tamanho de três luas pegando fogo, cuspindo fogo, no meio da noite! Pudesse esse astro terrível chispar, mulatas, sobre vossas cabeças que batucam no batuque.

O apito comanda, e no meio do cordão vai um senhor magro, pobre, louro, que leva no colo uma criança que berra, e ele canta também com uma voz que ninguém pode ouvir. As caboclas de cabelos pesados na testa suada, com os corpos de seios grandes e duros, caboclos, marcando o batuque. Os negros e mulatos inumeráveis, de macacão, de camisetas de seda de mulher, de capa de gabardine apenas, chapéus de palha, cartolas, caras com vermelhão. Batucam!

Vai se formar uma briga feia, mas o cordão berrando o samba corta a briga, o homem fantasiado de cavalo dá um coice no soldado, e o cordão empurra e ensurdece os briguentos, e tudo roda dentro do samba. Olha a clarineta quebrada, o cavaquinho oprimido, o violão que ficou surdo e mudo, e que acabou rebentando as cordas sem se fazer ouvir pelo povo e se mudando em caixa, o pau batendo no pau, o chocalho de lata, o tambor marcando, o apito comandando, os estandartes dançando, o bodum pesado.

Mas que coisa alegre de repente, nesses sons pesados e negros, uma sanfoninha cujos sons tremem vivos, nas mãos de um moleque que possui um olho furado. Juro que iam dois aleijados de pernas de pau no meio do bloco, batendo no asfalto as pernas de pau.

Com que forças e suores e palavrões de barqueiros do Volga esses homens imundos esticam a corda defendendo o território sagrado e móvel do povo glorioso da escola de samba da Praia Funda! No espaço conquistado as mulatas vestidas de papel verde e amarelo, barretes brancos, berram prazenteiras e graves, segurando arcos triunfais individuais de flores vermelhas. Que massa de meninos no rabo do cortejo, meninos de oito anos, nove, dez, que jamais perdem a cadência, concebidos e gerados e crescidos no batuque, que batucarão até morrer!

De repente o lugar em que estais enche demais, o suor negro e o soluço preto inundam o mundo, as caras passam na vossa cara, os braços dos que batucam espremem vossos braços, as gargantas que cantam exigem de vossa garganta o canto da igualdade, liberdade, fraternidade. De repente em redor o asfalto se esvazia e os sambas se afastam em torno, e vêdes o chão molhado, e ficais tristes, e tendes vontade de chorar de desespero.

Mas outra vez, não para nunca, a massa envolve tudo. Pequenos cordões que cantam marchinhas esgueladas correm empurrando, varando a massa densa e ardente, e no coreto os clarins da banda militar estalam.
Febrônio fugiu do Manicômio no chuvoso dia de sexta-feira, 8 de fevereiro de 1935... Foi preso no dia 9 à tarde. Neste dia de domingo, 10 de fevereiro pela manhã, o *Diário de Notícias* publica na primeira página da segunda seção:
"A sensacional fuga de Febrônio, do Manicômio Judiciário, onde se achava recolhido, desde 1927, *constituiu um verdadeiro pavor para a população carioca*. A sua prisão, ocorrida na tarde de ontem, veio trazer a tranquilidade ao espírito de todos, *inclusive ao das autoridades* que o procuravam."
Que repórter alarmado! Injuriou, meus senhores, o povo e as autoridades. Encostai-vos nas paredes, população! Mas eis que na noite do dia chuvoso de domingo, 10 de fevereiro, ouvimos:
"Bicho Papão
Bicho Papão
Cuidado com o Febrônio
Que fugiu da Detenção..."
Isso ouvimos no Largo do Machado, e eis que o nosso amigo Miguel, que preferiu ir batucar em Dona Zulmira, lá também ouviu, naquele canto glorioso de Andaraí, a mesma coisa. Como se esparrama pelas massas da cidade esparramada essa improvisação de um dia? As patas inumeráveis batem no asfalto com desespero. O asfalto porventura não é vosso eito, escravos urbanos e suburbanos?
A cuíca ronca, ronca, ronca, estomacal, horrível, é um ronco que é um soluço, e eu também soluço e canto, e vós também fortemente cantais bem desentoados com este mundo. A cuíca ronca no fundo da massa escura, dos agarramentos suados, do batuque pesadão, do bodum. O asfalto está molhado nesta noite de chuvoso domingo. Ameaça

chuva, um trovão troveja. A cuíca de São Pedro também está roncando. O céu também sente fome, também ronca e soluça e sua de amargura?

Nesta mormacenta segunda-feira, 11 de fevereiro, um jornal diz que "a batalha de confete do Largo do Machado esteve brilhantíssíma".

Repórter cretiníssimo, sabei que não houve lá nem um só miserável confete. O povo não gastou nada, exceto gargantas, e dores e almas, que não custam dinheiro. Eis que ali houve, e eu vi, uma batalha de roncos e soluços, e ali se prepararam batalhões para o Carnaval – nunca jamais "a grande festa do Rei Momo" – porém a grande insurreição armada de soluços.

Rio, fevereiro, 1935

O CONDE E O PASSARINHO

Acontece que o Conde Matarazzo estava passeando pelo parque. O Conde Matarazzo é um conde muito velho, que tem muitas fábricas. Tem também muitas honras. Uma delas consiste em uma preciosa medalhinha de ouro que o conde exibia à lapela, amarrada a uma fitinha. Era uma condecoração.

Ora, aconteceu também um passarinho. No parque havia um passarinho. E esses dois personagens – o conde e o passarinho – foram os únicos da singular história narrada pelo *Diário de São Paulo*.

Devo confessar preliminarmente que, entre um conde e um passarinho, prefiro um passarinho. Torço pelo passarinho. Não é por nada. Nem sei mesmo explicar essa preferência. Afinal de contas, um passarinho canta e voa. O conde não sabe gorjear nem voar. O conde gorjeia com apitos de usinas, barulheiras enormes, de fábricas espalhadas pelo Brasil, vozes dos operários, dos teares, das máquinas de aço e de carne que trabalham para o conde. O conde gorjeia com o dinheiro que entra e sai de seus cofres, o conde é um industrial, e o conde é conde, porque é industrial. O passarinho não é industrial, não é conde, não tem fábricas. Tem um ninho, sabe cantar, sabe voar, é apenas um passarinho e isso é gentil, ser um passarinho.

Eu quisera ser um passarinho. Não, um passarinho, não. Uma ave maior, mais triste. Eu quisera ser um urubu.

Entretanto, eu não quisera ser conde. A minha vida sempre foi orientada pelo fato de eu não pretender ser conde. Não amo os condes. Também não amo os industriais. Que amo eu? Pierina e pouco mais. Pierina e a vida, duas coisas que se confundem hoje, e amanhã mais se confundirão na morte.

Entendo por vida o fato de um homem viver fumando nos três primeiros bancos e falando ao motorneiro. Ainda ontem ou anteontem assim escrevi. O essencial é falar ao motorneiro. O povo deve falar ao motorneiro. Se o motorneiro se fizer de surdo, o povo deve puxar a aba do paletó do motorneiro. Em geral, nessas circunstâncias, o motorneiro dá um coice. Então o povo deve agarrar o motorneiro, apoderar-se da manivela, colocar o bonde a nove pontos, cortar o motorneiro em pedacinhos e comê-lo com farofa.

Quando eu era calouro de Direito, aconteceu que uma turma de calouros assaltou um bonde. Foi um assalto imortal. Marcamos no relógio quanto nos deu na cabeça, e declaramos que a passagem era grátis. O motorneiro e o condutor perderam, rápida e violentamente, o exercício de suas funções. Perderam também os bonés. Os bonés eram os símbolos do poder.

Desde aquele momento perdi o respeito por todos os motorneiros e condutores. Aquilo foi apenas uma boa molecagem. Paciência. A vida também é uma imensa molecagem. Molecagem podre. Quando poderás ser um urubu, meu velho Rubem?

Mas voltemos ao conde e ao passarinho. Ora, o conde estava passeando e veio o passarinho. O conde desejou ser que nem o seu patrício, o outro Francisco, o Francisco da Úmbria, para conversar com o passarinho. Mas não era o Santo Francisco de Assis, era apenas o conde Francisco Matarazzo. Porém, ficou encantado ao reparar que o passarinho voava para ele. O conde ergueu as mãos, feito uma criança, feito um santo. Mas não eram mãos de criança nem de santo, eram mãos de conde industrial. O passarinho desviou e se dirigiu firme para o peito do conde. Ia bicar seu coração? Não, ele não era um bicho grande de bico forte, não era, por exemplo, um urubu, era apenas um passarinho. Bicou a fitinha, puxou, saiu voando com a fitinha e com a medalha.

O conde ficou muito aborrecido, achou muita graça. Ora essa! Que passarinho mais esquisito!

Isso foi o que o *Diário de São Paulo* contou.

O passarinho, a esta hora assim, está voando, com a medalhinha no bico. Em que peito a colocareis, irmão passarinho? Voai, voai, voai por entre as chaminés do conde, varando as fábricas do conde, sobre as máquinas de carne que trabalham para o conde, voai, voai, voai, voai, passarinho, voai.

Rio, fevereiro, 1935

CHEGOU O OUTONO

Não consigo me lembrar exatamente o dia em que o outono começou no Rio de Janeiro neste 1935. Antes de começar na folhinha ele começou na Rua Marquês de Abrantes. Talvez no dia 12 de março. Sei que estava com Miguel em um reboque do bonde Praia Vermelha. Nunca precisei usar sistematicamente o bonde Praia Vermelha, mas sempre fui simpatizante. É o bonde dos soldados do Exército e dos estudantes de Medicina. Raras mulatas no reboque; liberdade de colocar os pés e mesmo esticar as pernas sobre o banco da frente. Os condutores são amenos. Fatigaram-se naturalmente de advertir soldados e estudantes; quando acontece alguma coisa eles suspiram e tocam o bonde. Também os loucos mansos viajam ali, rumo do hospício. Nunca viajou naquele bonde um empregado da City Improvements Company: Praia Vermelha não tem esgotos. Oh, a City! Assim mesmo se vive na Praia Vermelha. Essenciais são os esgotos da alma. Nossa pobre alma inesgotável! Mesmo depois do corpo dar com o rabo na cerca e parar no buraco do chão para ficar podre, ela, segundo consta, fica esvoaçando pra cá, pra lá. Umas vão ouvir Francesca da Rimini declamar versos de Dante, outras preferem a harpa de Santa Cecília. A maioria vai para o Purgatório. Outras perambulam pelas sessões espíritas, outras à meia-noite puxam o vosso pé, outras no firmamento viram estrelinhas.

Os soldados do Exército não podem olhar as estrelas: lembram-se dos generais. Lá no céu tem três estrelas, todas três em carreirinha. Uma é minha, outra é sua. O cantor tem pena da que vai ficar sozinha. Que faremos, oh meu grande e velho amor, da estrela disponível? Que ela fique sendo propriedade das almas errantes. Nossas pobres almas erradas!

Eu ia no reboque, e o reboque tem vantagens e desvantagens. Vantagem é poder saltar ou subir de qualquer lado, e também a melhor ventilação. Desvantagem é o encosto reduzido. Além disso os vossos joelhos podem tocar o corpo da pessoa que vai no banco da frente; e isso tanto pode ser doce vantagem como triste desvantagem. Eu havia tomado o bonde na Praça José de Alencar; e quando entramos na Rua Marquês de Abrantes, rumo de Botafogo, o outono invadiu o reboque. Invadiu e bateu no lado esquerdo de minha cara sob a forma de uma folha seca. Atrás dessa folha veio um vento, e era o vento do outono. Muitos passageiros do bonde suavam.

No Rio de Janeiro faz tanto calor que depois que acaba o calor a população continua a suar gratuitamente e por força do hábito durante quatro ou cinco semanas ainda.

Percebi com uma rapidez espantosa que o outono havia chegado. Mas eu não tinha relógio, nem Miguel. Tentei espiar as horas no interior de um botequim, nada conseguindo. Olhei para o lado. Ao lado estava um homem decentemente vestido, com cara de possuidor de relógio.

– O senhor pode ter a gentileza de me dar as horas?

Ele espantou-se um pouco e, embora sem nenhum ar gentil, me deu as horas: 13,48. Agradeci e murmurei: chegou o outono. Ele deve ter ouvido essa frase tão lapidar, mas aparentemente não ficou comovido. Era um homem simples e tudo o que esperava era que o bonde chegasse a um determinado poste.

Chegara o outono. Vinha talvez do mar e, passando pelo nosso reboque, dirigia-se apressadamente ao centro da cidade, ainda ocupado pelo verão. Ele não vinha soluçando *les sanglots longs des violons* de Verlaine, vinha com tosse, na quaresma da cidade gripada.

As folhas secas davam pulinhos ao longo da sarjeta; e o vento era quase frio, quase morno na Rua Marquês de Abrantes. E as folhas eram amarelas, e meu coração soluçava, e o bonde roncava.

Passamos diante de um edifício de apartamentos cuja construção está paralisada no mínimo desde 1930. Era iminente a entrada em Botafogo; penso que o resto da viagem não interessa ao grosso público. O próprio começo da viagem creio que também não interessou. Que bem me importa. O necessário é que todos saibam que chegou o outono. Chegou às 13,48 horas, na Rua Marquês de Abrantes e continua em vigor. Em vista do que, ponhamo-nos melancólicos.

Rio, março, 1935

LUTO DA FAMÍLIA SILVA

A assistência foi chamada. Veio tinindo. Um homem estava deitado na calçada. Uma poça de sangue. A assistência voltou vazia. O homem estava morto. O cadáver foi removido para o necrotério. Na seção dos "Fatos Diversos" do *Diário de Pernambuco*, leio o nome do sujeito: João da Silva. Morava na Rua da Alegria. Morreu de hemoptise.

João da Silva – Neste momento em que seu corpo vai baixar à vala comum, nós, seus amigos e seus irmãos, vimos lhe prestar esta homenagem. Nós somos os joões da silva. Nós somos os populares joões da silva. Moramos em várias casas e em várias cidades. Moramos principalmente na rua. Nós pertencemos, como você, à família Silva. Não é uma família ilustre; nós não temos avós na história. Muitos de nós usamos outros nomes, para disfarce. No fundo, somos os Silva. Quando o Brasil foi colonizado, nós éramos os degredados. Depois fomos os índios. Depois fomos os negros. Depois fomos imigrantes, mestiços. Somos os Silva. Algumas pessoas importantes usaram e usam nosso nome. É por engano. Os Silva somos nós. Não temos a mínima importância. Trabalhamos, andamos pelas ruas e morremos. Saímos da vala comum da vida para o mesmo local da morte. Às vezes, por modéstia, não usamos nosso nome de família. Usamos o sobrenome "de Tal". A família Silva, e a família "de Tal" são a mesma família. E, para falar a verdade, uma família que não pode ser considerada boa família. Até as mulheres que não são de família pertencem à família Silva.

João da Silva – Nunca nenhum de nós esquecerá seu nome. Você não possuía sangue azul. O sangue que saía de sua boca era vermelho – vermelhinho da silva. Sangue de nossa família. Nossa família, João, vai mal em política. Sempre por baixo. Nossa família, entretanto, é que trabalha para os homens importantes. A família Crespi, a família Matarazzo, a família Guinle, a família Rocha Miranda, a família Pereira Carneiro, todas essas famílias assim são sustentadas pela nossa família. Nós auxiliamos várias famílias importantes na América do Norte, na Inglaterra, na França, no Japão. A gente de nossa família trabalha nas plantações de mate, nos pastos, nas fazendas, nas usinas, nas praias, nas fábricas, nas minas, nos balcões, no mato, nas cozinhas, em todo lugar onde se trabalha. Nossa família quebra pedra, faz telhas de barro, laça os bois, levanta os prédios, conduz os bondes, enrola o tapete do circo, enche os porões dos navios, conta o dinheiro dos bancos, faz os jornais, serve no Exército e na Marinha. Nossa família é feito Maria Polaca: faz tudo.

Apesar disso, João da Silva, nós temos de enterrar você é mesmo na vala comum. Na vala comum da miséria. Na vala comum da glória, João da Silva. Porque nossa família um dia há de subir na política...

Recife, junho, 1935

MORRO DO ISOLAMENTO

ALMOÇO MINEIRO

*É*ramos dezesseis, incluindo quatro automóveis, uma charrete, três diplomatas, dois jornalistas, um capitão-tenente da Marinha, um tenente-coronel da Força Pública, um empresário do cassino, um prefeito, uma senhora loura e três morenas, dois oficiais de gabinete, uma criança de colo e outra de fita cor-de-rosa que se fazia acompanhar de uma boneca.
 Falamos de vários assuntos inconfessáveis. Depois de alguns minutos de debates ficou assentado que Poços de Caldas é uma linda cidade. Também se deliberou, depois de ouvidos vários oradores, que estava um dia muito bonito. A palestra foi decaindo, então, para assuntos muito escabrosos: discutiu-se até política. Depois que uma senhora paulista e outra carioca trocaram ideias a respeito do separatismo, um cavalheiro ergueu um brinde ao Brasil. Logo se levantaram outros, que, infelizmente, não nos foi possível anotar, em vista de estarmos situados na extremidade da mesa. Pelo entusiasmo reinante supomos que foram brindados o soldado desconhecido, as tardes de outono, as flores dos vergéis, os proletários armênios e as pessoas presentes. O certo é que um preto fazia funcionar a sua harmônica, ou talvez a sua concertina, com bastante sentimento. Seu Nhonhô cantou ao violão com a pureza e a operosidade inerentes a um velho funcionário municipal.

Mas nós todos sentíamos, no fundo do coração, que nada tinha importância, nem a Força Pública, nem o violão de seu Nhonhô, nem mesmo as águas sulfurosas. Acima de tudo pairava o divino lombo de porco com tutu de feijão. O lombo era macio e tão suave que todos imaginamos que o seu primitivo dono devia ser um porco extremamente gentil, expoente da mais fina flor da espiritualidade suína. O tutu era um tutu honesto, forte, poderoso, saudável.

É inútil dizer qualquer coisa a respeito dos torresmos. Eram torresmos trigueiros como a doce amada de Salomão, alguns louros, outros mulatos. Uns estavam molinhos, quase simples gordura. Outros eram duros e enroscados, com dois ou três fios.

Havia arroz sem colorau, couve e pão. Sobre a toalha havia também copos cheios de vinho ou de água mineral, sorrisos, manchas de sol e a frescura do vento que sussurrava nas árvores. E no fim de tudo houve fotografias. É possível que nesse intervalo tenhamos esquecido uma encantadora linguiça de porco e talvez um pouco de farofa. Que importa? O lombo era o essencial, e a sua essência era sublime. Por fora era escuro, com tons de ouro. A faca penetrava nele tão docemente como a alma de uma virgem pura entra no céu. A polpa se abria, levemente enfibrada, muito branquinha, desse branco leitoso e doce que têm certas nuvens às quatro e meia da tarde, na primavera. O gosto era de um salgado distante e de uma ternura quase musical. Era um gosto indefinível e puríssimo, como se o lombo fosse lombinho da orelha de um anjo louro. Os torresmos davam uma nota marítima, salgados e excitantes da saliva. O tutu tinha o sabor que deve ter, para uma criança que fosse *gourmet* de todas as terras, a terra virgem recolhida muito longe do solo, sob um prado cheio de flores, terra com um perfume vegetal diluído mas uniforme. E do prato inteiro, onde havia um ameno jogo de cores cuja nota mais viva era o verde molhado da couve – do prato inteiro, que fumegava suavemente, subia para a nossa alma um encanto abençoado de coisas simples e boas.

Era o encanto de Minas.

São Paulo, 1934

A LIRA CONTRA O MURO

Meu poeta, pois então vamos falar sobre mulheres. Garanto que é um belo assunto. De um certo modo reconheço que isso é um pouco humilhante, quando se é moço. Basta pensar isto: enquanto estou escrevendo, lá fora, na rua, passam mulheres. Minha obrigação era descer a escada e ir vê-las. É um verdadeiro crime um homem ficar dentro de uma sala escrevendo, sob a luz artificial, quando lá fora a tarde ainda está clara e há mulheres andando. É aflitivo pensar que a vida está correndo e que nós estamos aqui conversando. Confesso que às vezes acho qualquer coisa de humilhante na literatura... Mas o certo é que vivemos em um mundo assim. É espantoso como este mundo em que vivemos não presta. Dizem que não adianta bater com a cabeça contra o muro. Bato frequentemente. É possível que qualquer dia a minha cabeça arrebente. Mas lá fora, do outro lado, deve chegar um som qualquer de minha cabeça.

Lá fora... Certamente nem eu nem você saberíamos viver lá fora. Seria como se nos tirassem da cabeça o peso da atmosfera ou como se, de repente, acabasse a força da gravidade. Morreríamos afogados no ar. Conheci, há pouco tempo, um homem que passou vinte e cinco anos na cadeia. Mas não quero falar daquele homem. Sinto que, se o muro caísse, eu seria como aquele homem. Cuspiria no chão a horas certas, para ter a gloriosa certeza de que não é proibido cuspir no chão. Bem, mas é preciso não esquecer de que lá fora não existe. Isso é um segredo tão terrível que você pode contar a todo mundo. Ninguém acreditará. Todos os homens farão um sinal com a cabeça: "Sim, já sabíamos há muito tempo." Mas no fundo do coração ninguém acreditará.

Na verdade, estamos todos presos, e precisamos ter uma aguda consciência disso. Você, poeta, não tem consciência de classe. Tem coragem de dizer que ama tudo o que é lindo e humano, a beleza em geral, as mulheres, os sentimentos delicados, a poesia, essas coisas – e detesta a política. Você sabe, poeta, que há mulheres que são como flores empoeiradas? Se você encontrasse uma pequena flor coberta de poeira, jogaria gotas de água sobre aquela flor. As pétalas poderiam, então, sentir a carícia fresca do vento – suponhamos –, da brisa terral. Seriam assim umas onze horas da noite. A brisa terral vindo lá de dentro, do meio do grande país, indo para o mar lá longe, o mar aberto, o grande mar. E a brisa terral beijaria aquela flor, e aquela flor seria mais linda. Você ficaria comovido e se sentiria bom. Pois, meu poeta, ali estão as mulheres empoeiradas. Há mãos de lírios limpando panelas engorduradas. Mãos que poderiam ser de lírios e estão grossas e vermelhas. Há moças em massa, há moças em massa ficando feias, metodicamente feias, ficando feias. Há mulheres em massa, belas mulheres murchando, murchando, murchando depressa. Há mocinhas, surpreendentes mocinhas que ficarão doentes antes de florescer. Há crianças que jamais serão mocinhas. Morrem muitas crianças, e na maioria não morrem de propósito para virar anjinho; morrem devido a moléstias intestinais.

Mas estamos falando de mulheres. É extraordinário notar que elas não são simplesmente mulheres, e não existem apenas quando passam por nós ou são beijadas, ou suspiram. É extraordinário saber que elas vivem. Em grande número são subalimentadas, e precisam de educação e higiene, duas coisas caríssimas. Naquela noite aquela pequena não foi se encontrar com você porque a meia esquerda desfiou e o outro par estava molhado. Aquela outra não sorriu para você porque só pôde pagar a um péssimo dentista. Aquela outra está com a pele ruim porque alguma coisa dentro dela não está funcionando direito, e ela não pode procurar um especialista. Não pense que a filha daquele funcionário dos Correios ficou tuberculosa para imitar a Greta Garbo da *Dama das Camélias*. Acontece que um litro de leite custa mil e duzentos. Não sei de quem é a culpa, mas seguramente não é das vacas, nem de Margueritte Gauthier. Muitas mulheres amariam os seus versos se elas soubessem ler, ou se não soubessem apenas ler.

Não, poeta, eu não levarei o meu mau gosto a ponto de falar das operárias – dessas estranhas mulheres que não têm o direito de ser bonitas nem saudáveis – ou das mulheres da roça, que vivem para trabalhar e parir. Não quero magoar você, poeta. Apenas quero que você pense nesse formidável capital de beleza e, portanto, de lirismo, que este mundo que aí está massacra sistematicamente.

As flores empoeiradas... Há flores cobertas de poeira, flores que murcham sufocadas pela poeira. Que as mulheres trabalhem. Mas que elas vivam, possam respirar bem, florescer em beleza, crescer debaixo do sol, amar sem doenças e dar à luz filhos fortes e livres. Que a vida, poeta, a grande vida cheia de sentimento e de mistério dos humanos, possa ser vivida um pouco por todos. Você vai me chamar de materialista e reclamar o "primado do espiritual": mas eu quero que nos lugares onde faz frio haja um chuveiro quente em cada casa para que as mulheres que não podem tomar banho frio possam tomar banho todo dia, com facilidade. Elas não perderão a poesia: perderão apenas a poeira. Perante este povo imenso de tantas mulheres sujas eu pergunto: por que não há mais chuveiros quentes? Ou simplesmente: chuveiros? Temos enormes quedas d'água para despejar eletricidade sobre o país; eletricidade e água, água, muita água...

Mas, poeta, não quero convidar você a lutar contra o imperialismo e contra toda a exploração. No fundo este nosso povo pobre é tão espiritual. Sofrer é belo, enobrece as almas. Mas as flores estão cobertas de poeira. Elas estão murchando. Já nascem murchas. Você acha que uma vida mais limpa e mais livre poderia matar a poesia? Não, poeta, você sabe que o lirismo não é o lixo da vida, e que a poesia não morre, que a poesia é eterna e infinita no peito humano. Meu poeta, você está convidado a bater com a cabeça no muro. Pode bater com a lira também. Se ela quebrar, não faz mal. Soltará um belo som, e esse som será uma profunda poesia.

São Paulo, 1937

EM MEMÓRIA DO BONDE TAMANDARÉ

Foi na madrugada de uma segunda-feira – 6 de dezembro de 1937 – que a cidade de São Paulo surgiu arrebentada e descomposta. A Avenida São João apresentava um sistema de fossas, montanhas, barricadas e trincheiras. A Praça Ramos de Azevedo teve rasgado o seu ventre betuminoso, e houve trilhos arrancados. Aconteceram muitas coisas estranhas. Nos bairros, famílias acostumadas a dormir no meio do maior silêncio se ergueram aflitas, altas horas, com a rua invadida pelo estrondo de um bonde. Com outras famílias aconteceu pior. Habituadas, através de intermináveis anos, a só dormir depois de passar o último bonde, não puderam dormir, porque o último bonde não passou. Nem o último, nem o primeiro, nem mais nenhum, jamais.

A *urbs* escalavrada acordou. O homem que esperava seu "camarão" foi informado de que seu "camarão" não existia mais. De acordo com a Prefeitura, a Light havia cortado várias linhas de bondes. Os subúrbios distantes ficaram mais distantes, e a gente pobre daqueles subúrbios ficou mais pobre. Houve protestos, e houve, sobretudo, confusão. Ninguém sabia onde tomar o bonde, nem se havia o bonde, nem o nome do bonde, nem o caminho do bonde. Os guardas-civis (seja dita a verdade) informavam com a maior gentileza. Informavam e depois tomavam bondes errados, porque eles também não sabiam. E alguém murmurava: mas onde estás, onde estás, bonde Brigadeiro Galvão? E o eco respondia: não sei não. E tu, oh tu, Vila Clementino, em cujo terceiro banco, em um dia chuvoso de 1933, certa mulher ruiva me sorriu? E tu, Santa Cecília, e tu, Vila Maria, e tu, Jardim da Aclimação dos meus domingos de sol? E o infinito bonde Jabaquara? E o gentil Campos Elísios? Higienópolis também morreu...

... Mas quem morreu, quem morreu, e isso me custa dizer, foi o grande bonde Tamandaré. Morreu o grande bonde Tamandaré, pai e mãe de todos os bondes. De acordo com a tabela da Light e as indicações dos guias da cidade esse bonde tinha um itinerário e um horário. Mas ele nunca soube disso, mesmo porque – a verdade seja sempre dita – o grande bonde Tamandaré era analfabeto. Era analfabeto e não funcionava bem da cabeça. Suspeito que ele se entregava a libações alcoólicas na Aclimação e tinha uma paixão encravada no Ipiranga. Um dia eu o encontrei ao meio-dia, sob um sol de rachar, em estado lamentável, na Praça do Patriarca, e não pude deixar de sorrir. Ele certamente percebeu, porque, no mesmo dia, às duas horas da tarde, quis me matar no Largo da Sé. Uma vez, na Praça do Correio, exatamente na Praça do Correio, numa noite de grande tempestade, ao passar junto ao monumento de Verdi, esse bonde parou, protestou, armou um escarcéu e fez um comício monstro, berrando por todos os balaústres, dizendo que aquela estátua era um absurdo.

Ele entrava a qualquer hora em qualquer rua, desde que houvesse trilhos. É necessário notar que só respeitava essa condição da existência de trilhos quando não estava enfurecido; e frequentemente estava. Mas tinha um grande coração. Só matava mulheres muito feias e homens muito chatos, e em toda a sua vida esmagou apenas nove crianças, sendo três pretinhos (dos quais dois no Piques), uma meninazinha loura, um italianinho jornaleiro, dois filhos gêmeos de uma lavadeira e dois não especificados.

Eram todos, unânimemente, crianças pobres demais. As mães (quando havia mães) gritavam com desespero e lançavam agudas maldições entre soluços, contra o bonde Tamandaré. Ele disparava para não ouvir aqueles gritos. Levava as rodas sujas de sangue, mas sentia o coração limpo, e murmurava para si mesmo que tinha razão: "Eram pobres demais!" A morte daqueles dois filhos gêmeos da lavadeira foi a sua mais bela proeza. Um deles atravessava a rua correndo, e o outro corria atrás para pegá-lo. Quando um pegou o outro, o grande bonde Tamandaré pegou os dois, e os massacrou a ambos, em lindo estilo. "Eram pobres demais."

Um velho empregado do barracão da Light, que tem uma perna só, me jurou por essa perna que jamais viu o bonde Tamandaré se recolher ao barracão na hora em que todos os bondes honestos habitualmente se recolhem. Esse perneta não quis confirmar (nem tampouco desmentir) aquela história sobre a mulata do Piques. Todas as tardes, pelas 6 horas, o bonde Tamandaré se encontrava com essa mulata no Piques. E quando ela subia para um banco, a caminho de sua casa, o grande bonde corria mais, sem entretanto fazer muito barulho. Corria ladeira acima, balançando suavemente no colo a sua mulata – e quem ouvisse bem o ronco de seu motor notaria obscuras palavras de amor.

Uma tarde a mulata não estava junto ao poste de toda tarde. O bonde subiu a ladeira rangendo, desconsolado e inquieto. Esperou o dia seguinte. Nada de mulata. Indagou, indagou, a todos os passageiros, a todos os postes, e fios, e trilhos, e calçadas e asfaltos. Quando soube, por um Ford de praça, que ela partira para o Rio de Janeiro, foi à Praça Ramos de Azevedo e exigiu do administrador da Light a sua transferência para a capital do país. O administrador secamente respondeu que não. Tamandaré saiu alucinado e subiu pela Rua da Consolação com tanto barulho que acordou todos os defuntos de dois cemitérios. Pela meia-noite dezenas de fiscais, motorneiros, condutores e guardas-chaves deram o alarma: sumira o bonde Tamandaré!

Um ex-empregado que se esforçava para ser readmitido comunicou que o havia visto pelas onze e meia, em atitude suspeita, junto à porteira do Braz. Foi a pista. No dia seguinte, ainda ao amanhecer, Tamandaré foi preso em Barra do Piraí, recambiado para São Paulo. Estava completamente bêbado e havia invadido os trilhos da Central do Brasil. Voava em direção ao Rio.

O perneta do barracão não quis confirmar essa história. Quando perguntei se podia desmenti-la, ele fez um gesto indefinível com a cabeça e tirou fumaça de seu pobre cachimbo. Depois olhou para um lado e outro. Tive a impressão de que ia me confirmar tudo, em segredo. Mas cuspiu uma saliva suja e disse apenas:

– Tamandaré... Um belo bonde! Muito bom mesmo... Muito bom...

Talvez estivesse com medo, mas eu não sei dizer se era medo ou uma verdadeira amizade.

São Paulo, dezembro, 1937

MAR

A primeira vez que vi o mar eu não estava sozinho. Estava no meio de um bando enorme de meninos. Nós tínhamos viajado para ver o mar. No meio de nós havia apenas um menino que já o tinha visto. Ele nos contava que havia três espécies de mar: o mar mesmo, a maré, que é menor que o mar, e a marola, que é menor que a maré. Logo a gente fazia ideia de um lago enorme e duas lagoas. Mas o menino explicava que não. O mar entrava pela maré e a maré entrava pela marola. A marola vinha e voltava. A maré enchia e vazava. O mar às vezes tinha espuma e às vezes não tinha. Isso perturbava ainda mais a imagem. Três lagoas mexendo, esvaziando e enchendo, com uns rios no meio, às vezes uma porção de espumas, tudo isso muito salgado, azul, com ventos.

Fomos ver o mar. Era de manhã, fazia sol. De repente houve um grito: o mar! Era qualquer coisa de largo, de inesperado. Estava bem verde perto da terra, e mais longe estava azul. Nós todos gritamos, numa gritaria infernal, e saímos correndo para o lado do mar. As ondas batiam nas pedras e jogavam espuma que brilhava ao sol. Ondas grandes, cheias, que explodiam com barulho. Ficamos ali parados, com a respiração apressada, vendo o mar...

Depois o mar entrou na minha infância e tomou conta de uma adolescência toda, com seu cheiro bom, os seus ventos, suas chuvas, seus peixes, seu barulho, sua grande e espantosa beleza. Um menino de calças curtas, pernas queimadas pelo sol, cabelos cheios de sal, chapéu de palha. Um menino que pescava e que passava horas e horas dentro da canoa, longe da terra, atrás de uma bobagem qualquer – como aquela caravela de franjas azuis que boiava e afundava e que, afinal, queimou a sua mão... Um rapaz de quatorze ou quinze anos que nas noites de lua cheia, quando a maré baixa e descobre tudo e a praia é imensa, ia na praia sentar numa canoa, entrar numa roda, amar perdidamente, eternamente, alguém que passava pelo areal branco e dava boa noite... Que andava longas horas pela praia infinita para catar conchas e búzios crespos e conversava com os pescadores que consertavam as redes. Um menino que levava na canoa um pedaço de pão e um livro, e voltava sem estudar nada, com vontade de dizer uma porção de coisas que não sabia dizer – que ainda não sabe dizer.

Mar maior que a terra, mar do primeiro amor, mar dos pobres pescadores maratimbas, mar das cantigas do catambá, mar das festas, mar terrível daquela morte que nos assustou, mar das tempestades de repente, mar do alto e mar da praia, mar de pedra e mar do mangue... A primeira vez que saí sozinho numa canoa parecia ter montado num cavalo bravo e bom, senti força e perigo, senti orgulho de embicar numa onda um segundo antes da arrebentação. A primeira vez que estive quase morrendo afogado, quando a água batia na minha cara e a corrente do "arrieiro" me puxava para fora, não gritei nem fiz gestos de socorro; lutei sozinho, cresci dentro de mim mesmo. Mar suave e oleoso, lambendo o batelão. Mar dos peixes estranhos, mar virando a canoa, mar das pescarias noturnas de camarão para isca. Mar diário e enorme, ocupando toda a vida, uma vida, uma vida de bamboleio de canoa, de paciência, de força, de sacrifício sem finalidade, de perigo sem sentido, de lirismo, de energia; grande e perigoso mar fabricando um homem...

Este homem esqueceu, grande mar, muita coisa que aprendeu contigo. Este homem tem andado por aí, ora aflito, ora chateado, dispersivo, fraco, sem paciência, mais corajoso que audacioso, incapaz de ficar parado e incapaz de fazer qualquer coisa, gastando-se como se gasta um cigarro. Este homem esqueceu muita coisa mas há muita coisa que ele aprendeu contigo e que não esqueceu, que ficou, obscura e forte, dentro dele, no seu peito. Mar, este homem pode ser um mau filho, mas ele é teu filho, é um dos teus, e ainda pode comparecer diante de ti gritando, sem glória, mas sem remorso, como naquela manhã em que ficamos parados, respirando depressa, perante as grandes ondas que arrebentavam – um punhado de meninos vendo pela primeira vez o mar...

Santos, julho, 1938

NAZINHA

No meio da noite comum do jornal um colega de redação perguntou-me:
— Quinze anos — é menina ou senhorita?
Estava redigindo uma nota social e me propunha esse problema simples.
— Senhorita.
Ele ficou meio em dúvida e eu argumentei: Põe senhorita. Mocinha de quinze anos fica toda contente quando o jornal chama de senhorita...
Mas ele explicou:
— Essa, coitada, não vai ficar contente. É um falecimento...
E pôs "senhorita". E continuou a noite comum de jornal. Nem sei explicar por que pensei nisso no meu caminho de sempre, depois do trabalho, na rua vazia, de madrugada. Menina ou senhorita? Senti de repente uma pena gratuita daquela mocinha que morrera. Nem me dera ao trabalho de perguntar seu nome. Entretanto ali estava comovido... Oh!, Senhor, o Diabo carregue as meninas e senhoritas, e que elas morram aos quinze anos, se julgarem conveniente! Pensei vagamente assim, mas a lembrança daquele diálogo perdido na rotina do serviço de redação insistia em me comover. Senti simpatia pelo meu companheiro de trabalho por causa de sua expressão:
— "Essa, coitada..."

Bom sujeito, o Viana. E fiquei imaginando que no dia seguinte poderia ler no jornal o nome da mocinha e de seus pais. E que talvez um dia, por acaso, eu conhecesse esses pais. Ele seria um senhor de uns quarenta e cinco anos, moreno, bigodes mal cuidados, a cara magra, os cabelos grisalhos. Ela seria uma senhora de quarenta e um anos, ou talvez apenas trinta e oito anos, vagamente loura, os olhos parados, a cara triste, talvez um pouco gorda, de luto, muito religiosa, meio espírita depois da morte da filha. E então eu lhes contaria que me lembrava bem dessa morte, e contaria a conversa da redação – mentindo talvez um pouco, inventando uma conversa mais comovida, para ser delicado. E eles chamariam a outra irmã, uma garota de seis ou sete anos, os olhos claros, e lhe diriam que fosse lá dentro buscar os retratos de Iná – poderia ser Iná, talvez com o apelido de Nazinha, o nome da filha morta. E viriam dois retratos: um aos treze anos, na janela da casa, rindo; outro aos nove anos, com a irmãzinha ao colo, muito séria. E então a mãe diria que só tinham aqueles dois retratos – que pena! e que gostava mais daquele dos nove anos:

– Não é, Alfredo? Está mais com o jeitinho dela...

O Sr. Alfredo concordaria mudamente e eu me sentiria ali inútil, sem saber o que dizer, e iria embora. E talvez, depois que eu saísse, a mulher dissesse ao marido:

– Parece ser boa pessoa...

E isso não teria importância nenhuma, nem me faria ficar melhor nem pior do que sou. E nada disso acontecerá. Mas pensei em tudo isso andando na rua deserta e subindo as escadas para o meu quarto. E hoje, depois de tantos dias, senti vontade de escrever isso, talvez na vaga esperança de que o Sr. Alfredo – esse homem qualquer que perdeu uma filha e que, não sei por que, eu penso que se chama Sr. Alfredo leia o que estou escrevendo.

"Sr. Alfredo. O Sr. e sua senhora..."

Não, não vale a pena escrever aqui um bilhete ao Sr. Alfredo. Vai ver que a mocinha era órfã de pai, e eu estarei tentando consolar um Sr. Alfredo que nem existe, nem com esse nome, nem com nenhum outro. Vai ver que a mocinha era doente, talvez aleijada de nascença, e que sua morte foi, no dizer de sua própria mãe, "um descanso, coitada, para ela e para os outros". Oh, o Diabo carregue as meninas e senhoritas, e que elas morram, morram às dúzias, às grosas, aos milhões! Morram todas as pálidas Nazinhas, morram, morram, morram, e não me amolem, pelo amor de Deus!

Nazinha... Por que inventei para a moça esse nome de Nazinha? Agora eu a vejo nitidamente e, não sei por que, a imagino uns vinte e três dias antes de morrer, magrinha, os olhos claros, os cabelos castanhos-claros, vestida de preto como se estivesse de luto antecipado por si mesma. Seus lábios são pálidos, e os dentes de cima um pouco salientes deixam a boca semiaberta, e ela tem um ar tímido, dentro de seu vestido preto, com meias de seda preta, sapatos pretos, um ar tímido de quem estivesse pedindo uma esmola, a esmola de viver.

Nazinha... Reparo em seus sapatos pretos de salto alto (sapatos de moça, de senhorita, não de menina), e imagino que eles foram comprados pela mãe, que primeiro levou outro par que não servia porque estava apertando um pouco, e depois foi na loja trocar. E tudo isso me comove, essa simples história dos sapatos de Nazinha, desses sapatos com que ela foi enterrada. Pobres sapatos, pobre Nazinha. Pensemos em outra coisa.

São Paulo, agosto, 1942

OS MORTOS DE MANAUS

*F*ebre tifoide, 6; difteria, 2; coqueluche, 2; sarampo, 1... lia automaticamente um folheto jogado sobre a mesa da redação.

Febre tifoide, 6; difteria, 2; coqueluche, 2... Pensei num pequeno grupo de engraxates que quase toda noite se reúne na esquina da Avenida São João e Anhangabaú e canta sambas, fazendo a marcação com as escovas e as latas de graxa. São uns quatro ou cinco pretos que cantam assim pela madrugada, fazendo de seus instrumentos de trabalho instrumentos de música. Mas que poderia escrever sobre eles? Pensei também numa fita de cinema, num livro, numa determinada pessoa. Os assuntos passavam pela cabeça e iam-se embora sem querer ficar no papel. Febre tifoide, 6; difteria, 2; coqueluche, 2; sarampo, 1. São os mortos de Manaus. Apanhei o folheto e vi que era o *Boletim Estatístico do Amazonas*. Uma nota de estatística demógrafo-sanitária; as pessoas que faleceram em Manaus durante o primeiro trimestre do corrente ano. Larguei o folheto e continuei a procurar assunto.

Aquela notícia dos mortos de Manaus me fez lembrar um poema de Mário de Andrade sobre o seringueiro; Mário de Andrade me fez pensar em uma outra pessoa que também vi várias vezes no bar da Glória e essa outra pessoa me fez pensar em uma tarde de chuva; isso me lembrou a necessidade de comprar um chapéu, o chapéu me fez pensar no lugar onde o deixei e, logo depois, numa canção negra cantada por Marian Anderson: "Eu tenho sapatos, tu tens sapatos..." Nessa altura a preocupação de encontrar um assunto fez voltar meu pensamento para os engraxates da Avenida São João; mas logo rejeitei essa ideia.

E na minha frente continuava o folheto sobre a mesa: Febre tifoide, 6; difteria, 2; coqueluche, 2... Sim, eu voltava aos mortos de Manaus. Ou melhor, os mortos de Manaus voltavam a mim, rígidos, contados pela estatística, transformados apenas em números e nomes de doenças. Ao todo 428 pessoas mortas em Manaus durante o primeiro trimestre do ano de 1940. Que doença matou mais gente? Senti curiosidade de saber isso. O número mais alto que encontrei foi 73; diarreia e enterite. Com certeza na maior parte crianças. Morrem muitas crianças dessas coisas de intestinos no Brasil. Dizem os médicos que é por causa da alimentação pouca ou errada, pobreza ou ignorância das mães. Eis uma coisa que não chega a me dar pena porque me irrita: o número de crianças que morre no Brasil.

Lembro-me que certa vez juntei uma porção de artigos médicos sobre o assunto e escrevi uma crônica a respeito. Mas já nem sei exatamente o que os médicos diziam. O que me irrita é o trabalho penoso das mulheres, o sacrifício inútil de dar vida a tantas crianças que morrem logo. Agora me lembro de um trecho da tal crônica: eu dizia que a indústria nacional que nunca foi protegida é a indústria humana, de fazer gente. Preferimos importar o produto em vez de melhorar a fabricação dele aqui. Não se toma providência para aproveitar o produto nem para que ele seja lançado em boas condições no mercado. A lei só cuida de que ele não deixe de ser fabricado. Fabricação de anjinhos em grande escala! Que morram aos montes as crianças: mas que nasçam aos montões! É brutal.

Mas afinal seriam mesmo crianças, na maior parte, aquelas 73 pessoas? Nem disso tenho certeza. Vamos ver qual é a outra doença que mata mais gente. Passo os olhos pela lista. É impaludismo: 60. Depois, tuberculose, 51. Depois nefrites, 32. Noto que houve dois suicidas e dois assassinados. E 19 mortos por "debilidade congênita". É a tal fabricação a grosso de gente. Fico pensando nesses débeis congênitos de Manaus. Tenho o desejo cruel de assistir a um filme em que os visse morrer: um filme feito em janeiro, fevereiro e março de 1940 em Manaus. Muito calor, chuvas. 19 crianças imobilizando seus corpinhos magros nos bairros pobres. Vejo esses corpinhos que não possuem força para crescer, para viver: vejo esses pequeninos olhos que ficam parados. 19 enterros: "debilidade congênita". Se nos cinemas aparecessem uns complementos nacionais feitos assim, cruelmente, o povo que à noite vai aos cinemas se divertir ficaria horrorizado e amargurado. Que pensamento de mau gosto!

Penso nesses 60 mortos de impaludismo, nesses 51 mortos de tuberculose e tenho uma visão de seus corpos magros, enfim cansados de tremer, enfim cansados de tossir, sendo levados para o cemitério em dias de chuva, um após o outro. Sem febre mais: frios, frios, amarelados, brancos, míseros corpos de tuberculosos, de impaludados.

Lepra, 18; câncer e outros tumores malignos, 10; tumores não malignos, 2. Esse negócio de medicina tem lá os seus humorismos: que estranhos tumores são esses não malignos porém assassinos! Broncopneumonia, 24; doenças do fígado e das vias biliares, 24; disenteria bacilar, 5; doenças do parto, 5; gripe, 6; sífilis, 3; apendicite, 1... A lista é grande. Das 428 pessoas falecidas 235 eram do sexo masculino e 193 do sexo feminino. Ainda bem que os homens morrem mais: 235 homens mortos, 193 mulheres mortas no primeiro trimestre de 1940 em Manaus.

De um modo geral não há nisso nada demais: está visto que as pessoas têm mesmo de morrer. Que morram. Se a gente começa a pensar muito nessas coisas, passa a vida não pensando em mais nada. Então por que esses mortos de Manaus vêm se instalar na minha mesa, subrepticiamente, esses mortos de Manaus sem nomes, numerados de acordo com suas doenças, na última página de um boletim de estatística? Enquanto eu procurava assunto e ouvia o samba dos engraxates e via o bar da Glória, e pensava em comprar um chapéu, esses mortos de Manaus me espreitavam certamente, esses 428 mortos absurdos de uma distante Manaus. Esses impiedosos desconhecidos mortos me olhavam e expunham no boletim suas mazelas fatais e sabiam que eu não lhes poderia fugir.

Viajaram longamente no seio desse boletim, cada um com o nome de sua doença – o nome de sua morte – pregado na testa; esperaram meses até que eu os visse; o acaso os trouxe para cima de minha mesa; e eles se postaram ali, inflexíveis, reclamando atenção, anônimos, frios, mas impressionantes e duros.

Eu não tenho nada a ver com os mortos de Manaus! Tu nada tens a ver com os mortos de Manaus! Não importa: os mortos de Manaus estão mortos e existem mortos, devidamente registrados, com suas doenças expostas, impressos em boletim, contados e catalogados! Os mortos de Manaus existem: são 428 mortos que morreram em janeiro, que morreram em fevereiro, que morreram em março do ano de 1940.

Eles existem, eles não estão apenas jogados sobre a minha mesa, mas dentro de mim, mortos, peremptórios, em número de 428. Há dois que morreram por causas "não especificadas", mas nem por isso estão menos mortos que os outros, certamente. Os mortos de Manaus! Eles estão jogados sobre a mesa, e a mesa é vasta e fria como a tristeza do mundo, e eu me debruço, e eles projetam sobre minha alma suas 428 sombras acusativas. Sim, eu percebo que estão me acusando de qualquer coisa. Um deles – talvez um daqueles amargos e cínicos assassinados ou, espantosamente, apenas uma criança congenitamente débil –, um deles não está tão grave como os outros e ri para mim de modo tranquilo mas terrível. E murmura:

"Pobre indivíduo, nós aqui te estamos a servir de assunto, e nós o sabemos. À nossa custa escreves uma coisa qualquer e ganhas em troca uma cédula. Talvez a nossa lembrança te atormente um pouco, mas sairás para a rua com esta cédula, e com ela te comprarás cigarros ou chopes, com ela te movimentarás na tua cidade, na tua mesquinha vida de todo dia. E o rumor dessa vida, e o mofino prazer que à nossa custa podes comprar te ajudará a esquecer a nossa ridícula morte!"

Assim fala um deles, mas sem muita amargura. São 428, e agora todos guardam silêncio. Mas esse silêncio de 428 mortos de verão em Manaus é tão pesado e tenso que eu percebo que acima desses intranquilos ruídos do tráfego das ruas da cidade por onde daqui a pouco andarei, acima de algumas palavras que me disserem, ou de ternura, ou de aborrecimento, acima dos diurnos ou noturnos sons da vida, e do samba dos engraxates, e das músicas dos rádios do café onde entrarei, e das palavras de estranhos, perdidas nas esquinas, e do telefone e de minha própria voz, acima de tudo estará esse silêncio pesado. Estará sobre tudo como pesada nuvem pardo-escura tapando o céu de horizonte a horizonte, grossa, opressora transformando o sol em um pesado mormaço. Os sons e as vozes da vida adquirem um eco sob essa tampa de nuvem grossa, pois essa nuvem é morta e está sobre todas as coisas.

Arredai, mortos de Manaus! Seja o que for que tiverdes a dizer, tudo o que me disserdes será tremendo, mas inútil. Eu me sentia em vossa frente inquieto e piedoso, mas sinto que não quereis minha piedade: os vossos olhos, os vossos 428 pares de olhos foscos me olham imóveis, acusadores, obstinados. Pois bem! A mais débil de todas as brisas do mundo, a mais tímida aragem da vida dentro em pouco vos afastará, pesada nuvem de mortos! Sereis varridos como por encanto para longe de minha vida e de minha absurda aflição. A força da vida – sabei, oh mortos – a força de vida mais mesquinha é um milagre de todo dia. Eu não tenho culpa nenhuma, e nada tenho a ver convosco. Arredai, arredai. Eu não tenho culpa de nada, eu não tenho culpa nenhuma!

São Paulo, setembro, 1940

COM A FEB NA ITÁLIA

A PROCISSÃO DE GUERRA

Agora tocamos para a frente, na manhã molhada.
Corremos pela estrada, mas o carro tem de ir lentamente.
Em sentido contrário, um pesado e lento comboio de enormes caminhões avança – e em nossa frente, na mesma direção em que vamos, se arrasta outro.
É impossível passar. As estradas da Itália são boas, mas estreitas.
É preciso ter paciência.
A esta hora, em milhares de outras estradas do mundo os caminhões estão assim, em comboios, rodando para a guerra ou para a retaguarda. Temos, de repente, a consciência de tomar parte em uma estranha e lenta procissão – homens e máquinas rodando para a guerra.
Não são caminhões apenas: são navios, canoas, carros de bois, nuvens de aviões, bestas em desfiladeiros, trens elétricos zunindo, trens a vapor fumegando, tanques, trenós, cavalos, homens a pé no Alasca, na Birmânia, em Três Corações do Rio Verde, neste chão, nos lagos e matos e montes e mares de todo o mundo que produz e vive para a guerra ou em função da guerra.
A mesma guerra que nos prendia na fila de ônibus da Esplanada do Castelo nos acorrenta a esses comboios de motores roucos, a essa procissão de toldos trêmulos e pneus sujos e gordos.

É a procissão da guerra.

Tu segues com uma caneta-tinteiro, e um pedaço de chocolate no bolso. Aquele leva caixas de comida, o outro caixas de munição; e padiolas e motores, óculos para ver o inimigo, armas para matá-lo, botinas, braços e pernas, baionetas, mapas, cérebros, cartas de mulheres distantes saudosas ou não com retratos de crianças, capotes – uma guerra se faz com tudo, exige tudo, engole tudo.

De todas as partes do mundo conflui, por inumeráveis caminhos, material humano para essas filas de caminhões, essas filas que daqui a alguns quilômetros se desfarão, dissimulando-se e distribuindo-se ao longo da frente.

Entramos em uma cidade e durante 20 minutos avançamos por ruas onde não há uma só casa em pé.

Da primeira vez, confrangem essas ruas de casas estripadas que mostram as vísceras de suas paredes íntimas, num despudor de ruína completa.

Parecem mulheres de ventres rasgados.

Nesses montes de escombros estão soterrados os reinos íntimos, as antigas ternuras, as inúteis e longas discussões domésticas – e às vezes, num pedaço de parede que se equilibra entre ruínas, aparece, num ridículo macabro, a legenda de alguma fanfarronada fascista: *Vincere!* O mármore é barato, em toda parte topamos gravadas em mármores frases insolentes de Mussolini.

Essa pobre Itália está pagando bem caro os crimes de seu palhaço sangrento – e os cartazes meio rasgados nas paredes negras ainda ameaçam com a morte todos os que não pensam como o Chefe.

Avançamos entre os montões de tijolos, pó e traves quebradas.

Agora isso já não interessa aos nossos olhos: essa desgraça é monótona. Entretanto, nessa cidade devastada pela maldição da guerra, onde nem os ratos se arriscam mais, há alguma coisa que ainda chama a atenção e comove.

É um arbusto que tombou entre os escombros – mas em meio à montoeira do entulho ainda tenta sobreviver, e permanece verde, sugando, por escassos canais, debaixo da terra calcinada, alguma seiva rara.

E essa pequena árvore que se recusa a morrer, essa pequena árvore patética, é a única nota de humanidade do quarteirão arrasado.

Prossegue a nossa procissão, entre plantações de tomates e oliveiras de verde tênue.

Afinal o jipe se liberta e corre entre as campinas e os bosques de pinheiros e castanheiros.

Novembro, 1944

A MENINA SILVANA

A véspera tinha sido um dia muito duro: nossos homens atacaram uma posição difícil e tiveram de recuar depois de muitas horas de luta. Vocês já sabem dessa história, que aconteceu no fim de novembro. O comando elogiou depois os médicos que deixaram de se alimentar, abrindo mão de suas refeições para dá-las aos soldados. Um homem, entretanto, fora elogiado nominalmente: um pracinha, enfermeiro da companhia, chamado Martim Afonso dos Santos. Às nove horas da manhã – essa história também já chegou aí – Martim foi ferido por uma bala quando socorria um ferido na linha de frente. Não foi uma bala no peito; o projétil ficou alojado nas nádegas. Mas não importa onde a bala pegue um homem: o que importa é o homem. Martim Afonso dos Santos fez um curativo em si próprio e continuou a trabalhar. Até as onze e meia da noite atendeu aos homens de sua companhia. Só então permitiu que cuidassem de si.

Resolvi entrevistar Martim e fui procurá-lo num posto de tratamento da frente, onde me disseram que ele devia estar. Lá me informaram que ele tinha sido mandado para um hospital de evacuação, muitos quilômetros para a retaguarda – para encurtar conversa, eu andei mais tarde de posto em posto, de hospital em hospital, e até agora ainda não encontrei o diabo do pretinho. Encontrarei.

No posto de tratamento estavam dois homens que acabavam de ser feridos em um desastre de jipe e um outro com um estilhaço de granada na barriga da perna.
– Padioleiros, depressa!
Os homens saíram para apanhar o ferido – mas quando eles entraram, eu estava procurando o nome de Martim no fichário, e não ergui os olhos. O médico me informou que, como o ferimento era leve, eu devia procurá-lo em tal hospital; talvez já tivesse tido alta... Foi então que distraidamente me voltei para a mesa onde estava sendo atendido o último ferido – e tive uma surpresa. Quem estava ali não era um desses homens barbudos de botas enlameadas e uniforme de lã sujo que são os fregueses habituais do posto. O que vi ao me voltar foi um pequeno corpo alvo e fino que tremia de dor.
Um camponês velho deu as informações ao sargento: Silvana Martinelli, 10 anos de idade.
A menina estava quase inteiramente nua, porque cinco ou seis estilhaços de uma granada alemã a haviam atingido em várias partes do corpo. Os médicos e os enfermeiros, acostumados a cuidar rudes corpos de homens, inclinavam-se sob a lâmpada para extrair os pedaços de aço que haviam dilacerado aquele corpo branco e delicado como um lírio – agora marcado de sangue. A cabeça de Silvana descansava de lado, entre cobertores. A explosão estúpida poupara aquela pequena cabeça castanha, aquele perfil suave e firme que Da Vinci amaria desenhar. Lábios cerrados, sem uma palavra ou um gemido, ela apenas tremia um pouco – quando lhe tocavam num ferimento, contraía quase imperceptivelmente os músculos da face. Mas tinha os olhos abertos – e quando sentiu a minha sombra, ergueu-os um pouco. Nos seus olhos eu não vi essa expressão de cachorro batido dos estropiados, nem essa luz de dor e raiva dos homens colhidos no calor do combate, nem essa impaciência dolo-

rosa de tantos feridos, ou o desespero dos que acham que vão morrer. Ela me olhou quietamente. A dor contraía-lhe, num pequeno tremor, as pálpebras, como se a luz lhe ferisse um pouco os olhos. Ajeitei-lhe a manta sobre a cabeça, protegendo-a da luz, e ela voltou a me olhar daquele jeito quieto e firme de menina correta. Deus, que está no Céu – se é que, depois de tantos desgovernos cruéis e tanta criminosa desídia, ninguém o pôs para fora de lá, ou Vós mesmo, Senhor, não vos pejais de estar aí quando Vossos filhos andam neste inferno! – Deus sabe que tenho visto alguns sofrimentos de crianças e mulheres. A fome dessas meninas da Itália que mendigam na entrada dos acampamentos, a humilhação dessas mulheres que diante dos soldados trocam qualquer dignidade por um naco de chocolate – nem isso, nem o servilismo triste, mais que tudo, dos homens que precisam levar pão à sua gente, nada pode estragar a minha confortável guerra de correspondente. Vai-se tocando, vai-se a gente acostumando no ramerrão da guerra; é um ramerrão como qualquer outro: e tudo entra nesse ramerrão – a dor, a morte, o medo, o disco de Lili Marlene junto de uma lareira que estala, a lama, o vinho, a camarolo, a brutalidade, a ajuda, a ganância dos aproveitadores, o heroísmo, as cansadas pilhérias – mil coisas no acampamento e na frente, em sucessão monótona. Esse corneteiro que o frio da madrugada desafina não me estraga a lembrança de antigos quartéis de ilusões, com alvoradas de violino – Senhor, eu juro, sou uma criatura rica de felicidades meigas, sou muito rico, muito rico, ninguém nunca me amargará demais. E às vezes um homem recusa comover-se: meninas da Toscana, eu vi vossas irmãzinhas do Ceará, barrigudinhas, de olhos febris, desidratadas, pequenos trapos de poeira humana que o vento da seca ia a tocar pelas estradas. Sim, tenho visto alguma coisa, e também há coisas que homens que viram me contam: a ruindade fria dos que exploram e oprimem e proíbem pensar, e proíbem comer, e até o sentimento mais puro torcem e estragam, as vaidades monstruosas que são massacres lentos e frios de outros seres – sim, por mais distraído que seja um repórter, ele sempre, em alguma parte em que anda, vê alguma coisa.

Muitas vezes não conta. Há 13 anos trabalho neste ramo e – muitas vezes não conto. Mas conto a história sem enredo dessa menina ferida. Não sei que fim levou, e se morreu ou está viva, mas vejo seu fino corpo branco e seus olhos esverdeados e quietos. Não me interessa que tenha sido inimigo o canhão que a feriu. Na guerra, de lado a lado, é impossível, até um certo ponto, evitar essas coisas. Mas penso nos homens que começaram esta guerra e nos que permitiram que eles começassem. Agora é tocar a guerra – e quem quer que possa fazer qualquer coisa para tocar a guerra mais depressa, para aumentar o número de bombas dos aviões e tiros das metralhadoras, para apressar a destruição, para aumentar aos montes a colheita de mortes, será um patife se não ajudar. É preciso acabar com isso, e isso só se acaba a ferro e fogo, com esforço e sacrifícios de todos, e quem pode mais deve fazer muito mais, e não cobrar o sacrifício do pobre e se enfeitar com as glórias fáceis. É preciso acabar com isso, e acabar com os homens que começaram isso e com tudo o que causa isso – o sistema idiota e bárbaro de vida social, onde um grupo de privilegiados começa a matar quando não tem outro meio de roubar.

Pelo corpo inocente, pelos olhos inocentes da menina Silvana (sem importância nenhuma no oceano de crueldades e injustiças), pelo corpo inocente, pelos olhos inocentes da menina Silvana (mas oh! hienas, oh! porcos, de voracidade monstruosa, e vós também, águias pançudas e urubus, oh! altos poderosos de conversa fria ou voz frenética, que coisa mais sagrada sois ou conheceis que essa quieta menina camponesa?), pelo corpo inocente, pelos olhos inocentes da menina Silvana (oh! negociantes que roubais na carne, quanto valem esses pedaços estraçalhados?) – por esse pequeno ser simples, essa pequena coisa chamada uma pessoa humana, é preciso acabar com isso, é preciso acabar para sempre, de uma vez por todas.

Fevereiro, 1945

UM PÉ DE MILHO

EU E BEBU NA HORA NEUTRA
DA MADRUGADA

Muitos homens, e até senhoras, já receberam a visita do Diabo, e conversaram com ele de um modo galante e paradoxal. Centenas de escritores sem assunto inventaram uma palestra com o Diabo. Quanto a mim, o caso é diferente. Ele não entrou subitamente em meu quarto, não apareceu pelo buraco da fechadura, nem sob a luz vermelha do abajur. Passou um dia inteiro comigo. Descemos juntos o elevador, andamos pelas ruas, trabalhamos e comemos juntos.

A princípio confesso que estava um pouco inquieto. Quando fui comprar cigarros, receei que ele dirigisse algum galanteio baixo à moça da tabacaria. É uma senhorinha de olhos de garapa e cabelos castanhos muito simples, que eu conheço e me conhece, embora a gente não se cumprimente. Mas o Diabo se portou honestamente. O dia todo – era um sábado – correu sem novidade. Ele esteve ao meu lado na mesa de trabalho, no restaurante, no engraxate, no barbeiro. Eu lhe paguei o cafezinho; ele me pagou o bonde.

À tarde, eu já não o chamava de Belzebu, mas apenas de Bebu, e ele me chamava de Rubem. Nossa intimidade caminhava rapidamente, mesmo sem a gente esperar. Quando um cego nos pediu esmola, dei duzentos réis. É meu hábito, sempre dou duzentos réis. Ele deu uma prata de dois mil-réis, não sei se por veneta ou porque não tinha mais miúdo. Conversamos pouco: não havia assunto.

À noite, depois do jantar, fomos ao cinema... Outra vez me voltou a inquietude que sentira pela manhã. Por coincidência, ele ficou sentado junto a duas mocinhas que eu conhecia vagamente, por serem amigas de uma prima que tenho no subúrbio. Temi que ele fosse inconveniente; eu ficaria constrangido. Vigiei-o durante a metade da fita, mas ele estava sossegado em sua cadeira; tranquilizei-me. Foi então que reparei que ao meu lado esquerdo sentara-se uma rapariga que me pareceu bonita. Observei-a na penumbra. A sua pele era morena, e os cabelos quase crespos. Sentia a tepidez de seu corpo. Ela acompanhava a fita com muita atenção. Lentamente, toquei o seu braço com o meu; era fácil e natural; isto sempre acontece por acaso com as pessoas que estão sentadas juntas no cinema. Mas aquela carícia banal me encheu as veias de desejo. Suavemente, deslizei a minha mão para a esquerda. A moça continuava olhando para o filme. Achei-a linda e tive a impressão de que ela sentia como eu estava emocionado, e que isto lhe dava prazer.

Mas neste momento, ouço um pequeno riso e viro-me. Bebu está me olhando. Na verdade não está rindo; está sério. Mas em seus olhos há uma qualquer malícia. Envergonhei-me como uma criança. A fita acabou e não falamos no incidente. Eu fui para o jornal fazer o plantão da noite.

Só conversamos à vontade pela madrugada. A madrugada tem uma hora neutra que há muito tempo observo. É quando passo a tarde toda trabalhando, e depois ainda trabalho até a meia-noite na redação. Estou fatigado, mas não me agrada dormir. É aí que vem, não sei como, a hora neutra. Eu e Bebu ficamos diante de uma garrafa de cerveja em um bar qualquer. Bebemos lentamente sem prazer e sem aborrecimento. Na minha cabeça havia uma vaga sensação de efervescência, alguma coisa morna, como um pequeno peso. Isto sempre me acontece: é a madrugada, depois de um dia de trabalheiras cacetes. Conversamos não me lembro sobre o quê. Pedimos outra cerveja. Muitas vezes pedimos outra cerveja. Houve um momento em que olhei sua cara banal, seu ar de burocrata avariado e disse:

– Bebu, você não parece o Diabo. É apenas como se costuma dizer, um pobre-diabo.

Ele me fitou com seus olhos escuros e disse:

– Um pobre-diabo é um pobre Deus que fracassou.

Disse isto sem solenidade nenhuma, como se não tivesse feito uma frase. De repente me perguntou se eu acreditava no Bem e no Mal. Não respondi; eu não acreditava.

Mas a nossa conversa estava ficando ridícula. Desagradava-me falar sobre esses assuntos vagos e solenes. Disse-lhe isto, mas ele não me deu a menor atenção. Grunhiu apenas:

– Existem.

Depois, afrouxou o laço da gravata e falou:

– Há o Bem e o Mal, mas não é como você pensa. Afinal quem é você? Em que você pensa? Com certeza naquela moça que vende cigarros, de olhos de garapa, de cabelos castanhos...

Estas palavras de Bebu me desagradaram. Ele dissera exatamente como por acaso: aquela moça de olhos de garapa... Era assim que eu me exprimia mentalmente, era esta a imagem que me vinha à cabeça sempre que pensava nos olhos daquela senhorinha.

Sei que não é uma comparação nova; há muitos olhos que têm aquela mesma cor meio verde, meio escura, de caldo de cana; olhos doces, muito doces; e muitas pessoas já notaram isso; e até eu já vi essa imagem em uma poesia, não me lembro de quem. Mas a coincidência era alarmante; não podia ser coincidência. Bebu lia no meu pensamento, e, o que era pior, lia sem nenhum interesse, como se lê um jornal de anteontem. Isso me irritou:

— Ora, Bebu, não se trata de mim. Você estava falando do Bem e do Mal. Uma conversa besta...

Ele não ligou:

— Está bem, Rubem: o Bem e o Mal existem, fique sabendo. Você morou muito tempo em São José do Rio Branco, não morou?

— Estive lá quase dois anos. Trabalhava com o meu tio. Um lugarzinho parado...

— Bem. Lá havia um prefeito, um velho prefeito, o Coronel Barbirato. Mas o nome não tem importância. Imagine isto: uma cidade pequena onde há sempre um prefeito, o mesmo prefeito. Esse prefeito nunca será deposto, nunca deixará de ser reeleito, sempre será o prefeito. E há também um homem que lhe faz oposição. Esse homem uma vez quis depor o prefeito, mas foi derrotado e o será sempre. O povo da cidade teme, aborrece, estima, odeia o prefeito; não importa. Pois é isto.

Bebu pôs um pouco de cerveja no copo e continuou falando:

— É isto: o Bem e o Mal. O prefeito acha que os bancos do jardim devem ser colocados diante da igreja: isto é o Bem. O homem da oposição acha que eles devem ficar em volta do coreto? Isto é o Mal. Entretanto...

— Bebu, deixe de ser chato.

— Não amole. Você sabe a minha história. Fiz uma revolução contra Deus. Perdi, fui vencido, fui exilado; nunca tive nem implorei anistia. Deus me venceu para todos os séculos, para a eternidade. É o prefeito eterno, ninguém pode fazer nada. Agora, se tem coragem, imagine isto: eu saio de meu inferno uma bela tarde, junto meu pessoal, faço uma campanha de radiodifusão, arranjo armamento, vou até o Paraíso e derroto aquele patife. Expulso de lá aquela canalha, todas aquelas onze mil virgens, aquela santaria imunda. O que acontece?

Eu não respondi. Irritava-me aquele modo de falar. Bebu continuou com mais veemência:

— Acontece isto, seu animal: não acontece nada! Você reparou quando uma revolução vence? Os homens se renderão diante do fato consumado. O Bem será o Mal, e o Mal será o Bem. Quem passou a vida adulando Deus irá para o inferno deixar de ser imbecil. Eu farei a derrubada: em vez de anjinhos, os capetinhas, em vez dos santos, os demônios. Tudo será a mesma coisa, mas exatamente o contrário. Não precisarei nem modificar as religiões. Só mudar uma palavra nos livros santos: onde estiver "não", escrever "sim", onde estiver "pecado", escrever "virtude". E o mundo tocará para a frente. Vocês não seguirão a minha lei, como não seguem a dele; não importa, será sempre a lei.

Eu me sentia atordoado. Percebi que lá fora, na rua, as lâmpadas se apagavam e murmurei: seis horas. Bebu falava com um ar de desconsolo:

— Mas não pense nisto. Aquele patife está firme. É possível depô-lo? Impossível! Impossível...

Olhei a sua cara. Dentro de seus olhos, no fundo deles, muito longe, havia um brilho. Era uma pequena, miserável esperança, muito distante, mas todavia irredutível. Senti pena de Bebu. É estranho, eu não posso olhar uma pessoa assim, no fundo dos olhos, sem sentir pena. Fui consolando:

— Enfim, meu caro, não adiantaria coisa alguma. Você como está, vai bem. Tem seu prestígio...

— Eu estou bem? Canalha! Pensa que, quando me revoltei, foi à toa? Conhece o meu programa de governo, sabe quais foram os ideais que me levaram à luta? Pode explicar por que, através de todos os séculos, desde que o mundo não era mundo até hoje, até sempre, fui eu, Lúcifer, o único que teve peito para se revoltar? Você sabe que, modéstia à parte, eu era o melhor da turma? Eu era o mais brilhante, o mais feliz, o mais puro, era feito de luz. Por que é que me levantei contra ele, arriscando tudo? O governo atual diz que eu fui movido pela ambição e pela vaidade. Mas todos os governos dizem isto de todos os revolucionários fracassados!

Olhe, você é tão burro que eu vou lhe dizer. Esta joça não ficava assim não. Eu podia lhe contar o meu programa; não conto, porque não sou nenhum desses políticos idiotas que vivem salvando a pátria com plataformas. Mas reflita um pouco, meu animal. Deus me derrotou, me esmagou, e nunca nenhum vencedor foi mais infame para com um vencido. Mas pelo amor que você tem a esse canalha, diga-me: o que é que ele fez até agora? A vida que ele organizou e que ele dirige não é uma miséria? – uma porca miséria? Você sabe perfeitamente disto. Os homens não sofrem, não se matam, não vivem fazendo burradas? É impossível esconder o fracasso. Deus fracassou, fracassou mi-se-ra-vel-mente! E agora, vamos, me diga: por pior que eu fosse, acha possível, camarada, acha possível que eu organizasse um mundo tão ridículo, tão sujo?

Não respondi a Bebu. Esvaziamos em silêncio o último copo de cerveja. Eu ia pedir outra, mas refleti amargamente que não tinha mais dinheiro no bolso. Ele, por sua vez, constatou o mesmo. Saímos. Lá fora já era dia:

– Puxa vida! Que sol claro, Bebu! Isto deve ser sete horas.

Andamos até a esquina da Avenida.

Ele me perguntou:

– Onde é que você vai?

– Vou dormir. E você?

Bebu me olhou com seus olhos escuros e respondeu com um sorriso de anjo:

– Vou à missa...

Julho, 1933

AULA DE INGLÊS

– *Is this an elephant?*
Minha tendência imediata foi responder que não; mas a gente não deve se deixar levar pelo primeiro impulso. Um rápido olhar que lancei à professora bastou para ver que ela falava com seriedade, e tinha o ar de quem propõe um grave problema. Em vista disso, examinei com a maior atenção o objeto que ela me apresentava.

Não tinha nenhuma tromba visível, de onde uma pessoa leviana poderia concluir às pressas que não se tratava de um elefante. Mas se tirarmos a tromba a um elefante, nem por isso deixa ele de ser um elefante; e mesmo que morra em consequência da brutal operação, continua a ser um elefante; continua, pois um elefante morto é, em princípio, tão elefante como qualquer outro. Refletindo nisso, lembrei-me de averiguar se aquilo tinha quatro patas, quatro grossas patas, como costumam ter os elefantes. Não tinha. Tampouco consegui descobrir o pequeno rabo que caracteriza o grande animal e que, às vezes, como já notei em um circo, ele costuma abanar com uma graça infantil.

Terminadas as minhas observações, voltei-me para a professora e disse convictamente:

– *No, it's not!*

Ela soltou um pequeno suspiro, satisfeita: a demora de minha resposta a havia deixado apreensiva. Imediatamente me perguntou:

— *Is it a book?*

Sorri da pergunta: tenho vivido uma parte de minha vida no meio de livros, conheço livros, lido com livros, sou capaz de distinguir um livro à primeira vista no meio de quaisquer outros objetos, sejam eles garrafas, tijolos ou cerejas maduras – sejam quais forem. Aquilo não era um livro, e mesmo supondo que houvesse livros encadernados em louça, aquilo não seria um deles: não parecia de modo algum um livro. Minha resposta demorou no máximo dois segundos:

— *No, it's not!*

Tive o prazer de vê-la novamente satisfeita – mas só por alguns segundos. Aquela mulher era um desses espíritos insaciáveis que estão sempre a se propor questões, e se debruçam com uma curiosidade aflita sobre a natureza das coisas.

— *Is it a handkerchief?*

Fiquei muito perturbado com essa pergunta. Para dizer a verdade, não sabia o que poderia ser um *handkerchief*; talvez fosse hipoteca... Não, hipoteca não. Por que haveria de ser hipoteca? *Handkerchief!* Era uma palavra sem a menor sombra de dúvida antipática; talvez fosse chefe de serviço ou relógio de pulso ou ainda, e muito provavelmente, enxaqueca. Fosse como fosse, respondi impávido:

— *No, it's not!*

Minhas palavras soaram alto, com certa violência, pois me repugnava admitir que aquilo ou qualquer outra coisa nos meus arredores pudesse ser um *handkerchief*.

Ela então voltou a fazer uma pergunta. Desta vez, porém, a pergunta foi precedida de um certo olhar em que havia uma luz de malícia, uma espécie de insinuação, um longínquo toque de desafio. Sua voz era mais lenta que das outras vezes; não sou completamente ignorante em psicologia feminina, e antes dela abrir a boca eu já tinha a certeza de que se tratava de uma pergunta decisiva.

— *Is it an ashtray?*

Uma grande alegria me inundou a alma. Em primeiro lugar porque eu sei o que é um *ashtray*: um *ashtray* é um cinzeiro. Em segundo lugar porque, fitando o objeto que ela me apresentava, notei uma extraordinária semelhança entre ele e um *ashtray*. Sim. Era um objeto de louça de forma oval, com cerca de 13 centímetros de comprimento.

As bordas eram da altura aproximada de um centímetro, e nelas havia reentrâncias curvas – duas ou três – na parte superior. Na depressão central, uma espécie de bacia delimitada por essas bordas, havia um pequeno pedaço de cigarro fumado (uma bagana) e, aqui e ali, cinzas esparsas, além de um palito de fósforos já riscado. Respondi:

— *Yes!*

O que sucedeu então foi indescritível. A boa senhora teve o rosto completamente iluminado por uma onda de alegria; os olhos brilhavam – vitória! vitória! – e um largo sorriso desabrochou rapidamente nos lábios havia pouco franzidos pela meditação triste e inquieta. Ergueu-se um pouco da cadeira e não se pôde impedir de estender o braço e me bater no ombro, ao mesmo tempo que exclamava, muito excitada:

— *Very well! Very well!*

Sou um homem de natural tímido, e ainda mais no lidar com mulheres. A efusão com que ela festejava minha vitória me perturbou; tive um susto, senti vergonha e muito orgulho.

Retirei-me imensamente satisfeito daquela primeira aula; andei na rua com passo firme e ao ver, na vitrine de uma loja, alguns belos cachimbos ingleses, tive mesmo a tentação de comprar um. Certamente teria entabulado uma longa conversação com o embaixador britânico, se o encontrasse naquele momento. Eu tiraria o cachimbo da boca e lhe diria:

— *It's not an ashtray!*

E ele na certa ficaria muito satisfeito por ver que eu sabia falar inglês, pois deve ser sempre agradável a um embaixador ver que sua língua natal começa a ser versada pelas pessoas de boa-fé do país junto a cujo governo é acreditado.

Maio, 1945

A COMPANHIA DOS AMIGOS

O jogo estava marcado para as 10 horas, mas começou quase 11. O time de Ipanema e Leblon tinha alguns elementos de valor, como Aníbal Machado, Vinicius de Moraes, Lauro Escorel, Carlos Echenique, o desenhista Carlos Thiré, e um cunhado do Aníbal que era um extrema-direita tão perigoso que fui obrigado a lhe dar uma traulitada na canela para diminuir-lhe o entusiasmo. Eu era beque do Copacabana e atrás de mim estava o guardião e pintor Di Cavalcanti. Na linha média e na atacante jogavam um tanto confusamente Augusto Frederico Schmidt, Fernando Sabino, Orígenes Lessa, Newton Freitas, Moacir Werneck de Castro, o escultor Pedrosa, o crítico Paulo Mendes Campos. Não havia juiz, o que facilitou muito a movimentação da peleja, que se desenrolou em três tempos, ficando convencionado que houve dois jogos. Copacabana venceu o primeiro por 1 x 0 (houve um gol deles anulado porque Di Cavalcanti declarou que passara por cima da trave; e, como não havia trave, ninguém pode desmentir). O segundo jogo também vencemos, por 2 a 1. Esse 1 deles foi feito passando sobre o meu cadáver. Senti um golpe no joelho, outro nos rins e outro na barriga; elevei-me no ar e me abati na areia, tendo comido um pouco da mesma.

A torcida era composta de variegadas senhoras que ficavam sob as barracas e chupavam melancia. Uma saída do *center forward* Schmidt (passando a bola gentilmente para trás, para o *center half*) e uma defesa de Echenique foram os instantes de maior sensação.

Carlos Drummond de Andrade deixou de comparecer, assim como outros jogadores do Copacabana, como Sérgio Buarque de Holanda e Chico Assis Barbosa. Afonso Arinos de Melo Franco jogará também no próximo encontro, em que o Leblon terá o reforço de Fernando Tude e Édison Carneiro, além de Otávio Dias Leite e outros. Joel Silveira mora em Botafogo, mas como sua casa é perto do Túnel Velho jogará no Copacabana.

Assim nos divertimos nós, os cavalões, na areia. As mulheres riam de nosso "prego". Suados, exaustos de correr sob o sol terrível na areia quente e funda, éramos ridículos e lamentáveis, éramos todos profundamente derrotados. Ah, bom tempo em que eu jogava um jogo inteiro – um meia-direita medíocre mas furioso – e ainda ia para casa chutando toda pedra que encontrava no caminho.

Depois mergulhamos na água boa e ficamos ali, uns 30 homens e mulheres, rapazes e moças, a bestar e conversar na praia. Doce é a companhia dos amigos; doce é a visão das mulheres em seus maiôs, doce é a sombra das barracas; e ali ficamos debaixo do sol, junto do mar, perante as montanhas azuis. Ah, roda de amigos e mulheres, esses momentos de praia serão mais tarde momentos antigos. Um pensamento horrivelmente besta, mas doloroso. Aquele amará aquela, aqueles se separarão; uns irão para longe, uns vão morrer de repente, uns vão ficar inimigos. Um atraiçoará, outro fracassará amargamente, outro ninguém mais ouvirá falar, e aquela mulher que está deitada, rindo tanto sua risada clara, o corpo molhado, será aflita e feia, azeda e triste.

* * *

E houve o Natal. Os Bragas jamais cultivaram com muito ardor o Natal; lembro-me que o velho sempre gostava de reunir a gente num jantar, mas a verdade é que sempre faltava um ou outro no dia. Nossas grandes festas eram São João e São Pedro – em São João havia fogueira no quintal, perto do grande pé de fruta-pão, e em São Pedro, padroeiro da cidade, havia uma tremenda batalha naval aérea inesquecível de fogos de artifício. Hoje não há mais nem São João, nem São Pedro, e continua não havendo Natal. Tomei um suco de laranja e fui dormir. A cidade estava insuportável, com milhões de pessoas na rua, os caixeiros exaustos, os preços arbitrários, o comércio, com o perdão da palavra, lavando a égua, se enchendo de dinheiro. Terá nascido Cristo para todo ano dar essa enxurrada de dinheiro aos senhores comerciantes, que já em novembro começam a espreitar o pequenino berço na estrebaria com um olhar cúpido?

    Atravessarei o ano na casa fraterna de Vinicius de Moraes. Estaremos com certeza bêbedos e melancólicos – mas, em todo caso, meus amigos, se eu não ficar melancólico farei ao menos tudo para ficar bêbedo. Como passam anos! Ultimamente têm passado muitos anos. Mas não falemos nisso.

Dezembro, 1945

UM PÉ DE MILHO

Os americanos, através do radar, entraram em contato com a Lua, o que não deixa de ser emocionante. Mas o fato mais importante da semana aconteceu com o meu pé de milho.

Aconteceu que no meu quintal, em um monte de terra trazido pelo jardineiro, nasceu alguma coisa que podia ser um pé de capim – mas descobri que era um pé de milho. Transplantei-o para o exíguo canteiro na frente da casa. Secaram as pequenas folhas, pensei que fosse morrer. Mas ele reagiu. Quando estava do tamanho de um palmo veio um amigo e declarou desdenhosamente que na verdade aquilo era capim. Quando estava com dois palmos veio outro amigo e afirmou que era cana.

Sou um ignorante, um pobre homem de cidade. Mas eu tinha razão. Ele cresceu, está com dois metros, lança as suas folhas além do muro – e é um esplêndido pé de milho. Já viu o leitor um pé de milho? Eu nunca tinha visto. Tinha visto centenas de milharais – mas é diferente. Um pé de milho sozinho, em um canteiro, espremido, junto do portão, numa esquina de rua – não é um número numa lavoura, é um ser vivo e independente. Suas raízes roxas se agarram no chão e suas folhas longas e verdes nunca estão imóveis. Detesto comparações surrealistas – mas na glória de seu crescimento, tal como o vi em uma noite de luar, o pé de milho parecia um cavalo empinado, as crinas ao vento – e em outra madrugada parecia um galo cantando.

    Anteontem aconteceu o que era inevitável, mas que nos encantou como se fosse inesperado: meu pé de milho pendoou. Há muitas flores belas no mundo, e a flor de milho não será a mais linda. Mas aquele pendão firme, vertical, beijado pelo vento do mar, veio enriquecer nosso canteirinho vulgar com uma força e uma alegria que fazem bem. É alguma coisa de vivo que se afirma com ímpeto e certeza. Meu pé de milho é um belo gesto da terra. E eu não sou mais um medíocre homem que vive atrás de uma chata máquina de escrever: sou um rico lavrador da Rua Júlio de Castilhos.

Dezembro, 1945

DIA DA MARINHA

*E*stamos, no fim de um dia de trabalho, estreitamente ligados e profusamente amontoados, oito desconhecidos. Hoje é o Dia da Marinha; mas nem por isso apareceu uma galera na porta do escritório, nem eu pude pegar na esquina um bergantim; de maneira que viajamos com raiva e melancolia no velho autolotação. Sentimos a nossa respiração, os músculos mútuos; qualquer movimento que um faça aqui dentro repercute no outro.

Estou cerradamente imóvel; uma senhora de olhos azuis, que está acompanhada de um rapaz moreno, sentou-se ao meu lado. Com esse respeito que uma bela desconhecida inspira, fiquei ali agarrado ao meu canto, as pernas imprensadas pela cadeirinha da frente. Falavam em voz baixa, ela com uma espécie de paciência irritada, ele num tom surdo, meio queixoso, meio rude.

Não sei que espécie de pudor me impede de contar a conversa: como que me entristeceria ser indiscreto sobre aqueles dois desconhecidos. Era uma conversa de namorados, talvez de amantes. Ele a recriminava por alguma coisa, e ela respondia. Estavam os dois tristes, numa dessas crises de vazio melancólico que às vezes assalta os amantes urbanos.

– Porque você não se interessou...
– Mas não foi, você sabe que não foi. Ele tinha chegado...

As frases eram assim: e aquelas frases não contavam precisamente nada, mas diziam tudo.

* * *

Uma dessas histórias vulgares, com dificuldade de chave de apartamento, com hora de dentista, com indiscrições e ciúmes, telefone ocupado, cautelas infinitas e golpes súbitos de loucura – um desses casos tão iguais a todos e tão especialmente particulares. Fiquei comovido, meio triste, e um pouco aborrecido de estar incomodando o casal com minha presença forçada.

Foi então que ele disse alguma coisa que eu não ouvi, e ela deixou escapar uma exclamação:

– Ora bolas!

Os dois ficaram em silêncio, um silêncio em que aquela exclamação se eternizava, antipática e vulgar.

Porque o silêncio não tem substância; ele é vazio como grande redoma de vidro, e o que vive nele é a última palavra ou o último gesto. E aquele "ora bolas" continuava no silêncio, como se fosse uma desagradável mosca zumbindo dentro da redoma – aquela redoma em que o homem de cara morena e a senhora de olhos azuis deviam ter vivido minutos de silêncio infinito e suave.

Mas de repente ele viu alguma coisa; e nós todos voltamos a cabeça para ver. Na baía escura estava toda a esquadra tremendo de luzes. Vinte ou trinta ou quarenta navios de guerra grandes e pequenos estavam ali imóveis, faiscantes, as proas apontadas para o mar alto, com fieiras de luzes descendo dos mastros para a popa e a proa, dialogando com sinais luminosos, ferindo o céu e o dorso das montanhas com o jato cruzado de seus projetores de ouro.

– Que beleza!

Ela disse com uma veemência infantil e nossos olhos todos eram olhos deslumbrados de criança.

– Mas que bonito!

Era a voz do homem. E depois que um ônibus qualquer nos trancou a vista, e o lotação virou à direita, eles ficaram calados. Mas agora era um doce silêncio, e senti que ela encostava mais nele o seu ombro esquerdo – e lentamente ele lhe segurou a mão. Nosso auto voava entre outros autos negros e luzidios, num galope veloz de motores surdos em demanda ao sul. E o silêncio deles era cheio de beleza. Que pode haver mais belo que uma esquadra no mar? Diante da esquadra faiscante de luzes, que importam o telefone em comunicação, a espera infeliz no fundo do bar, e toda a pequena mortificação ansiosa, ó inquietos amantes urbanos?

Passamos a encruzilhada nervosa do Mourisco. E quando o auto subia veloz a Avenida Pasteur, alguém desceu uma vidraça, e entrou uma rajada de vento que jogou para trás os cabelos da mulher. Ah, sou um pobre homem, triste e feio, mas grave dentro de mim mesmo, sem nenhuma ambição além de manter o que tenho, que é pouco para os outros e tudo para mim. Sou o mais obscuro viajante deste velho autolotação, e estou aqui afundado e imóvel no último canto, escuro e só. Mas, que me seja dado murmurar sem que ninguém ouça (pois o ronco do motor abafa meu murmúrio); que me seja dado abençoar esses amantes e dizer que assim, os cabelos batidos pelo vento, a cara séria olhando para a frente, essa mulher de olhos azuis é bela como tudo o que é belo: cavalo galopando no campo, navio que avança pelo mar.

Dobramos à direita; agora o nosso lotação avança para o túnel; por que dizer o nosso lotação? É o nosso bergantim que avança para o túnel. É o nosso bergantim!

Janeiro, 1946

SUBÚRBIOS

Um passeio pelos subúrbios da Central e da Leopoldina não é uma fina ideia de turismo. O turista querendo ver a pobreza deve ir a um morro – onde há muita miséria e muita doença, mas há horizonte. Horizonte não enche a barriga de ninguém: mas enche os olhos. Árvores, amplo céu, vista de cidades e às vezes de mar; altura, vento... Muitos pintores nossos já fizeram quadros do morro; mas ao triste subúrbio, quem se arrisca?

Ali a pobreza é toda feiura e limitação. Não me refiro aos centros suburbanos meio orgulhosos, com seus prédios importantes, bom comércio, movimento nas praças ajardinadas; mas aos densos subúrbios dos subúrbios. Ali a pobreza se achata na planície; o que a pobreza vê é a outra pobreza. No aperto incrível do trem, eu espiava, sobre os ombros de um passageiro, a revista que ele ia lendo; havia um artigo sobre Goya. A um solavanco, desviei os olhos e vi então uma cara horrenda de mulher ou menina – uma cara que era um aleijão pavoroso e ridículo. Uma assombração de Goya marchava para Madureira. Logo depois, uma menina de onze anos que não sabia falar; um homem que tossia, naquele aperto, com uma tuberculose evidente e melancólica.

Há, certamente, nos subúrbios, pessoas normais e belas. Mas na população geral o que sentimos é uma depressão física e também mental. As conversas são queixas irritadas, ou resenhas de males e dificuldades. E como são feias as casas, e sujos os quintais; há ruas inteiras que cheiram mal. Respira-se um ar de problemas; são problemas baratos, que ninguém resolve e que se cruzam com outros problemas. Não há sequer aquela dignidade que encontramos por exemplo numa aldeia de pescadores extremamente miserável, perdida numa praia qualquer – onde a vida tem um ritmo simples, entre os peixes, as esteiras e a mandioca.

O subúrbio é penetrado pelo mundo; ele ajuda a fazer funcionar o mundo, e ao mesmo tempo é um lixo confuso de gente boa a ruim, de ambições mesquinhas e sonhos tortos. A vida sofre uma distorção: perde seu sentido mais simples. Na aldeia da Pacalucagem o sol nasce, o sol morre; aqui o trem sai e o trem chega – atrasado. Há uma tristeza mesquinha; nem a desgraça é límpida.

Nesses subúrbios tão juntos do centro do Rio sentimos essa imagem do povo do Brasil. Somos um país de vida pobre – e quase sempre feia. A má-fé penetrou a religião, a política, a família, a escola, a economia, o amor. Como se vive de má-fé! Por favor, não falem demasiado em nossas tradições, em nossas instituições. Umas são rotinas; outras são arranjos. Em toda parte. No subúrbio acontece que nossa mesquinhez fundamental é mais nítida. E nas paredes chega a ser aflitiva a repetição – feita com tanto ardor! tão altas esperanças! – de um nome frio, medíocre, melancólico: Fiúza...

Fevereiro, 1946

VEM A PRIMAVERA

*E*screve com violência no *Cruzeiro* meu amigo Genolino Amado contra a Primavera, e o menos que diz dela é que não há. Por que plantar árvores e fazer versos e dizer às crianças e mesmo aos marmanjos: atenção, eis que vem a Primavera – se ela não vem? Ela seria apenas um compasso para a espera do Verão: e é uma tolice comemorar um compasso.

A coisa me atinge, pois tenho cantado a Primavera todo ano, assim como as demais estações, conforme é uso e costume das pessoas que escrevem o ano inteiro, e obedecem às tradições deste ofício. E à força de escrever sobre a Primavera acabei acreditando nela e, quem sabe?, sentindo-a. O que em outros países é fácil e barato, em nossa capital do Brasil é um exercício fino. O homem distraído não vê a Primavera, pois não há neves que se derretam nem campos que se cubram de flores instantâneas. Mas quem viver com o nariz no céu bem que a sente; talvez porque o sol ande um pouco para o sul, talvez porque as laranjas dos caminhões fiquem piores e apareçam as jabuticabas, e certas árvores deitem flores, e os peixes nos deixem comer suas ovas, e os dias comecem a florescer mais cedo, e as primeiras cigarras comecem a cantar. Não sei nada dessas coisas, mas que importa se me comove o equinócio e me sinto intimamente confortável porque neste mundo desigual vejo bem repartida a sombra e a luz do dia 23, e sempre há esperança de que falte menos água, e a marcha misteriosa das coisas nos prometa cajus para chupar com cachaça e as primeiras acácias breve comecem a chover ouro sobre a calçada onde passeio minha nefasta melancolia? Só o lavrador sabe as coisas; só o caçador e o pescador, seus irmãos mais velhos, e jamais nós, cujo calendário é o vencimento dos títulos, os invencíveis títulos, que se vencem ao sol e à chuva com a mesma triste pressa, a mesma cruel monotonia. Eu e Genolino não plantamos legumes na terra, mas apenas cultivamos estas tristes couves da literatura que são as crônicas; e as dele, muito embora sejam couves-flores, também são, como estas, feitas de palavras vãs e não da força da terra e da água do céu. Ai de nós!

Voltarei a contar, em louvor da Primavera que vem no fim do mês, um conto que uma vez li e não sei sequer o nome do autor. Lembro que o mordomo se curva em ângulo reto e anuncia à senhora condessa:

– Com a permissão de V. Exa., a Primavera chegou.

– Diga-lhe que seja bem-vinda, e pode permanecer três meses em minhas terras.

Então vem o primeiro domingo de Primavera. E havia um velho mendigo que tinha uma perna de pau. E todo domingo ele ficava à porta da igreja; e havia uma rica velhinha que todo domingo, à entrada da missa, dava ao mendigo uma grande moeda de cobre. Naquele domingo, entretanto, por ser o primeiro da Primavera, lhe deu uma grande moeda de ouro. O mendigo sorriu e lhe ofereceu uma rosa.

– Que rosa tão bela, mendigo. Onde a colheu?

– Nasceu em minha perna de pau, senhora.

Não sei se isso comoverá Genolino; é possível, se ele já amou entre as rosas de outubro na Praça da Liberdade de Belo Horizonte ou na Praça Marechal Deodoro, em S. Paulo. Mas lhe peço que me ajude a fazer propaganda da Primavera. Assim, quem sabe, talvez ela exista. Tenho feito previsões erradas sobre essa gentil estação, confesso. Há dois anos, em setembro, escrevia:

"Nas filas de mantimentos todos farão roda e se porão a cantar. E haverá luta nos ônibus: pois a Primavera é tão gentil que pela sua influência todos se assanharão de gentileza e todos hão de querer ser um dos 8 em pé:
– Mas, por favor. Mas, faço questão! Oh, senhorita. Oh, cavalheiro! Quero ficar em pé, como sempre vivi! De pé, pela Democracia! De pé, pela Primavera! Irei me sacudindo assim, com o coração acima do estômago, e a cabeça, ainda que tonta, acima do coração!"

Previ também que os açougueiros e padeiros fariam fila à porta dos edifícios, e muitas outras coisas, terminando assim: "Iremos para a amplidão dos mares, na volta tomaremos grandes, imortais chuveiradas. Pois na Primavera teremos água, pois na Primavera nascerão fontes líricas dentro do metal das torneiras, e a vida será uma pantomima aquática, de nossas banheiras saltarão peixes-voadores que se porão a cantar como verdadeiros gaturamos."

Sim, confesso que errei. Mas por que não acreditar na Primavera? É grátis, e para acreditar não é preciso fazer fila. Afinal, a verdade é que desde logo a minha varanda tem flores, e ali atrás do Ministério do Trabalho, entre o horrível Ministério da Fazenda e a lagoa com estátua de Rio Branco, perto de teu apartamento, ó Genolino, as grandes árvores deitam flores rubras. Acreditemos. E aquele dentre vós que tiver a sua amada, cante com Heitor dos Prazeres:

"Meu amor por ti são flores
Tudo flores naturais..."

E quem não tiver amada, espere, que ela está vindo. Está na esquina, talvez na esquina da praia, talvez na esquina do mês de outubro; bela, sorrindo, e coroada de flores ela vem...

Setembro, 1946

RECEITA DE CASA

Ciro dos Anjos escreveu, faz pouco tempo, uma de suas páginas mais belas sobre as antigas fazendas mineiras. Ele dá os requisitos essenciais a uma fazenda bastante lírica, incluindo, mesmo, uma certa menina de vestido branco. Nada sei dessas coisas, mas juro que entendo alguma coisa de arquitetura urbana, embora Caloca, Aldari, Jorge Moreira e Ernâni, pobres arquitetos profissionais, achem que não.

Assim vos direi que a primeira coisa a respeito de uma casa é que ela deve ter um porão, um bom porão com entrada pela frente e saída pelos fundos. Esse porão deve ser habitável porém inabitado; e ter alguns quartos sem iluminação alguma, onde se devem amontoar móveis antigos, quebrados, objetos desprezados e baús esquecidos. Deve ser o cemitério das coisas. Ali, sob os pés da família, como se fosse no subconsciente dos vivos, jazerão os leques, as cadeiras, as fantasias do carnaval do ano de 1920, as gravatas manchadas, os sapatos que outrora andaram em caminhos longe.

Quando acaso descerem ao porão, as crianças hão de ficar um pouco intrigadas; e como crianças são animais levianos, é preciso que se intriguem um pouco, tenham uma certa perspectiva histórica, meditem que, por mais incrível e extraordinário que pareça, as pessoas grandes também já foram crianças, a sua avó já foi a bailes, e outras coisas instrutivas que são um pouco tristes mas hão de restaurar a seus olhos, a dignidade corrompida das pessoas adultas.

Convém que as crianças sintam um certo medo do porão; e embora pensem que é medo do escuro, ou de aranhas-caranguejeiras, será o grande medo do Tempo, esse bicho que tudo come, esse monstro que irá tragando em suas fauces negras os sapatos da criança, sua roupinha, sua atiradeira, seu canivete, as bolas de vidro, e afinal a própria criança.

O único perigo é que o porão faça da criança, no futuro, um romancista introvertido, o que se pode evitar desmoralizando periodicamente o porão com uma limpeza parcial para nele armazenar gêneros ou utensílios ou mais facilmente tijolos, por exemplo; ou percorrendo-o com uma lanterna elétrica bem possante que transformará hienas em ratos e cadafalsos em guarda-louças.

Ao construir o porão deve o arquiteto obter um certo grau de umidade, mas providenciar para que a porta de uma das entradas seja bem fácil de arrombar, porque um porão não tem a menor utilidade se não supomos que dentro dele possa estar escondido um ladrão assassino, ou um cachorro raivoso, ou ainda, anarquistas búlgaros de passagem por esta cidade.

Um porão supõe um alçapão aberto na sala de jantar. Sobre a tampa desse alçapão deve estar um móvel pesado, que fique exposto ao sol ao menos duas horas por dia, de tal modo que à noite estale com tanto gosto que do quarto das crianças dê a impressão exata de que o alçapão está sendo aberto, ou o terrível meliante já esteja no interior da casa.

Não preciso fazer referência à varanda, nem ao caramanchão, nem à horta e jardim; mas se não houver ao menos um cajueiro, como poderá a família viver com decência? Que fará a família no verão, e que hão de fazer os sanhaços, e as crianças que matam os sanhaços, e as mulheres de casa que precisam ralhar com as crianças devido às nódoas de caju na roupa? Imaginem um menino de 9 anos que não tem uma só mancha de caju em sua camisinha branca. Que honras poderá esperar essa criança na vida, se a inicia assim sem a menor dignidade?

Mas voltemos à casa. Ela deve ter janela para vários lados e se o arquiteto não providenciar para que na rua defronte passem bois para o matadouro municipal ele é um perfeito fracasso. E o piso deve ser de tábuas largas, jamais enceradas, de maneira que lavar a casa seja uma das alegrias domésticas. Depois de lavado o assoalho, são abertas as portas e janelas, para secar. E quando a madeira ainda estiver um pouco úmida, nas tardes de verão, ali se devem deitar as crianças, pois eis que isso é doce.

O que é essencial em uma casa – e entretanto quantos arquitetos modernos negligenciam isso, influenciados por ideias exóticas! – é a sala de visitas. Seu lugar natural é ao lado da sala de jantar. Ela deve ter móveis incômodos e bem envernizados, e deve permanecer rigorosamente fechada através das semanas e dos meses. Naturalmente se abre para receber visitas, mas as visitas dessa categoria devem ser rigorosamente selecionadas em conselho de família.

As crianças jamais devem entrar nessa sala, a não ser quando chamadas expressamente para cumprimentar as visitas. Depois de apertar a mão da visita, e de ouvir uma pequena referência ao fato de que estão crescidas (pois em uma família honrada as crianças estão sempre muito crescidas), devem esperar ainda cerca de dois minutos até que a visita lhes dirija uma pilhéria em forma de pergunta, por exemplo: se é verdade que já tem namorada. Devem então sorrir com condescendência (podem utilizar um pequeno ar entre a modéstia e o desprezo) e se retirar da sala.

Não desejo me alongar, mas não posso deixar de corrigir uma omissão grave.

Trata-se de uma gravura, devidamente emoldurada com o retrato do Marechal Floriano Peixoto. Essa gravura deve estar no porão, não pregada na parede, mas em todo caso visível mediante a lanterna elétrica, em cima de um guarda--comida empoeirado, apoiada à parede. Pois é bem inseguro o destino de uma família que não tem no porão, empoeirado, mas vigilante, um retrato do Marechal de Ferro, impertérrito, frio, a manter na treva e no caos, entre baratas, ratos e aranhas, a dura ordem republicana.

Outubro, 1946

O HOMEM ROUCO

SOBRE O AMOR, ETC.

*D*izem que o mundo está cada dia menor.
É tão perto do Rio a Paris! Assim é na verdade, mas acontece que raramente vamos sequer a Niterói. E alguma coisa, talvez a idade, alonga nossas distâncias sentimentais.
Na verdade há amigos espalhados pelo mundo. Antigamente era fácil pensar que a vida era algo de muito móvel, e oferecia uma perspectiva infinita e nos sentíamos contentes achando que um belo dia estaríamos todos reunidos em volta de uma farta mesa e nos abraçaríamos e muitos se poriam a cantar e a beber e então tudo seria bom. Agora começamos a aprender o que há de irremissível nas separações. Agora sabemos que jamais voltaremos a estar juntos; pois quando estivermos juntos perceberemos que já somos outros e estamos separados pelo tempo perdido na distância. Cada um de nós terá incorporado a si mesmo o tempo da ausência. Poderemos falar, falar, para nos correspondermos por cima dessa muralha dupla; mas não estaremos juntos; seremos duas outras pessoas, talvez por este motivo, melancólicas; talvez nem isso.
Chamem de louco e tolo ao apaixonado que sente ciúmes quando ouve sua amada dizer que na véspera de tarde o céu estava uma coisa lindíssima, com mil pequenas nuvens de leve púrpura sobre um azul de sonho. Se ela diz "nunca vi um céu tão bonito assim" estará dando, certamente, sua

impressão de momento; há centenas de céus extraordinários e esquecemos da maneira mais torpe os mais fantásticos crepúsculos que nos emocionaram. Ele porém, na véspera, estava dentro de uma sala qualquer e não viu céu nenhum. Se acaso tivesse chegado à janela e visto, agora seria feliz em saber que em outro ponto da cidade ela também vira. Mas isso não aconteceu, e ele tem ciúmes. Cita outros crepúsculos e mal esconde sua mágoa daquele. Sente que sua amada foi infiel; ela incorporou a si mesma alguma coisa nova que ele não viveu. Será um louco apenas na medida em que o amor é loucura.

Mas terá toda razão, essa feroz razão furiosamente lógica do amor. Nossa amada deve estar conosco solidária perante a nuvem. Por isso indagamos com tão minucioso fervor sobre a semana de ausência. Sabemos que aqueles 7 dias de distância são 7 inimigos: queremos analisá-los até o fundo, para destruí-los.

Não nego razão aos que dizem que cada um deve respirar um pouco, e fazer sua pequena fuga, ainda que seja apenas ler um romance diferente ou ver um filme que o outro amado não verá. Têm razão; mas não têm paixão. São espertos porque assim procuram adaptar o amor à vida de cada um, e fazê-lo sadio, confortável e melhor, mais prazenteiro e liberal. Para resumir: querem (muito avisadamente, é certo) suprimir o amor.

Isso é bom. Também suprimimos a amizade. É horrível levar as coisas a fundo: a vida é de sua própria natureza leviana e tonta. O amigo que procura manter suas amizades distantes e manda longas cartas sentimentais tem sempre um ar de náufrago fazendo um apelo. Naufragamos a todo instante no mar bobo do tempo e do espaço, entre as ondas de coisas e sentimentos de todo dia. Sentimos perfeitamente isso quando a saudade da amada nos corrói, pois então nosso gesto mais simples encerra uma traição. A bela criança que vemos correr ao sol não nos dá um prazer puro; a criança devia correr ao sol, mas Joana devia estar aqui para vê-la, ao nosso lado. Bem; mais tarde contaremos a Joana que fazia sol e vimos uma criança tão engraçada e linda que corria entre os canteiros querendo pegar uma borboleta com a mão. Mas não estaremos incorporando a criança à vida de Joana; estaremos apenas lhe entregando morto o corpinho do traidor, para que Joana nos perdoe.

Assim somos na paixão do amor, absurdos e tristes. Por isso nos sentimos tão felizes e livres quando deixamos de amar. Que maravilha, que liberdade sadia em poder viver a vida por nossa conta! Só quem amou muito pode sentir essa doce felicidade gratuita que faz de cada sensação nova um prazer pessoal e virgem do qual não devemos dar contas a ninguém que more no fundo de nosso peito. Sentimo-nos fortes, sólidos e tranquilos. Até que começamos a desconfiar de que estamos sozinhos e ao abandono, trancados do lado de fora da vida.

Assim o amigo que volta de longe vem rico de muitas coisas e sua conversa é prodigiosa de riqueza; nós também despejamos nosso saco de emoções e novidades; mas para um sentir a mão do outro precisam se agarrar ambos a qualquer velha besteira: você se lembra daquela tarde em que tomamos cachaça num café que tinha naquela rua e estava lá uma loura que dizia, etc. Então já não se trata mais de amizade, porém de necrológio.

Sentimos perfeitamente que estamos falando de dois outros sujeitos, que por sinal já faleceram – e eram nós. No amor isso é mais pungente. De onde concluireis comigo que o melhor é não amar; porém aqui, para dar fim a tanta amarga tolice, aqui e ora vos direi a frase antiga: que melhor é não viver. No que não convém pensar muito, pois a vida é curta e, enquanto pensamos, ela se vai, e finda.

Maio, 1948

SOBRE O INFERNO

"O inferno são os outros" – diz esse desagradável senhor Sartre no final de *Huis Clos*, e eu respondo: "eu que o diga!". Hoje estou com um pendor para confissões; vontade de abrir meu peito em praça pública; quem for pessoa discreta, e se aborrecer com derrames desses, tenha a bondade de não continuar a ler isto.

Conheci um homem que estava tão apaixonado, tão apaixonado por uma mulher (acho que ela não gostava dele), que uma vez estávamos nós dois num bar e no meio da conversa ele disse fremente:

– Isso é o maior verso da língua portuguesa!

Fiquei pateta, pois não escutara verso nenhum. Ele então pediu silêncio, e que ouvisse. Havia conversas na mesa ao lado, ruídos vários lá dentro, autos e ônibus que passavam, um bonde na outra rua, um violoncelo tocando num rádio qualquer, e lá no finzinho disso, longe, longe, um outro rádio com o samba que mal se podia ouvir e só era reconhecível pelos fragmentos de música que nos chegavam. O maior verso da língua portuguesa estava na letra daquele samba e avisava que "Emília, Emília, Emília, eu não posso mais".

Ele não podia mais. Ninguém pode mais com o inferno de Emília e ninguém sai dele, pois ninguém pode sair do inferno. Estou informado de que alguns moços leem às vezes o que escrevo, e isso me comove e ao mesmo tempo me dá um senso de responsabilidade. Sim, devo pensar nos moços e cuidar de dizer coisas que os não desorientem. Falar do inferno, por exemplo, é mau. Dante e outros espalharam muitas notícias falsas a respeito, e a pior delas é que para lá vão os culpados.

Na verdade para lá se vai pelo caminho da maior inocência, assobiando levianamente talvez, escutando os passarinhos que trinam de alegrar o coração e com o passo estugado e leve de quem sente um grande prazer em andar. Ah, caminhos de vosso corpo, distante amada. Pensar que neles passearam em tempo antigo minhas mãos, estas mesmas mãos que estão aqui; ah, queridos caminhos, inesquecíveis e divinos, quem diria que me haveríeis de conduzir a esta ilha de silenciosa tortura e atra solidão. Emília, Emília, Emília! Sabei, moços, que há inferno, e não fica longe; é aqui.

* * *

Ah, eu pensava essas coisas vãs e me sentia muito cansado, e uma grande amargura estava em meu coração. Cruzei os braços sobre a mesa e neles descansei a cabeça; e como que adormeci. Então tive uma grande pena de minha alma e de meu corpo, e de todo mim mesmo, pobre máquina de querer e de sentir as coisas. Ponderei o meu ridículo e a minha solidão, e pensei na morte com um suave desejo.

A certeza da morte me pareceu tão doce que se fosse figurá-la seria como a casta Beatriz que viesse passar a mão pela minha cabeça e me dizer para dormir. E sob essa mão doce, minha cabeça iria sossegando, e a memória das coisas ruins iria andando para trás, e se deteria apenas em uma hora feliz. E ali, ó mais amada de todas as amadas, tudo seria tão puro e tão perfeito que a brisa se deteria um instante entre as flores para sentir a própria suavidade; e então seria bom morrer.

Mas o jornalista profissional Rubem Braga, filho de Francisco de Carvalho Braga, carteira 10.836, série 32ª, registrado sob o número 785, Livro II, fls. 193, ergue a fatigada cabeça e inspira com certa força. Nesse ar que inspira entra-lhe pelo peito a vulgar realidade das coisas, e seus olhos já não contemplam sonhos longe, mas apenas um varal com uma camisa e um calção de banho, e, ao fundo, o tanque de lavar roupas de seu estreito quintal, desta casa alugada em que ora lhe movem uma ação de despejo.

E é bom que haja uma ação de despejo, sempre devia haver, em toda casa, para que assim o sentimento constante do precário nos proibisse de revestir as paredes alheias com nossa ternura e de nos afeiçoarmos sem sentir até à humilde torneira, e ao corrimão da escada como se fosse um ombro de amigo onde pousamos a mão.

Sinto com a máxima precisão que as letras, nos bancos, se aproximam precípites de seus vencimentos, e que os deveres se acumulam com desgraciosa urgência, e tudo é preciso providenciar, telefonar, mercadejar, sofrer.

Suspiro como Jorge Machado Moreira, meu antigo corresponsável, e Luís Vaz de Camões, meu antigo poeta, sobre tanta necessidade aborrecida. E acabando o suspiro me ergo e vou banhar o triste corpo, porque a alma, oh-lá-lá, devo mergulhá-la não no sempiterno Nirvana, porém na desgraça miúda e suja da jornada civil, lítero-comercial, entre apertos de elevador e palavras sem fé. Dou apressado adeus a mim mesmo e o bonde São Januário, disfarçado em escuro e feio lotação, leva mais um operário.

Julho, 1948

LEMBRANÇA DE UM
BRAÇO DIREITO

É um caso banal, tanto que muitas vezes já ouvi contar essa história: "Ontem, quando chegamos a São Paulo, o tempo estava tão fechado que não pudemos descer. Ficamos mais de uma hora rodando dentro do nevoeiro porque o teto estava muito baixo..."

Mas ando pelo chão há muito tempo: chão perigoso, onde há pedras e buracos para um homem já escalavrado e já afundado; porém chão. Subi ao avião com indiferença, e como o dia não estava bonito lancei apenas um olhar distraído a esta cidade do Rio de Janeiro e mergulhei na leitura de um jornal qualquer. Depois fiquei a olhar pela janela e não via mais que nuvens, e feias. Na verdade, não estava no céu; pensava coisas da terra, minhas pobres, pequenas coisas. Uma aborrecida sonolência foi me dominando, até que uma senhora nervosa ao meu lado disse que "nós não podemos descer!". O avião já estava fazendo sua ronda dentro de um nevoeiro fechado. Procurei acalmar a senhora.

Ela estava tão aflita que embora fizesse frio se abanava com uma revista. Tentei convencê-la de que não devia se abanar, mas acabei achando que era melhor que o fizesse. Ela precisava fazer alguma coisa e a única providência que aparentemente podia tomar naquele momento de medo era se abanar. Ofereci-lhe meu jornal dobrado, no lugar da revista, e ficou muito grata, como se acreditasse que, produzindo mais vento, adquirisse a maior eficiência na sua luta contra a morte.

Gastei cerca de meia hora com a aflição daquela senhora. Notando que uma sua amiga estava em outra poltrona ofereci-me para trocar de lugar e ela aceitou. Mas esperei inutilmente que recolhesse as pernas para que eu pudesse sair de meu lugar junto à janela; acabou confessando que assim mesmo estava bem, e preferia ter um homem – "o senhor" – ao lado. Isso lisonjeou meu orgulho de cavalheiro: senti-me útil e responsável. Era por estar ali um Braga, homem decidido, que aquele avião não ousava cair. Havia certamente piloto e copiloto e vários homens no avião. Mas eu era o homem ao lado, o homem visível, próximo, que ela podia tocar. E era nisso que ela confiava: nesse ser de casimira grossa, de gravata, de bigode, a cujo braço acabou se agarrando. Não era o meu braço que apertava, mas um braço de homem, ser de misteriosos atributos de força e proteção.

Chamei a aeromoça, que tentou acalmar a senhora com biscoitos, chicles, cafezinho, palavras de conforto, mão no ombro, algodão nos ouvidos, e uma voz suave e firme que às vezes continha uma leve repreensão e às vezes se entremeava de um sorriso que sem dúvida faz parte do regulamento da aeronáutica civil, o chamado sorriso para ocasiões de teto baixo.

Mas de que vale uma aeromoça? Ela não é muito convincente; é uma funcionária. A senhora evidentemente a considerava uma espécie de cúmplice do avião e da empresa, e no fundo (pelo ressentimento com que reagia às suas palavras) responsável por aquele nevoeiro perigoso.

A moça em uniforme estava sem dúvida lhe escondendo a verdade e dizendo palavras hipócritas para que ela se deixasse matar sem reagir.

A única pessoa de confiança era evidentemente eu: e aquela senhora, que no aeroporto tinha um certo ar desdenhoso e solene, disse duas malcriações para a aeromoça e se agarrou definitivamente a mim. Animei-me então a pôr a minha mão direita sobre a sua mão, que me apertava o braço. Esse gesto de carinho protetor teve um efeito completo: ela deu um profundo suspiro de alívio, cerrou os olhos, pendeu a cabeça ligeiramente para o meu lado e ficou imóvel, quieta. Era claro que a minha mão a protegia contra tudo e todos: ficou como adormecida.

O avião continuava a rodar monotonamente dentro de uma nuvem escura; quando ele dava um salto mais brusco eu fornecia à pobre senhora uma garantia suplementar apertando ligeiramente a minha mão sobre sua; isso sem dúvida lhe fazia bem.

Voltei a olhar tristemente pela vidraça; via a asa direita, um pouco levantada, no meio do nevoeiro. Como a senhora não me desse mais trabalho, e o tempo fosse passando, recomecei a pensar em mim mesmo, triste e fraco assunto.

E de repente me veio a ideia de que na verdade não poderíamos ficar eternamente com aquele motor roncando no meio do nevoeiro – e de que eu podia morrer.

Estávamos há muito tempo sobre São Paulo. Talvez chovesse lá embaixo; de qualquer modo a grande cidade, invisível e tão próxima, vivia sua vida indiferente àquele ridículo grupo de homens e mulheres presos dentro de um avião, ali no alto.

Pensei em São Paulo e no rapaz de vinte anos que chegou com trinta mil-réis no bolso uma noite e saiu andando pelo antigo Viaduto do Chá, sem conhecer uma só pessoa na cidade estranha. Nem aquele velho viaduto existe mais, e o aventuroso rapaz de vinte anos, calado e lírico, é um triste senhor que olha o nevoeiro e pensa na morte.

Outras lembranças me vieram, e me ocorreu que na hora da morte, segundo dizem, a gente se lembra de uma porção de coisas antigas, doces ou tristes. Mas a visão monótona daquela asa no meio da nuvem me dava um torpor, e não pensei mais nada. Era como se o mundo atrás daquele nevoeiro não existisse mais, e por isso pouco me importava morrer. Talvez fosse até bom sentir um choque brutal e então tudo se acabar. A morte devia ser aquilo mesmo, um nevoeiro imenso, sem cor, sem forma, para sempre.

Senti prazer em pensar que agora não haveria mais nada, que não seria mais preciso sentir, nem reagir, nem providenciar, nem me torturar; que todas as coisas e criaturas que tinham poder sobre mim e mandavam na minha alegria ou na minha aflição haviam se apagado e dissolvido naquele mundo de nevoeiro.

A senhora sobressaltou-se de repente e começou a me fazer perguntas muito aflita. O avião estava descendo mais e mais e entretanto não se conseguia enxergar coisa alguma. O motor parecia estar com um som diferente: podia ser aquele o último desesperado tredo ronco do minuto antes de morrer arrebentado e retorcido. A senhora estendeu o braço direito, segurando o encosto da poltrona da frente, e de repente me dei conta de que aquela mulher de cara um pouco magra e dura tinha um belo braço, harmonioso e musculado.

Fiquei a olhá-lo devagar, desde o ombro forte e suave até as mãos de dedos longos, e me veio uma saudade extraordinária da terra, da beleza humana, da empolgante e longa tonteira do amor. Eu não queria mais morrer, e a ideia da morte me pareceu de repente tão errada, tão feia, tão absurda, que me sobressaltei. A morte era uma coisa cinzenta, escura, sem a graça, sem a delicadeza e o calor, a força macia de um braço ou de uma coxa, a suave irradiação da pele de um corpo de mulher moça.

Mãos, cabelos, corpo, músculos, seios, extraordinário milagre de coisas suaves e sensíveis, tépidas, feitas para serem infinitamente amadas. Toda a fascinação da vida me golpeou, uma tão profunda delícia e gosto de viver, uma tão ardente e comovida saudade, que retesei os músculos do corpo, estiquei as pernas, senti um leve ardor nos olhos. Não devia morrer! Aquele meu torpor de segundos atrás pareceu-me de súbito uma coisa vil, doentia, viciosa, e ergui a cabeça, olhei em volta, para os outros passageiros, como se me dispusesse afinal a tomar alguma providência.

Meu gesto pareceu inquietar a senhora. Mas olhando novamente pela vidraça adivinhei casas, um quadrado verde, um pedaço de terra avermelhada, através de um véu de neblina mais rala. Foi uma visão rápida, logo perdida no nevoeiro denso, mas me deu uma certeza profunda de que estávamos salvos porque a terra existia, não era um sonho distante, o mundo não era apenas nevoeiro e havia realmente tudo o que há, casas, árvores, pessoas, chão, o bom chão sólido, imóvel, onde se pode deitar, onde se pode dormir seguro e em todo sossego, onde um homem pode premer o corpo de uma mulher para amá-la com força, com toda sua fúria de prazer e todos os seus sentidos, com apoio no mundo.

No aeroporto, quando esperava a bagagem, vi, perto, a minha vizinha de poltrona. Estava com um senhor de óculos que, com um talão de despacho na mão, pedia que lhe entregassem a sua maleta. Ela disse alguma coisa a esse homem, e ele se aproximou de mim com um olhar inquiridor que tentava ser cordial. Disse que estivera muito tempo esperando; a princípio disseram que o avião ia descer logo, era questão de ficar livre a pista; depois alguém anunciara que todos os aviões tinham recebido ordem de pousar em Campinas ou em outro campo; e imaginava quanto incômodo me dera sua senhora, sempre muito nervosa. "Ora, não senhor." Ele se despediu sem me estender a mão, como se, com aqueles agradecimentos, que fora constrangido pelas circunstâncias a fazer, acabasse de cumprir uma formalidade desagradável com relação a um estranho – que devia permanecer um estranho.

Um estranho – e de certo ponto de vista um intruso, foi assim que me senti perante aquele homem de cara meio desagradável. Tive a vaga impressão de que de certo modo o traíra, e de que ele o sentia.

Quando se retiravam, a senhora me deu um pequeno sorriso. Tenho uma tendência romântica a imaginar coisas, e imaginei que ela teve o cuidado de me sorrir quando o homem não podia notá-lo, um sorriso sem o visto marital, vagamente cúmplice. Certamente nunca mais a verei, nem o espero. Mas seu belo braço direito foi, um instante, para mim, a própria imagem da vida, e não o esquecerei depressa.

Julho, 1948

O HOMEM ROUCO

Deus sabe o que andei falando por aí; coisa boa não há de ter sido, pois Ele me tirou a voz.

Ela sempre foi embrulhada e confusa; a mim próprio muitas vezes parecia monótona e enjoada, que dirá aos outros. Mas era, afinal de contas, a voz de uma pessoa, e bem ou mal eu podia dizer ao mendigo "não tenho trocado", ao homem parado na esquina "o senhor pode ter a gentileza de me dar fogo", e ao garçom "por favor, mais um pedaço de gelo". Dizia certamente outras coisas, e numa delas me perdi. Fiquei dias afônico, e hoje me comunico e lamento com uma voz de túnel, roufenha, intermitente e infame.

Ora, naturarmente que me trato. Deram-me várias pastilhas e um especialista me receitou uma injeção e uma inalação que cheguei a fazer uma vez e me aborreceu pelo seu desagradável jeito de vício secreto ou de rito religioso oriental. Uma leitora me receitou pelo telefone chá de pitangueira, laranja-da-terra e eucalipto, tudo isso agravado por um dente de alho bem moído.

Não farei essas coisas. Vejo-me à noite, no recolhimento do lar, tomando esse chá dos tempos coloniais e me sinto velho e triste de cortar o coração.

Alguém me disse que se trata de rouquidão nervosa, o que me deixa desconfiado de mim mesmo. Terei muitos complexos? Precisamente quantos? Feios, graves? Por que me atacaram a garganta, e não, por exemplo, o joelho? Ou quem sabe que havia alguma coisa que eu queria dizer e não podia, não devia, não ousava, estrangulado de timidez, e então engoli a voz?

Quando era criança, agora me lembro, passei um ano gago porque fui com outros moleques gritar "Capitão Banana" diante da tenda de um velho que vendia frutas e ele estava escondido no escuro e me varejou um balde d'água em cima. Naturalmente devo contar essa história a um psicanalista. Mas então ele começará a me escarafunchar a pobre alma, e isso não vale a pena. Respeitemos a morna paz desse brejo noturno onde fermentam coisas estranhas e se movem monstros informes e insensatos.

Afinal posso aguentar isso, sou um rapaz direito, bem comportado, talvez até bom partido para uma senhorita da classe média que não faça questão da beleza física mas sim da moral, modéstia à parte.

O remédio é falar menos e escrever mais, antes que os complexos me paralisem os dedos, pobres dedos, triste mão que... mas, francamente, página de jornal não é lugar para a gente falar essas coisas.

Eu vos direi, senhora, apenas, que a voz é feia e roufenha, mas o sentimento é límpido, é cristalino, puro – e vosso.

Setembro, 1948

PROCURA-SE

*P*rocura-se aflitivamente pelas igrejas e botequins, e no recesso dos lares e nas gavetas dos escritórios, procura-se insistente e melancolicamente, procura-se comovida e desesperadamente, e de todos os modos e com muitos outros advérbios de modo, procura-se junto a amigos judeus e árabes, e senhoras suspeitas e insuspeitas, sem distinção de credo nem de plástica, procura-se junto às estátuas e na areia da praia, e na noite de chuva e na manhã encharcada de luz, procura-se com as mãos, os olhos e o coração um pobre caderninho azul que tem escrita na capa a palavra "endereços" e dentro está todo sujo, rabiscado e velho.

Pondera-se que tal caderninho não tem valor para nenhuma outra pessoa de boa-fé, a não ser seu desgraçado autor. Tem este autor publicado vários livros e enchido ou bem ou mal centenas de quilômetros de colunas de jornal e revista, porém sua única obra sincera e sentida é esse caderninho azul, escrito através de longos anos de aflições e esperanças, e negócios urgentes e amores contrariadíssimos, embora seja forçoso confessar que há ali números de telefone que foram escritos em momentos em que um pé do cidadão pisava uma nuvem e outro uma estrela e os outros dois... – sim, meus concidadãos, trata-se de um quadrúpede. Eu sou um velho quadrúpede e de quatro joelhos no chão eu peço que me ajudeis a encontrar esse objeto perdido.

Pois eis que não perdi um simples caderno, mas um velho sobrado de Florença e um pobre mocambo do Recife, um arcanjo de cabelos castanhos residente em Botafogo em 1943, um doce remorso paulista e o endereço do único homem honrado que sabe consertar palhinha de cadeira no Distrito Federal.

O caderno é reconhecível para os estranhos mediante o desenho feito na folha branca do fim, representando Vênus de Milo em birome azul, cujo desenho foi feito pelo abaixo assinado no próprio Museu do Louvre, e nesse momento a deusa estremeceu. Haverá talvez um número de telefone rabiscado no torso da deusa, assim como na letra K há trechos de um poema para sempre inacabado escrito com letra particularmente ruim.

Na segunda página da letra D há notas sobre vencimentos de humildes, porém nefandas, dívidas bancárias, e com uma letra que eu não digo começa o nome de meu bem, que é todo o mal de minha vida.

Procura-se um caderninho azul escrito a lápis e tinta e sangue, suor e lágrimas, com setenta por cento de endereços caducos e cancelados e telefones retirados e, portanto, absolutamente necessários e urgentes e irreconstituíveis. Procura-se, e talvez não se queira achar, um caderninho azul com um passado cinzento e confuso de um homem triste e vulgar... Procura-se, e talvez não se queira achar.

Outubro, 1948

VEM UMA PESSOA

Vem uma pessoa de Cachoeiro de Itapemirim e me dá notícias melancólicas. Numa viagem pelo interior, em estradas antigamente belas, achou tudo feio e triste. A estupidez e a cobiça dos homens continua a devastar e exaurir a terra.

Mas não são apenas notícias tristes que me chegam da terra. Ouço nomes de velhos amigos e fico sabendo de histórias novas. E a pessoa me fala da praia – de Marataíses – e diz que ainda continua reservado para mim aquele pedaço de terra, em cima das pedras, entre duas prainhas... Ali, um dia, o velho Braga, juntando os tostões que puder ganhar batendo em sua máquina, levantará a sua casa perante o mar da infância. Ali plantará árvores e armará sua rede e meditará talvez com tédio e melancolia na vida que passou.

Esse dia talvez ainda esteja muito longe, e talvez não exista. Mas é doce pensar que o nordeste está lá, jogando as ondas bravas e fiéis contra as pedras de antigamente; que milhões de vezes a espumarada recua e ferve, escachoando, e outra onda se ergue para arremeter contra o pequeno território em que o velho Braga construiu sua casa de sonho e de paz.

Como será a casa? Ah, amigos arquitetos, vocês me façam uma coisa tão simples e tão natural que, entrando na casa, morando na casa, a gente nunca tenha a impressão de que antes de fazê-la foi preciso traçar um plano; tenha a impressão de que é assim mesmo e naturalmente deveria ser assim; e que a ninguém sequer ocorra que ela foi construída, mas existe naturalmente, desde sempre e para sempre, tranquila, boa e simples. Uma casa, Caloca, em que não se tenha, de vez em quando, a consciência de se estar em uma determinada casa, mas apenas de estar em casa.

Que árvores plantarei? A terra certamente é ruim, além de pequena, e eu talvez não possa ter uma fruta-pão nem um jenipapeiro; talvez mangueiras e coqueiros para dar sombra e música; talvez...

Mas nem sequer o pedaço de terra ainda é meu; meus títulos de propriedade são apenas esses devaneios que oscilam entre a infância e a velhice, que me levam para longe das inquietações de hoje. Que rei sou eu, Braga Sem Terra, Rubem Coração de Leão de Circo, triste circo desorganizado e pobre em que o palhaço cuida do elefante e o trapezista vai pescar nas noites sem lua com a rede de proteção, e a luz das estrelas e a água da chuva atravessam o pano encardido e roto...

Mas me sinto subitamente sólido; há alguns metros, nestes 8 mil quilômetros de costa, onde posso plantar minha casa nos dias de aflição e de cansaço, com pedras de ar e telhas de brisa; e os coqueiros farfalham, um sabiá canta meio longe, e me afundo na rede, e posso dormir para sempre ao embalo do mar...

Abril, 1949

A BORBOLETA AMARELA

A NAVEGAÇÃO DA CASA

Muitos invernos rudes já viveu esta casa. E os que a habitaram através dos tempos lutaram longamente contra o frio entre essas paredes que hoje abrigam um triste senhor do Brasil.

Vim para aqui enxotado pela tristeza do quarto do hotel, uma tristeza fria, de escritório. Chamei amigos para conhecer a casa. Um trouxe conhaque, outro veio com vinho tinto. Um amigo pintor trouxe um cavalete e tintas para que os pintores amigos possam pintar quando vierem. Outro apareceu com uma vitrola e um monte de discos. As mulheres ajudaram a servir as coisas e dançaram alegremente para espantar o fantasma das tristezas de muitas gerações que moraram sob esse teto. A velha amiga trouxe um lenço, pediu-me uma pequena moeda de meio franco. A que chegou antes de todas trouxe flores; pequeninas flores, umas brancas e outras cor de vinho. Não são das que aparecem nas vitrinas de luxo, mas das que rebentam por toda parte, em volta de Paris e dentro de Paris, porque a primavera chegou.

Tudo isso alegra o coração de um homem. Mesmo quando ele já teve outras casas e outros amigos, e sabe que o tempo carrega uma traição no bojo de cada minuto. Oh! deuses miseráveis da vida, por que nos obrigais ao incessante assassínio de nós mesmos, e a esse interminável desperdício de ternuras? Bebendo esse grosso vinho a um canto da casa comprida e cheia de calor humano (ela parece jogar suavemente de popa a proa, com seus assoalhos oscilantes sob os tapetes gastos, velha fragata que sai outra vez para o oceano, tripulada por vinte criaturas bêbedas) eu vou ternamente misturando aos presentes os fantasmas cordiais que vivem em minha saudade.

Quando a festa é finda e todos partem, não tenho coragem de sair. Sinto o obscuro dever de ficar só nesse velho barco, como se pudesse naufragar se eu o abandonasse nessa noite de chuva. Ando pelas salas ermas, olho os cantos desconhecidos, abro as imensas gavetas, contemplo a multidão de estranhos e velhos utensílios de copa e de cozinha.

Eu disse que os moradores antigos lutaram duramente contra o inverno, através das gerações. Imagino os invernos das guerras que passaram; ainda restam da última farrapos de papel preto nas janelas que dão para dentro. Há uma série grande e triste de aparelhos de luta contra o frio; aquecedores a gás, a eletricidade, a carvão e óleo que foram sendo comprados sucessivamente, radiadores de diversos sistemas, com esse ar barroco e triste da velha maquinaria francesa. Imagino que não usarei nenhum deles; mas abril ainda não terminou e depois de dormir em uma bela noite enluarada de primavera acordamos em um dia feio, sujo e triste como uma traição. O inverno voltou de súbito, gelado, com seu vento ruim a esbofetear a gente desprevenida pelas esquinas.

Hesitei longamente, dentro da casa gelada; qual daqueles aparelhos usaria? O mais belo, revestido de porcelana, não funcionava, e talvez nunca tivesse funcionado; era apenas um enfeite no ângulo de um quarto; investiguei lentamente os outros, abrindo tampas enferrujadas e contemplando cinzas antigas dentro de seus bojos escuros. Além do sistema geral da casa – esse eu logo pus de lado, porque comporta ligações que não merecem fé e termômetros encardidos ao lado de pequenas caixas misteriosas – havia vários pequenos sistemas locais. Chegaram uns amigos que se divertiram em me ver assim perplexo. Dei conhaque para aquecê-los, uma jovem se pôs a cantar na guitarra, mas continuei minha perquirição melancólica. Foi então que me veio a ideia mais simples: afastei todos os aparelhos e abri, em cada sala, as velhas lareiras. Umas com trempe, outras sem trempe, a todas enchi de lenha e pus fogo, vigiando sempre para ver se as chaminés funcionavam, jogando jornais, gravetos e tacos e toros, lutando contra a fumaceira, mas venci.

Todos tiveram o mesmo sentimento: apagar as luzes. Então eu passeava de sala em sala como um velho capitão, vigiando meus fogos que lançavam revérberos nos móveis e paredes, cuidando carinhosamente das chamas como se fossem grandes flores ardentes mas delicadas que iam crescendo graças ao meu amor. Lá fora o vento fustigava a chuva, na praça mal iluminada; e vi, junto à luz triste de um poste, passarem flocos brancos que se perdiam na escuridão. Essa neve não caía do céu; eram as pequenas flores de uma árvore imensa que voavam naquela noite de inverno, sob a tortura do vento.

Detenho-me diante de uma lareira e olho o fogo. É gordo e vermelho, como nas pinturas antigas; remexo as brasas com o ferro, baixo um pouco a tampa de metal e então ele chia com mais força, estala, raiveja, grunhe. Abro: mais intensos clarões vermelhos lambem o grande quarto e a grande cômoda velha parece regozijar-se ao receber a luz desse honesto fogo. Há chamas douradas, pinceladas azuis, brasas rubras e outras cor-de-rosa, numa delicadeza de guache. Lá no alto, todas as minhas chaminés devem estar fumegando com seus penachos brancos na noite escura; não é a lenha do fogo, é toda a minha fragata velha que estala de popa a proa, e vai partir no mar de chuva. Dentro, leva cálidos corações.

Então, nesse belo momento humano, sentimos o quanto somos bichos. Somos bons bichos que nos chegamos ao fogo, os olhos luzindo; bebemos o vinho da Barganha e comemos pão. Meus bons fantasmas voltam e se misturam aos presentes; estão sentados; estão sentados atrás de mim, apresentando ao fogo suas mãos finas de mulher, suas mãos grossas de homem. Murmuram coisas, dizem meu nome, estão quietos e bem, como se sempre todos vivêssemos juntos; olham o fogo. Somos todos amigos, os antigos e os novos, meus sucessivos "eus" se dão as mãos, cabeças castanhas ou louras de mulheres de várias épocas são lambidas pelo clarão do mesmo fogo, caras de amigos meus que não se conheciam se fitam um momento e logo se entendem; mas não falam muito. Sabemos que há muita coisa triste, muito erro e aflição, todos temos tanta culpa; mas agora está tudo bom.

Remonto mais no tempo, rodeio fogueiras da infância, grandes tachos vermelhos, tenho vontade de reler a carta triste que outro dia recebi de minha irmã. Contemplo um braço de mulher, que a luz do fogo beija e doura; ela está sentada longe, e vejo apenas esse braço forte e suave, mas isso me faz bem. De súbito me vem uma lembrança triste, aquele sagui que eu trouxe do Norte de Minas para minha noiva e morreu de frio porque o deixei fora uma noite, em Belo Horizonte. Doeu-me a morte do sagui; sem querer eu o matei de frio; assim matamos, por distração, muitas ternuras. Mas todas regressam, o pequenino bicho triste também vem se aquecer ao calor de meu fogo, e me perdoa com seus olhos humildes. Penso em meninos. Penso em um menino.

Paris, abril, 1950

O SINO DE OURO

Contaram-me que, no fundo do sertão de Goiás, numa localidade de cujo nome não estou certo, mas acho que é Porangatu, que fica perto do rio de Ouro e da serra de Santa Luzia, ao sul da serra Azul – mas também pode ser Uruaçu, junto do rio das Almas e da serra do Passa-Três (minha memória é traiçoeira e fraca; eu esqueço os nomes das vilas e a fisionomia dos irmãos, esqueço os mandamentos e as cartas e até a amada que amei com paixão) –, mas me contaram que em Goiás, nessa povoação de poucas almas, as casas são pobres e os homens pobres, e muitos são parados e doentes e indolentes, e mesmo a igreja é pequena, me contaram que ali tem – coisa bela e espantosa – um grande sino de ouro.

Lembrança de antigo esplendor, gesto de gratidão, dádiva ao Senhor de um grão-senhor – nem Chartres, nem Colônia, nem S. Pedro ou Ruão, nenhuma catedral imensa com seus enormes carrilhões tem nada capaz de um som tão lindo e puro como esse sino de ouro, de ouro catado e fundido na própria terra goiana nos tempos de antigamente.

É apenas um sino, mas é de ouro. De tarde seu som vai voando em ondas mansas sobre as matas e os cerrados, e as veredas de buritis, e a melancolia do chapadão, e chega ao distante e deserto carrascal, e avança em ondas mansas sobre os campos imensos, o som do sino de ouro. E a cada um daqueles homens pobres ele dá cada dia sua ração de alegria. Eles sabem que de todos os ruídos e sons que fogem do mundo em procura de Deus – gemidos, gritos, blasfêmias, batuques, sinos, orações, e o murmúrio temeroso e agônico das grandes cidades que esperam a explosão atômica e no seu próprio ventre negro parecem conter o germe de todas as explosões – eles sabem que Deus, com especial delícia e alegria, ouve o som alegre do sino de ouro perdido no fundo do sertão. E então é como se cada homem, o mais pobre, o mais doente e humilde, o mais mesquinho e triste, tivesse dentro da alma um pequeno sino de ouro.

Quando vem o forasteiro de olhar aceso de ambição e propõe negócios, fala em estradas, bancos, dinheiro, obras, progresso, corrupção – dizem que esses goianos olham o forasteiro com um olhar lento e indefinível sorriso e guardam um modesto silêncio. O forasteiro de voz alta e fácil não compreende; fica, diante daquele silêncio, sem saber que o goiano está quieto, ouvindo bater dentro de si, com um som de extrema pureza e alegria, seu particular sino de ouro. E o forasteiro parte, e a povoação continua pequena, humilde e mansa, mas louvando a Deus com sino de ouro. Ouro que não serve para perverter, nem o homem nem a mulher, mas para louvar a Deus.

E se Deus não existe não faz mal. O ouro do sino de ouro é neste mundo o único ouro de alma pura, o ouro no ar, o ouro da alegria. Não sei se isso acontece em Porangatu, Uruaçu ou outra cidade do sertão. Mas quem me contou foi um homem velho que esteve lá; contou dizendo: "Eles têm um sino de ouro e acham que vivem disso, não se importam com mais nada, nem querem mais trabalhar; fazem apenas o essencial para comer e continuar a viver, pois acham maravilhoso ter um sino de ouro".

O homem velho me contou isso com espanto e desprezo. Mas eu contei a uma criança e nos seus olhos se lia seu pensamento: que a coisa mais bonita do mundo deve ser ouvir um sino de ouro. Com certeza é esta mesma a opinião de Deus, pois ainda que Deus não exista ele só pode ter a mesma opinião de uma criança. Pois cada um de nós quando criança tem dentro da alma seu sino de ouro que depois, por nossa culpa e miséria e pecado e corrupção, vai virando ferro e chumbo, vai virando pedra e terra, e lama e podridão.

Goiânia, março, 1951

MANIFESTO

Aos operários da construção civil: Companheiros –
Que Deus e Vargas estejam convosco. A mim ambos desamparam; mas o momento não é de queixas, e sim de luta. Não me dirijo a toda a vossa classe, pois não sou um demagogo. Sou um homem vulgar, e vejo apenas (mal) o que está diante de meus olhos. Estou falando, portanto, com aqueles dentre vós que trabalham na construção em frente de minha janela. Um carrega quatro grandes tábuas ao ombro; outro grimpa, com risco de vida, a precária torre do enguiçado elevador; qual bate o martelo, qual despeja nas fôrmas o cimento, qual mira a planta, qual usa a pá, qual serra (o bárbaro) os galhos de uma jovem mangueira, qual ajusta, neste momento, um pedaço de madeira na serra circular.

Espero. Olho este último homem. Tem o ar calmo, veste um macacão desbotado, uma espécie de gorro pardo na cabeça, um lápis vermelho na orelha, uma trena no bolso de trás; e, pela cara e corpo, não terá mais de 25 anos. Parece um homem normal; vede, porém, o que faz. Já ajustou a sua tábua; e agora a empurra lentamente contra a serra que gira. Começou. Um guincho alto, agudo e ao mesmo tempo choroso domina o baticum dos martelos e rompe o ar. Dir-se-ia o espasmo de um gato de metal, se houvesse gatos de metal. Varando o lenho, o aço chora; ou é a última vida da árvore arrancada do seio da floresta que solta esse grito lancinante e triste? De momento a momento seu estridor me vara os ouvidos como imponderável pua.

Além disso, o que me mandais, irmãos, são outros ruídos e muita poeira; dentro de uns cinco dias tereis acabado o esqueleto do segundo andar e então me olhareis de cima. E ireis aos poucos subindo para o céu, vós que começastes a trabalhar em um buraco do chão.

Então me tereis vedado todo o sol da manhã. Minha casa ficará úmida e sombria; e ireis subindo, subindo. Já disse que não me queixo; já disse: melhor, cronicarei à sombra, inventarei um estilo de orquídea para estas minhas flores de papel.

Nossos ofícios são bem diversos. Há homens que são escritores e fazem livros que são como verdadeiras casas, e ficam. Mas o cronista de jornal é como o cigano que toda noite arma sua tenda e pela manhã a desmancha, e vai.

Vós ides subindo, orgulhosos, as armações que armais, e breve estareis vendo o mar a leste e as montanhas azuladas a oeste. Oh, insensatos! Quando tiverdes acabado, sereis desalojados de vosso precário pouso e devolvidos às vossas favelas; ireis tão pobres como viestes, pois tudo o que ganhais tendes de gastar; ireis, na verdade, ainda mais pobres do que sois, pois também tereis gastado algo que ninguém vos paga, que é a força de vossos braços, a mocidade de vossos corpos.

E ficará aqui um edifício alto e branco, feito por vós. Voltai uma semana depois e tentai entrar nele; um homem de uniforme vos barrará o passo e perguntará a que vindes e vos olhará com desconfiança e desdém. Aquele homem representa outro homem que se chama o proprietário; poderoso senhor que se apoia na mais sólida das ficções, a que se chama propriedade. O homem da serra circular estará, certamente, com o ouvido embotado; em vossos pulmões haverá lembrança de muita serragem e muito pó, e se algum de vós despencou do alto, sua viúva receberá o suficiente para morrer de fome um pouco mais devagar.

Não penseis que me apiedo de vós. Já disse que não sou demagogo; apenas me incomodais com vossa vã atividade. Eu vos concito, pois, a parar com essa loucura – hoje, por exemplo, que o céu é azul e o sol é louro, e a areia da praia é tão meiga. Na areia poderemos fazer até castelos soberbos, onde abrigar o nosso íntimo sonho. Eles não darão renda a ninguém, mas também não esgotarão vossas forças. É verdade que assim tereis deixado de construir o lar de algumas famílias. Mas ficai sossegados: essas famílias já devem estar morando em algum lugar, provavelmerrte muito melhor do que vós mesmos.

Ouvi-me, pois, insensatos; ouvi-me a mim e não a essa infame e horrenda serra que a vós e a mim tanto azucrina. Vamos para a praia. E se o proprietário vier, se o governo vier, e perguntar com ferocidade: "estais loucos?" nós responderemos: "Não, senhores, não estamos loucos; estamos na praia jogando peteca." E eles recuarão, pálidos e contrafeitos.

Rio, julho, 1951

FLOR DE MAIO

*E*ntre tantas notícias do jornal – o crime do Sacopã, o disco voador em Bagé, o andaime que caiu, o homem que matou outro com machado e com foice, o possível aumento do pão, a angústia dos Barnabés – há uma pequenina nota de três linhas, que nem todos os jornais publicaram.

Não vem do gabinete do prefeito para explicar a falta d'água, nem do Ministério da Guerra para insinuar que o país está em paz. Não conta incidentes de fronteira nem desastre de avião. É assinada pelo senhor diretor do Jardim Botânico, e nos informa gravemente que a partir do dia 27 vale a pena visitar o Jardim, porque a planta chamada "flor de maio" está, efetivamente, em flor.

Meu primeiro movimento, ao ler esse delicado convite, foi deixar a mesa da redação e me dirigir ao Jardim Botânico, contemplar a flor e cumprimentar a administração do horto pelo feliz evento. Mas havia ainda muita coisa para ler e escrever, telefonemas a dar, providências a tomar. Agora, já desce a noite, e as plantas em flor devem ser vistas pela manhã ou à tarde, quando há sol – ou mesmo quando a chuva as despenca e elas soluçam no vento, e choram gotas e flores no chão.

Suspiro e digo comigo mesmo – que amanhã acordarei cedo e irei. Digo, mas não acredito, ou pelo menos desconfio que esse impulso que tive ao ler a notícia ficará no que foi um impulso de fazer uma coisa boa e simples, que se perde no meio da pressa e da inquietação dos minutos que voam. Qualquer uma destas tardes é possível que me dê vontade real, imperiosa, de ir ao Jardim Botânico, mas então será tarde, não haverá mais "flor de maio", e então pensarei que é preciso esperar a vinda de outro outono e no outro outono posso estar em outra cidade em que não haja outono em maio, e sem outono em maio não sei se em alguma cidade haverá essa "flor de maio".

No fundo, a minha secreta esperança é de que estas linhas sejam lidas por alguém – uma pessoa melhor do que eu, alguma criatura correta e simples que tire desta crônica a sua única substância, a informação precisa e preciosa: do dia 27 em diante as "flores de maio" do Jardim Botânico estão gloriosamente em flor. E que utilize essa informação saindo de casa e indo diretamente ao Jardim Botânico ver a "flor de maio" – talvez com a mulher e as crianças, talvez com a namorada, talvez só.

Ir só, no fim da tarde, ver a "flor de maio", aproveitar a única notícia boa de um dia inteiro de jornal, fazer a coisa mais bela e emocionante de um dia inteiro da cidade imensa. Se entre vós houver essa criatura, e ela souber por mim a notícia, e for, então eu vos direi que nem tudo está perdido, e que vale a pena viver entre tantos sacopãs de paixões desgraçadas e tantas cofaps de preços irritantes; que a humanidade possivelmente ainda poderá ser salva, e que às vezes ainda vale a pena escrever uma crônica.

Rio, maio, 1952

A BORBOLETA AMARELA

*E*ra uma borboleta. Passou roçando em meus cabelos, e no primeiro instante pensei que fosse uma bruxa ou qualquer outro desses insetos que fazem vida urbana; mas, como olhasse, vi que era uma borboleta amarela.

Era na esquina de Graça Aranha com Araújo Porto Alegre; ela borboleteava junto ao mármore negro do Grande Ponto; depois desceu, passando em face das vitrinas de conservas e uísque; eu vinha na mesma direção; logo estávamos defronte da A. B. I. Entrou um instante no *hall*, entre duas colunas; seria um jornalista? – pensei com certo tédio.

Mas logo saiu. E subiu mais alto, acima das colunas, até o travertino encardido. Na Rua México eu tive de esperar que o sinal abrisse; ela tocou, fagueira, para o outro lado, indiferente aos carros que passavam roncando sob suas leves asas. Fiquei a olhá-la. Tão amarela e tão contente da vida, de onde vinha, aonde iria? Fora trazida pelo vento das ilhas – ou descera no seu voo saçaricante e leve da floresta da Tijuca ou de algum morro – talvez ao de São Bento?

Onde estaria uma hora antes, qual sua idade? Nada sei de borboletas. Nascera, acaso, no jardim do Ministério da Educação? Não; o Burle Marx faz bons jardins, mas creio que ainda não os faz com borboletas – o que, aliás, é uma boa ideia. Quando eu o mandar fazer os jardins de meu palácio, direi: Burle, aqui sobre esses manacás, quero uma borboleta amare... Mas o sinal abriu e atravessei a rua correndo, pois já ia perdendo de vista a minha borboleta.

A minha borboleta! Isso, que agora eu disse sem querer, era o que eu sentia naquele instante: a borboleta era minha – como se fosse meu cão ou minha amada de vestido amarelo que tivesse atravessado a rua na minha frente, e eu devesse segui-la. Reparei que nenhum transeunte olhava a borboleta; eles passavam, devagar ou depressa, vendo vagamente outras coisas – as casas, os veículos – ou se vendo, só eu vira a borboleta, e a seguia, com meu passo fiel. Naquele ângulo há um jardinzinho, atrás da Biblioteca Nacional. Ela passou entre os ramos de acácia e de uma árvore sem folhas, talvez um *flamboyant*; havia, naquela hora, um casal de namorados pobres em um banco, e dois ou três sujeitos espalhados pelos outros bancos, dos quais uns são de pedra, outros de madeira, sendo que estes são pintados de azul e branco. Notei isso pela primeira vez, aliás, naquele instante, eu que sempre passo por ali; é que a minha borboleta amarela me tornava sensível às cores.

Ela borboleteou um instante sobre o casal de namorados; depois passou quase junto da cabeça de um mulato magro, sem gravata, que descansava num banco; e seguiu em direção à Avenida. Amanhã eu conto mais.

* * *

Eu ontem parei a minha crônica no meio da história da borboleta que vinha pela Rua Araújo Porto Alegre; parei no instante em que ela começava a navegar pelo oitão da Biblioteca Nacional.

Oitão, uma bonita palavra. Usa-se muito no Recife; lá, todo mundo diz: no oitão da igreja de São José, no oitão do Teatro Santa Isabel... Aqui a gente diz: do lado. Dá no mesmo, porém oitão é mais bonito. Oitão, torreão.

Falei em torreão porque, no ângulo da Biblioteca, há uma coisa que deve ser o que se chama um torreão. A borboleta subiu um pouco por fora do torreão; por um instante acreditei que ela fosse voltar, mas continuou ao longo da parede. Em certo momento desceu até perto da minha cabeça, como se quisesse assegurar-se de que eu a seguia, como se me quisesse dizer: "estou aqui".

Logo subiu novamente, foi subindo, até ficar em face de um leão... Sim, há uma cabeça de leão, aliás há várias, cada uma com uma espécie de argola na boca, na Biblioteca. A pequenina borboleta amarela passou junto ao focinho da fera, aparentemente sem o menor susto. Minha intrépida, pequena, vibrante borboleta amarela! pensei eu. Que fazes aqui, sozinha, longe de tuas irmãs que talvez estejam agora mesmo adejando em bando álacre na beira de um regato, entre moitas amigas – e aonde vais sobre o cimento e o asfalto, nessa hora em que já começa a escurecer, ó tola, ó tonta, ó querida pequena borboleta amarela! Vieste talvez de Goiás, escondida dentro de algum avião; saíste no Calabouço, olhaste pela primeira vez o mar, depois...

Mas um amigo me bateu nas costas, me perguntou "como vai, bichão, o que é que você está vendo aí?" Levei um grande susto, e tive vergonha de dizer que estava olhando uma borboleta; ele poderia chegar em casa e dizer: "encontrei hoje o Rubem, na cidade, parece que estava caçando borboleta".

Lembrei-me de uma história de Lúcio Cardoso, que trabalhava na Agência Nacional. Um dia acordou cedo para ir trabalhar; não estava se sentindo muito bem. Chegou a vestir-se, descer, andar um pouco junto da Lagoa, esperando condução, depois viu que não estava mesmo bem, resolveu voltar para casa, telefonou para um colega, explicou que estava gripado, até chegara a se vestir para ir trabalhar, mas estava um dia feio, com um vento ruim, ficou com medo de piorar – e demorou um pouco no bate-papo; falou desse vento, você sabe (era o noroeste) que arrasta muita folha seca, com certeza mais tarde vai chover etc. etc.

Quando o chefe do Lúcio perguntou por ele, o outro disse: "Ah, o Lúcio hoje não vem não. Ele telefonou, disse que até saiu de casa, mas no caminho encontrou uma folha seca, de maneira que não pôde vir e voltou para casa."

Foi a história que lembrei naquele instante. Tive – por que não confessar? – tive certa vergonha de minha borboletinha amarela. Mas enquanto trocava algumas palavras com o amigo, procurando despachá-lo, eu ainda vigiava a minha borboleta. O amigo foi-se. Por um instante julguei, aflito, que tivesse perdido a borboleta de vista. Não. De maneira que vocês tenham paciência; na outra crônica, vai ter mais história de borboleta.

* * *

Mas, como eu ia dizendo, a borboleta chegou à esquina de Araújo Porto Alegre com a Avenida Rio Branco; dobrou à esquerda, como quem vai entrar na Biblioteca Nacional pela escada do lado, e chegou até perto da estátua de uma senhora nua que ali existe; voltou; subiu, subiu até mais além da copa das árvores que há na esquina – e se perdeu.

Está claro que esta é a minha maneira de dizer as coisas; na verdade, ela não se perdeu; eu é que a perdi de vista. Era muito pequena, e assim, no alto, contra a luz do céu esbranquiçado da tardinha, não era fácil vê-la. Cuidei um instante que atravessava a Avenida em direção à estátua de Chopin; mas o que eu via era apenas um pedaço de papel jogado de não sei onde. Essa falsa pista foi que me fez perder a borboleta.

Quando atravessei a Avenida ainda a procurava no ar, quase sem esperança. Junto à estátua de Floriano, dezenas de rolinhas comiam farelo que alguém todos os dias joga ali. Em outras horas, além de rolinhas, juntam-se também ali pombos, esses grandes, de reflexos verdes e roxos no papo, e alguns pardais; mas naquele momento havia apenas rolinhas. Deus sabe que horários têm esses bichos do céu.

Sentei-me num banco, fiquei a ver as rolinhas – ocupação ou vagabundagem sempre doce, a que me dedico todo dia uns 15 minutos. Dirás, leitor, que esse quarto de hora poderia ser mais bem aproveitado. Mas eu já não quero aproveitar nada; ou melhor, aproveito, no meio desta cidade pecaminosa e aflita, a visão das rolinhas, que me faz um vago bem ao coração.

Eu poderia contar que uma delas pousou na cruz de Anchieta; seria bonito, mas não seria verdade. Que algum dia deve ter pousado, isso deve; elas pousam em toda parte; mas eu não vi. O que digo, e vi, foi que uma pousou na ponta do trabuco de Caramuru. Falta de respeito, pensei. Não sabes, rolinha vagabunda, cor de tabaco lavado, que esse é Pai do Fogo, Filho do Trovão?

Mas essa conversa de rolinhas, vocês compreendem, é para disfarçar meu desaponto pelo sumiço da borboleta amarela. Afinal arrastei o desprevenido leitor ao longo de três crônicas, de nariz no ar, atrás de uma borboleta amarela. Cheguei a receber telefonemas: "eu só quero saber o que vai acontecer com essa borboleta". Havia, no círculo das pessoas íntimas, uma certa expectativa, como se uma borboleta amarela pudesse promover grandes proezas no centro urbano. Pois eu decepciono a todos, eu morro, mas não falto à verdade: minha borboleta amarela sumiu. Ergui-me do banco, olhei o relógio, saí depressa, fui trabalhar, providenciar, telefonar... Adeus, pequenina borboleta amarela.

Rio, setembro, 1952

O VERÃO E AS MULHERES

OPALA

Vieram alguns amigos. Um trouxe bebida, outros trouxeram bocas. Um trouxe cigarros, outro apenas seu pulmão. Um deitou-se na rede, e outro telefonava. E Joaquina, de mão no queixo, olhando o céu, era quem mais fazia: fazia olhos azuis.

Já do Observatório me haviam telefonado: "Vento leste, águas para o Sul, atenção, senhores cronistas distritais, o diretor avisa que Joaquina hoje está fazendo olhos azuis."

Às 19:00 enviei esta mensagem: "Confidencial para o Diretor. Neste momento uma pequena nuvem a boreste deste apartamento dá uma tonalidade levemente cinza ao azul dos olhos de Joaquina, que está meditando nessa direção. A bordo, todos distraídos, mas este Cronista Distrital mantém sua eterna vigilância. Lábios sem pintura de um rosa muito pálido combinam perfeitamente tonalidades cinza do azul referido."

A voz roufenha do Diretor: "Caso necessário, dispomos de um canteiro de hortênsias, tipo Independência Petrópolis, igualmente duas ondas de Cápri às cinco da tarde de agosto 1951, considerada uma das melhores safras de azul de onda último quarto de século."

Respondo secamente: "Desnecessário."

À meia-noite sentimos que o apartamento estava mal apoitado no bairro e derivava suavemente na direção da lua.

Às seis da manhã havia uma determinada tepidez no ar quase imóvel e duas cigarras começaram a cantar em estilo vertical. Às sete da manhã seis homens vieram entelhar o edifício vizinho, e um deles assobiava uma coisa triste. Então uma terceira cigarra acordou, chororocou e ergueu seu canto alto e grave como um pensamento. Sobre o mar.

Joaquina dormia inocente dentro de seus olhos azuis; e o pecado de sua carne era perdoado por uma luminescência mansa que se filtrava nas cortinas antigas. Havia um tom de opala. Adormeci.

Janeiro, 1953

HOMEM NO MAR

De minha varanda vejo, entre árvores e telhados, o mar. Não há ninguém na praia, que resplende ao sol. O vento é nordeste, e vai tangendo, aqui e ali, no belo azul das águas, pequenas espumas que marcham alguns segundos e morrem, como bichos alegres e humildes; perto da terra a onda é verde.

Mas percebo um movimento em um ponto do mar; é um homem nadando. Ele nada a uma certa distância da praia, em braçadas pausadas e fortes; nada a favor das águas e do vento, e as pequenas espumas que nascem e somem parecem ir mais depressa do que ele. Justo: espumas são leves, são feitas de nada, toda sua substância é água e vento e luz, e o homem tem sua carne, seus ossos, seu coração, todo seu corpo a transportar na água.

Ele usa os músculos com uma calma energia; avança. Certamente não suspeita de que um desconhecido o vê e o admira, porque ele está nadando na praia deserta. Não sei de onde vem essa admiração, mas encontro nesse homem uma nobreza calma, sinto-me solidário com ele, acompanho o seu esforço solitário como se ele estivesse cumprindo uma bela missão. Já nadou em minha presença uns 300 metros; antes, não sei; duas vezes o perdi de vista, quando ele passou atrás das árvores, mas esperei com toda confiança que reaparecesse sua cabeça, e o movimento alternado de seus braços. Mais uns 50 metros e o perderei de vista, pois um telhado o esconderá. Que ele nade bem esses 50 ou 60 metros; isso me parece importante; é preciso que conserve a mesma batida de sua braçada, e que eu o veja desaparecer assim como o vi aparecer, no mesmo rumo, no mesmo ritmo, forte, lento, sereno. Será perfeito; a imagem desse homem me faz bem.

É apenas a imagem de um homem, e eu não poderia saber sua idade, nem sua cor, nem os traços de sua cara. Estou solidário com ele, e espero que ele esteja comigo. Que ele atinja o telhado vermelho, e então eu poderei sair da varanda tranquilo, pensando – "vi um homem sozinho, nadando no mar; quando o vi, ele já estava nadando; acompanhei-o com atenção durante todo o tempo, e testemunho que ele nadou sempre com firmeza e correção; esperei que ele atingisse um telhado vermelho, e ele o atingiu."

Agora não sou mais responsável por ele; cumpri o meu dever, e ele cumpriu o seu. Admiro-o. Não consigo saber em que reside, para mim, a grandeza de sua tarefa; ele não estava fazendo nenhum gesto a favor de alguém, nem construindo algo de útil; mas certamente fazia uma coisa bela, e a fazia de um modo puro e viril.

Não desço para ir esperá-lo na praia e lhe apertar a mão; mas dou meu silencioso apoio, minha atenção e minha estima a esse desconhecido, a esse nobre animal, a esse homem, a esse correto irmão.

Janeiro, 1953

RECADO AO SENHOR 903

Vizinho –
Quem fala aqui é o homem do 1003. Recebi outro dia, consternado, a visita do zelador, que me mostrou a carta em que o senhor reclamava contra o barulho em meu apartamento. Recebi depois a sua própria visita pessoal – devia ser meia-noite – e a sua veemente reclamação verbal. Devo dizer que estou desolado com tudo isso, e lhe dou inteira razão. O regulamento do prédio é explícito, e se não o fosse, o senhor ainda teria ao seu lado a Lei e a Polícia. Quem trabalha o dia inteiro tem direito ao repouso noturno, e é impossível repousar no 903 quando há vozes, passos e músicas no 1003. Ou melhor: é impossível ao 903 dormir quando o 1003 se agita; pois como não sei o seu nome nem o senhor sabe o meu, ficamos reduzidos a ser dois números, dois números empilhados entre dezenas de outros. Eu, 1003, me limito a leste pelo 1005, a oeste pelo 1001, ao sul pelo Oceano Atlântico, ao norte pelo 1004, ao alto pelo 1103 e embaixo pelo 903 – que é o senhor. Todos esses números são comportados e silenciosos; apenas eu e o Oceano Atlântico fazemos algum ruído e funcionamos fora dos horários civis; nós dois, apenas, nos agitamos e bramimos ao sabor da maré, dos ventos e da lua. Prometo sinceramente adotar, depois das 22 horas, de hoje em diante, um comportamento de manso lago azul. Prometo. Quem vier à minha

casa (perdão, ao meu número) será convidado a se retirar às 21:45, e explicarei: o 903 precisa repousar das 22 às 7, pois às 8:15 deve deixar o 783 para tomar o 109 que o levará até o 527 de outra rua, onde ele trabalha na sala 305. Nossa vida, vizinho, está toda numerada; e reconheço que ela só pode ser tolerável quando um número não incomoda outro número, mas o respeita, ficando dentro dos limites de seus algarismos. Peço-lhe desculpas e – prometo silêncio.

... Mas que me seja permitido sonhar com outra vida e outro mundo, em que um homem batesse à porta do outro e dissesse: "Vizinho, são três horas da manhã e ouvi música em tua casa. Aqui estou." E o outro respondesse: "Entra, vizinho, e come de meu pão e bebe de meu vinho. Aqui estamos todos a bailar e cantar, pois descobrimos que a vida é curta e a lua é bela."

E o homem trouxesse sua mulher, e os dois ficassem entre os amigos e amigas do vizinho entoando canções para agradecer a Deus o brilho das estrelas e o murmúrio da brisa nas árvores, e o dom da vida, e a amizade entre os humanos, e o amor e a paz.

Janeiro, 1953

O VERÃO E AS MULHERES

*T*alvez tenha acabado o verão. Há um grande vento frio cavalgando as ondas, mas o céu está limpo e o sol é muito claro. Duas aves dançam sobre as espumas assanhadas. As cigarras não cantam mais. Talvez tenha acabado o verão.
    Estamos tranquilos. Fizemos este verão com paciência e firmeza, como os veteranos fazem a guerra. Estivemos atentos à lua e ao mar; suamos nosso corpo; contemplamos as evoluções de nossas mulheres, pois sabemos o quanto é perigoso para elas o verão.
    Sim, as mulheres estão sujeitas a uma grande influência do verão; no bojo do mês de janeiro elas sentem o coração lânguido, e se espreguiçam de um modo especial; seus olhos brilham devagar, elas começam a dizer uma coisa e param no meio, ficam olhando as folhas das amendoeiras como se tivessem acabado de descobrir um estranho passarinho. Seus cabelos tornam-se mais claros e às vezes os olhos também; algumas crescem imperceptivelmente meio centímetro.
    Estremecem quando de súbito defrontam um gato; são assaltadas por uma remota vontade de miar; e certamente, quando a tarde cai, ronronam para si mesmas.
    Entregam-se a redes; é sabido, ao longo de toda a faixa tropical do globo, que as mulheres não habituadas à rede e que nelas se deitam ao crepúsculo, no estio, são perseguidas por fantasias, e algumas imaginam que podem voar de uma

nuvem a outra nuvem com facilidade. Sendo embaladas, elas se comprazem nesse jogo passivo e às vezes tendem a se deixar raptar, por deleite ou por preguiça.

Observei uma dessas pessoas na véspera do solstício, em 20 de dezembro, quando o sol ia atingindo o primeiro ponto do Capricórnio, e a acompanhei até as imediações do Carnaval. Sentia-se que ia acontecer algo no segundo dia de lua cheia de fevereiro; sua boca estava entreaberta: fiz um sinal aos interessados, e ela pôde ser salva.

Se realmente já chegou o outono, embora não o dia 22, me avisem. Sucederam muitas coisas; é tempo de buscar um pouco de recolhimento e pensar em fazer um poema.

Vamos atenuar os acontecimentos, e encarar com mais doçura e confiança as nossas mulheres. As que sobreviveram a este verão.

Março, 1953

O OUTRO BRASIL

*H*ouve um tempo em que sonhei coisas – não foi ser eleito senador federal nem nada, eram coisas humildes e vagabundas que entretanto não fiz, nem com certeza farei. Era, por exemplo, arrumar um barco de uns 15, 20 metros de comprido, com motor e vela, e sair tocando devagar por toda a costa do Brasil, parando para pescar, vendendo banana ou comprando fumo de rolo, não sei, me demorando em todo portinho simpático – Barra de São João, Piúma, Regênia, Conceição da Barra, Serinhaém, Turiaçu, Curuçá, Ubatuba, Garopaba – ir indo ao léu, vendo as coisas, conversando com as pessoas – e fazer um livro tão simples, tão bom, que até talvez fosse melhor não fazer livro nenhum, apenas ir vivendo devagar a vida lenta dos mares do Brasil, tomando a cachacinha de cada lugar, sem pressa e com respeito. Isso devia ser bom, talvez eu me tornasse conhecido como um homem direito, cedendo anzóis pelo custo e comprando esteiras das mulheres dos pescadores, aprendendo a fazer as coisas singelas que vivem fora das estatísticas e dos relatórios – quantos monjolos há no Brasil, quantos puçás e paris? Sim, entraria pelos rios lentamente, de canoa, levando aralém, que poderia trocar por roscas amanteigadas, pamonha ou beiju, pois ainda há um Brasil bom que a gente desperdiça de bobagem, um Brasil que a gente deixa para depois, e entretanto parece que vai acabando; tenho ouvido falar em tanques de carpa, entretanto meu tio Cristóvão, na fazenda da Boa Esperança, tinha um pequeno açude no ribeirão onde criava cascudos, tem dias que dá vontade de beber jenipapina.

Já tomei muito avião para fazer reportagem, mas o certo não é assim, é fazer como Saint-Hilaire ou o Príncipe Maximiliano, ir tocando por essas roças de Deus a cavalo, nada de Rio-Bahia, ir pelos caminhos que acompanham com todo carinho os lombos e curvas da terra, aceitando uma caneca de café na casa de um colono. Só de repente a gente se lembra de que esse Brasil ainda existe, o Brasil ainda funciona a lenha e lombo de burro, as noites do Brasil são pretas com assombração, dizem que ainda tem até luar no sertão, até capivara e suçuarana – não, eu não sou contra o progresso ("o progresso é natural"), mas uma garrafinha de refrigerante americano não é capaz de ser como um refresco de maracujá feito de fruta mesmo – o Brasil ainda tem safras e estações, vazantes e piracemas com manjuba frita, e a lua nova continua sendo o tempo de cortar iba de bambu para pescar piau. E como ainda há tanta coisa, quem sabe que é capaz de haver mulher também, uma certa mulher que ainda seja assim, modesta porém limpinha, com os cabelos ainda molhados de seu banho de rio, parece que até banho de cachoeira ainda existe, até namoro debaixo de pitangueiras como antigamente, muito antigamente.

Julho, 1953

NEIDE

O céu está limpo, não há nenhuma nuvem acima de nós. O avião, entretanto, começa a dar saltos, e temos de pôr os cintos para evitar uma cabeçada na poltrona da frente. Olho pela janela: é que estamos sobrevoando de perto um grande tumulto de montanhas. As montanhas são belas, cobertas de florestas; no verde-escuro há manchas de ferrugem de palmeiras, algum ouro de ipê, alguma prata de imbaúba – e de súbito uma cidade linda e um rio estreito. Dizem-me que é Petrópolis.

É fácil explicar que o vento nas montanhas faz corrente para baixo e para cima, como também o ar é mais frio debaixo da leve nuvem. A um passageiro assustado o comissário diz que "isso é natural". Mas o avião, com o tranquilo conforto imóvel com que nos faz vencer milhas em segundos, havia nos tirado o sentimento do natural. Somos hóspedes da máquina. Os motores foram revistos, estão perfeitos, funcionam bem, e temos nossas passagens no bolso; tudo está em ordem. Os solavancos nos lembram de que a natureza insiste em existir, e ainda nos precipitam além dela, para os reinos azuis da Metafísica. Pode o avião vencer a montanha, e desprezar as passagens antigas que a humanidade sempre trilhou. Mas sua vitória não pode ser saboreada de perto: mesmo debaixo, a montanha ainda fez sentir que existe, e à menor imprudência da máquina o gigante vencido a sorverá de um hausto, e a destruirá. Assim a humilde lagoa, assim a pequena nuvem: a tudo isso somos sensíveis dentro de nosso monstro de metal.

A menina disse que era mentira, que não se via anjo nenhum nas nuvens. O homem, porém, explicou que sim, e pediu que eu confirmasse. Eu disse:

– Tem anjo sim. Mas tem muito pouco. Até agora, desde que saímos, eu só vi um, e assim mesmo de longe. Hoje em dia há muito poucos anjos no céu. Parece que eles se assustam com os aviões. Nessas nuvens maiores nunca se encontra nenhum. Você deve procurar nas nuvenzinhas pequenas, que ficam separadas umas das outras; é nelas que os anjos gostam de brincar. Eles voam de uma para outra.

A menina queria saber de que cor eram as asas dos anjos, e de que tamanho eles eram. O homem explicou que os anjos tinham as asas da mesma cor daquele vestidinho da menina; e eram de seu tamanho. Ela começou a duvidar novamente, mas chamamos o comissário de bordo. Ele confirmou a existência dos anjos com a autoridade de seu ofício; era impossível duvidar da palavra do comissário de bordo, que usa uniforme e voa todo dia para um lado e outro, e além disso ele tinha um argumento impressionante: "Então você não sabia que tem anjos no céu?" E perguntou se ela tinha vontade de ser anjo.

– Não.

– Que é que você quer ser?

– Aeromoça!

E começou a nos servir biscoitos; dois passageiros que estavam cochilando acordaram assustados, porque ela apertara o botão que faz descer as costas das poltronas; mas depois riram e aceitaram os biscoitos.

– A Baía de Guanabara!

Começamos a descer. E quando o avião tocava o solo, naquele instante de leve tensão nervosa, ela se libertou do cinto e gritou alegremente:

– Agora tudo vai explodir!

E disse que queria sair primeiro porque estava com muita pressa, para ver as horas na torre do edifício ali perto: pois já sabia ver as horas.

Não deviam ter-lhe ensinado isso. Ela já sabe tanta coisa! As horas se juntam, fazem os dias, fazem os anos, e tudo vai passando, e os anjos depois não existem mais, nem no céu, nem na terra.

Agosto, 1953

O LAVRADOR

*E*sse homem deve ser de minha idade – mas sabe muito mais coisas. Era colono em terras mais altas, se aborreceu com o fazendeiro, chegou aqui ao Rio Doce quando ainda se podia requerer duas colônias de cinco alqueires "na beira da água grande" quase de graça. Brocou a mata com a foice, depois derrubou, queimou, plantou seu café.

Explica-me: "Eu trabalho sozinho, mais o menino meu." Seu raciocínio quando veio foi este: "Vou tratar de cair na mata; a mata é do governo, e eu sou 'fio' do Estado, devo ter direito." Confessa que sua posse até hoje ainda não está legalizada: "Tenho de ir a Linhares, mas eu 'magino' esse aguão..."

No começo não tinha prática de canoa, estava sempre com medo da canoa virar, o menino é que logo se ajeitou com o remo; são quatro horas de remo lagoa adentro. Diz que planta o café a uma distância de 10 palmos, sendo a terra seca; sendo fresca, distância de 15 palmos. Para o sustento, plantou cana, taioba, inhame, mandioca, milho, arroz, feijão. Disse que uma vez foi lá um homem do governo e proibiu ("empiribiu") armar fojos e mundéus, pois "se chegar a cair um cachorro de caçador, eles mete a gente na cadeia e a gente paga o que não possui".

Olho sua cara queimada de sol; parece com a minha, é esse mesmo tipo de feiura triste do interior. Conversamos sobre pescaria do robalo, piau, traíra. Volta a falar de sua terra e desconfia que eu sou do governo, diz que precisa passar a escritura. Não sabe ler, mas sabe que essas coisas escritas em um papel valem muito. Pergunta pela minha profissão, e tenho vergonha de contar que vivo de escrever papéis que não valem nada; digo que sou comerciante em Vitória, tenho um negocinho. Ele diz que o comércio é melhor que a lavoura; que o lavrador se arrisca e o comerciante é que lucra mais; mas ele foi criado na lavoura e não tem nenhum preparo. Endireita para mim o cigarro de palha que estou enrolando com o fumo todo maçarocado. Deve ser de minha idade – mas sabe muito mais coisas.

Maio, 1954

AI DE TI, COPACABANA

AS LUVAS

Só ontem o descobri, atirado atrás de uns livros, o pequeno par de luvas pretas. Fiquei um instante a imaginar de quem poderia ser, e logo concluí que sua dona é aquela mulher miúda, de risada clara e brusca e lágrimas fáceis, que veio duas vezes, nunca me quis dar o telefone nem o endereço, e sumiu há mais de uma semana. Sim, suas mãos são assim pequenas, e na última noite ela estava vestida de escuro, os cabelos enrolados no alto da cabeça. Revejo-a se penteando, com três grampos na boca; lembro-me de seu riso e também de suas palavras de melancolia no fim da aventura banal. Eu quis ser cavalheiro, sair, levá-la em casa. Ela aceitou apenas que eu chamasse um táxi pelo telefone, e que a ajudasse a vestir o capote; disse que voltaria...

Talvez telefone outro dia, e volte; talvez, como aconteceu uma vez, entre suas duas visitas, fique aborrecida por me telefonar em uma tarde em que tenho algum compromisso para a noite. "A verdade" – me lembro dessas palavras de uma tristeza banal – "é que a gente procura uma aventura assim para ter uma coisa bem fugaz, sem compromisso, quase sem sentimento; mas ou acaba decepcionada ou sentimental..." Lembrei-lhe a letra de uma velha música americana: "*I am getting sentimental over you*". Ela riu, conhecia a canção, cantarolou-a um instante, e como eu a olhasse com um grande carinho meio de brincadeira, meio a sério, me declarou que eu não era obrigado a fazer essas caras para ela, e dispensava perfeitamente qualquer gentileza e me detestaria se eu quisesse ser falso e gentil. Juntou, quase nervosa, que também não lhe importava o que eu pudesse pensar a seu respeito; e que mesmo que pensasse o pior, eu teria razão; que eu tinha todo o direito de achá-la fácil e leviana, mas só não tinha o direito de tentar fazê-la de tola. Que mania que os homens têm...

Interrompi-a. Que ela, pelo amor de Deus, não me falasse mal dos homens; que isso era muito feio; e que a seu respeito eu achava apenas que era uma flor, um anjo "*y muy buena moza*".

Meu bom humor fê-la sorrir. Na hora de sair disse que ia me dizer uma coisa, depois resolveu não dizer. Não insisti. "Telefono." E não a vi mais.

Com certeza não a verei mais, e não ficaremos os dois nem decepcionados nem sentimentais, apenas com uma vaga e suave lembrança um do outro, lembrança que um dia se perderá.

Pego as pequenas luvas pretas. Têm um ar abandonado e infeliz, como toda luva esquecida pelas mãos. Os dedos assumem gestos sem alma e todavia tristes. É extraordinária como parecem coisas mortas e ao mesmo tempo ainda carregadas de toda a tristeza da vida. A parte do dorso é lisa; mas pelo lado de dentro ficaram marcadas todas as dobras das falanges, ficaram impressas, como em Verônica, as fisionomias dos dedos. É um objeto inerte e lamentável, mas tem as rugas da vida, e também um vago perfume.

O telefone chama. Vou atender, levo maquinalmente na mão o par de luvas. A voz é de mulher e hesito um instante, comovido. Mas é apenas a senhora de um amigo que me lembra o convite para o jantar. Visto-me devagar, e quando vou saindo vejo sobre a mesa o par de luvas. Seguro-o um instante como se tivesse na mão um problema; e o atiro outra vez para trás dos livros, onde estavam antes.

Santiago, outubro, 1955

O PADEIRO

*L*evanto cedo, faço minhas abluções, ponho a chaleira no fogo para fazer café e abro a porta do apartamento – mas não encontro o pão costumeiro. No mesmo instante me lembro de ter lido alguma coisa nos jornais da véspera sobre a "greve do pão dormido". De resto não é bem uma greve, é um *lockout*, greve dos patrões, que suspenderam o trabalho noturno; acham que obrigando o povo a tomar seu café da manhã com pão dormido conseguirão não sei bem o que do governo.

Está bem. Tomo o meu café com pão dormido, que não é tão ruim assim. E enquanto tomo café vou me lembrando de um homem modesto que conheci antigamente. Quando vinha deixar o pão à porta do apartamento ele apertava a campainha, mas, para não incomodar os moradores, avisava gritando:

– Não é ninguém, é o padeiro!

Interroguei-o uma vez: como tivera a ideia de gritar aquilo?

"Então você não é ninguém?"

Ele abriu um sorriso largo. Explicou que aprendera aquilo de ouvido. Muitas vezes lhe acontecera bater a campainha de uma casa e ser atendido por uma empregada ou outra pessoa qualquer, e ouvir uma voz que vinha lá de dentro perguntando quem era; e ouvir a pessoa que o atendera dizer para dentro: "não é ninguém, não, senhora, é o padeiro". Assim ficara sabendo que não era ninguém...

Ele me contou isso sem mágoa nenhuma, e se despediu ainda sorrindo. Eu não quis detê-lo para explicar que estava falando com um colega, ainda que menos importante. Naquele tempo eu também, como os padeiros, fazia o trabalho noturno. Era pela madrugada que deixava a redação de jornal, quase sempre depois de uma passagem pela oficina – e muitas vezes saía já levando na mão um dos primeiros exemplares rodados, o jornal ainda quentinho da máquina, como pão saído do forno.

Ah, eu era rapaz, eu era rapaz naquele tempo! E às vezes me julgava importante porque no jornal que levava para casa, além de reportagens ou notas que eu escrevera sem assinar, ia uma crônica ou artigo com o meu nome. O jornal e o pão estariam bem cedinho na porta de cada lar; e dentro do meu coração eu recebi a lição de humildade daquele homem entre todos útil e entre todos alegre; "não é ninguém, é o padeiro!"

E assobiava pelas escadas.

Rio, maio, 1956

COISAS ANTIGAS

Já tive muitas capas e infinitos guarda-chuvas, mas acabei me cansando de tê-los e perdê-los; há anos vivo sem nenhum desses abrigos, e também, como toda gente, sem chapéu. Tenho apanhado muita chuva, dado muita corrida, me plantado debaixo de muita marquise, mas resistido. Como geralmente chove à tarde, mais de uma vez me coloquei sob a proteção espiritual dos irmãos Marinho, e fiz de O Globo meu *paraguas* de emergência.

Ontem, porém, choveu demais, e eu precisava ir a três pontos diferentes de meu bairro. Quando o moço de recados veio apanhar a crônica para o jornal, pedi-lhe que me comprasse um chapéu-de-chuva que não fosse vagabundo demais, mas também não muito caro. Ele me comprou um de pouco mais de trezentos cruzeiros, objeto que me parece bem digno da pequena classe média, a que pertenço. (Uma vez tive um delírio de grandeza em Roma e adquiri a mais fina e soberba *umbrella* da Via Candotti; abandonou-me no primeiro bar em que entramos; não era coisa para mim.)

Depois de cumprir meus afazeres voltei para casa, pendurei o guarda-chuva a um canto e me pus a contemplá-lo. Senti então uma certa simpatia por ele; meu velho rancor contra os guarda-chuvas cedeu lugar a um estranho carinho, e eu mesmo fiquei curioso de saber qual a origem desse carinho.

Pensando bem, ele talvez derive do fato, creio que já notado por outras pessoas, de ser o guarda-chuva o objeto do mundo moderno mais infenso a mudanças. Sou apenas um quarentão, e praticamente nenhum objeto de minha infância existe mais em sua forma primitiva. De máquinas como telefone, automóvel, etc., nem é bom falar. Mil pequenos objetos de uso mudaram de forma, de cor, de material; em alguns casos, é verdade, para melhor; mas mudaram.

O guarda-chuva tem resistido. Suas irmãs, as sombrinhas, já se entregaram aos piores desregramentos futuristas e tanto abusaram que até caíram de moda. Ele permaneceu austero, negro, com seu cabo e suas invariáveis varetas. De junco fino ou pinho vulgar, de algodão ou de seda animal, pobre ou rico, ele se tem mantido digno.

Reparem que é um dos engenhos mais curiosos que o homem já inventou; tem ao mesmo tempo algo de ridículo e algo de fúnebre, essa pequena barraca ambulante.

Já na minha infância era um objeto de ares antiquados, que parecia vindo de épocas remotas e uma de suas características era ser muito usado em enterros. Por outro lado, esse grande acompanhador de defuntos sempre teve, apesar de seu feitio grave, o costume leviano de se perder, de sumir, de mudar de dono. Ele na verdade só é fiel a seus amigos cem por cento, que com ele saem todo dia, faça chuva ou sol, apesar dos motejos alheios; a estes, respeita. O freguês vulgar e ocasional, este o irrita, e ele se aproveita da primeira distração para sumir.

Nada disso, entretanto, lhe tira o ar honrado. Ali está ele, meio aberto, ainda molhado, choroso; descansa com uma espécie de humildade ou paciência humana; se tivesse liberdade de movimentos não duvido que iria para cima do telhado quentar sol, como fazem os urubus.

Entrou calmamente pela era atômica, e olha com ironia a arquitetura e os móveis chamados funcionais: ele já era funcional muito antes de se usar esse adjetivo; e tanto que a fantasia, a inquietação e a ânsia de variedade do homem não conseguiram modificá-lo em coisa alguma.

Não sei há quantos anos existe a Casa Loubet, na Rua 7 de Setembro. Também não sei se seus guarda-chuvas são melhores ou piores que os outros; são bons; meu pai os comprava lá, sempre que vinha ao Rio, e herdei esse hábito.

Há um certo conforto íntimo em seguir um hábito paterno; uma certa segurança e uma certa doçura. Estou pensando agora se quando ficar um pouco mais velho não comprarei uma cadeira de balanço austríaca. É outra coisa antiga que tem resistido, embora muito discretamente. Os mobiliadores e decoradores modernos a ignoram; já se inventaram dela mil versões modificadas, mas ela ainda existe na sua graça e leveza original. É respeitável como um guarda-chuva, e intensamente familiar. A gente nova a despreza, como ao guarda-chuva. Paciência. Não sou mais gente nova; um guarda-chuva me convém para resguardo da cabeça encanecida, e talvez o embalo de uma cadeira de balanço dê uma cadência mais sossegada aos meus pensamentos, e uma velha doçura familiar aos meus sonhos de senhor só.

Rio, novembro, 1957

AI DE TI, COPACABANA

1. Ai de ti, Copacabana, porque eu já fiz o sinal bem claro de que é chegada a véspera de teu dia, e tu não viste; porém minha voz te abalará até as entranhas.
2. Ai de ti, Copacabana, porque a ti chamaram Princesa do Mar, e cingiram tua fronte com uma coroa de mentiras; e deste risadas ébrias e vãs no seio da noite.
3. Já movi o mar de uma parte e de outra parte, e suas ondas tomaram o Leme e o Arpoador, e tu não viste este sinal; estás perdida e cega no meio de tuas iniquidades e de tua malícia.
4. Sem Leme, quem te governará? Foste iníqua perante o oceano, e o oceano mandará sobre ti a multidão de suas ondas.
5. Grandes são teus edifícios de cimento, e eles se postam diante do mar qual alta muralha desafiando o mar; mas eles se abaterão.
6. E os escuros peixes nadarão nas tuas ruas e a vasa fétida das marés cobrirá tua face; e o setentrião lançará as ondas sobre ti num referver de espumas qual um bando de carneiros em pânico, até morder a aba de teus morros; e todas as muralhas ruirão.
7. E os polvos habitarão os teus porões e as negras jamantas as tuas lojas de decorações; e os meros se entocarão em tuas galerias, desde Menescal até Alaska.

8. Então quem especulará sobre o metro quadrado de teu terreno? Pois na verdade não haverá terreno algum.

9. Ai daqueles que dormem em leitos de pau-marfim nas câmaras refrigeradas e desprezam o vento e o ar do Senhor, e não obedecem à lei do verão.

10. Ai daqueles que passam em seus cadilaques buzinando alto, pois não terão tanta pressa quando virem pela frente a hora da provação.

11. Tuas donzelas se estendem na areia e passam no corpo óleos odoríferos para tostar a tez, e teus mancebos fazem das lambretas instrumentos de concupiscência.

12. Uivai, mancebos, e clamai, mocinhas, e rebolai-vos na cinza, porque já se cumpriram vossos dias, e eu vos quebrantarei.

13. Ai de ti, Copacabana, porque os badejos e as garoupas estarão nos poços de teus elevadores, e os meninos do morro, quando for chegado o tempo das tainhas, jogarão tarrafas no Canal do Cantagalo; ou lançarão suas linhas dos altos do Babilônia.

14. E os pequenos peixes que habitam os aquários de vidro serão libertados para todo o número de suas gerações.

15. Por que rezais em vossos templos, fariseus de Copacabana, e levais flores para Iemanjá no meio da noite? Acaso eu não conheço a multidão de vossos pecados?

16. Antes de te perder eu agravarei a tua demência – ai de ti, Copacabana! Os gentios de teus morros descerão uivando sobre ti, e os canhões de teu próprio Forte se voltarão contra teu corpo, e troarão; mas a água salgada levará milênios para lavar os teus pecados de um só verão.

17. E tu, Oscar, filho de Ornstein, ouve a minha ordem: reserva para Iemanjá os mais espaçosos aposentos de teu palácio, porque ali, entre algas, ela habitará.

18. E no Petit Club os siris comerão cabeças de homens fritas na casca; e Sacha, o homem-rã, tocará piano submarino para fantasmas de mulheres silenciosas e verdes, cujos

nomes passaram muitos anos nas colunas dos cronistas, no tempo em que havia colunas e havia cronistas.

19. Pois grande foi a tua vaidade, Copacabana, e fundas foram as tuas mazelas; já se incendiou o Vogue, e não viste o sinal, e já mandei tragar as areias do Leme e ainda não vês o sinal. Pois o fogo e a água te consumirão.

20. A rapina de teus mercadores e a libação de teus perdidos; e a ostentação da hetaira do Posto Cinco, em cujos diamantes se coagularam as lágrimas de mil meninas miseráveis – tudo passará.

21. Assim qual escuro alfanje a nadadeira dos imensos cações passará ao lado de tuas antenas de televisão; porém muitos peixes morrerão por se banharem no uísque falsificado de teus bares.

22. Pinta-te qual mulher pública e coloca todas as tuas joias, e aviva o verniz de tuas unhas e canta a tua última canção pecaminosa, pois em verdade é tarde para a prece; e que estremeça o teu corpo fino e cheio de máculas, desde o Edifício Olinda até a sede dos Marimbás porque eis que sobre ele vai a minha fúria, e o destruirá. Canta a tua última canção, Copacabana!

Rio, janeiro, 1958

O PAVÃO

E considerei a glória de um pavão ostentando o esplendor de suas cores; é um luxo imperial. Mas andei lendo livros, e descobri que aquelas cores todas não existem na pena do pavão. Não há pigmentos. O que há são minúsculas bolhas d'água em que a luz se fragmenta, como em um prisma. O pavão é um arco-íris de plumas.

Eu considerei que este é o luxo do grande artista, atingir o máximo de matizes com o mínimo de elementos. De água e luz ele faz seu esplendor; seu grande mistério é a simplicidade.

Considerei, por fim, que assim é o amor, oh! minha amada; de tudo que ele suscita e esplende e estremece e delira em mim existem apenas meus olhos recebendo a luz de teu olhar. Ele me cobre de glórias e me faz magnífico.

Rio, novembro, 1958

OS TROVÕES DE ANTIGAMENTE

*E*stou dormindo no antigo quarto de meus pais; as duas janelas dão para o terreiro onde fica o imenso pé de fruta-pão, à cuja sombra cresci. O desenho de suas folhas recorta-se contra o céu; essa imagem das folhas do fruta-pão recortadas contra o céu é das mais antigas de minha infância, do tempo em que eu ainda dormia em uma pequena cama cercada de palhinha junto à janela da esquerda.

A tarde está quente. Deito-me um pouco para ler, mas deixo o livro, fico a olhar pela janela. Lá fora, uma galinha cacareja, como antigamente. E essa trovoada de verão é tão Cachoeiro, é tão minha casa em Cachoeiro! Não, não é verdade que em toda parte do mundo os trovões sejam iguais. Aqui os morros lhe dão um eco especial, que prolonga seu rumor. A altura e a posição das nuvens, do vento e dos morros que ladeiam as curvas do rio criam essa ressonância em que me reconheço menino, assustado e fascinado pela visão dos relâmpagos, esperando a chegada dos trovões e depois a chuva batendo grossa lá fora, na terra quente, invadindo a casa com seu cheiro. Diziam que São Pedro estava arrastando móveis, lavando a casa; e eu via o padroeiro de nossa terra, com suas barbas, empurrando móveis imensos, mas iguais aos de nossa casa, no assoalho do céu – certamente também feito assim, de tábuas largas. Parece que eu não acreditava na história, sabia que era apenas uma maneira de dizer, uma brincadeira, mas a imagem de São Pedro de camisolão empurrando um grande armário preto me ficou na memória.

Nossa casa era bem bonita, com varanda, caramanchão e o jardim grande ladeando a rua. Lembro-me confusamente de alguns canteiros, algumas flores e folhagens desse jardim que não existe mais; especialmente de uma grande touceira de espadas de São Jorge que a gente chamava apenas de "talas"; e, lá no fundo, o precioso pé de saboneteira que nos fornecia bolas pretas para o jogo de gude. Era uma grande riqueza, uma árvore tão sagrada como a fruta-pão e o cajueiro do alto do morro, árvores de nossa família, mas conhecidas por muita gente na cidade; nós também não conhecíamos os pés de carambola das Martins ou as mangueiras do Dr. Mesquita?

Sim, nossa casa era muito bonita, verde, com uma tamareira junto à varanda, mas eu invejava os que moravam do outro lado da rua, onde as casas dão fundos para o rio. Como a casa das Martins, como a casa dos Leão, que depois foi dos Medeiros, depois de nossa tia, casa com varanda fresquinha dando para o rio.

Quando começavam as chuvas a gente ia toda manhã lá no quintal deles ver até onde chegara a enchente. As águas barrentas subiam primeiro até a altura da cerca dos fundos, depois às bananeiras, vinham subindo o quintal, entravam pelo porão. Mais de uma vez, no meio da noite, o volume do rio cresceu tanto que a família defronte teve medo.

Então vinham todos dormir em nossa casa. Isso para nós era uma festa, aquela faina de arrumar camas nas salas, aquela intimidade improvisada e alegre. Parecia que as pessoas ficavam todas contentes, riam muito; como se fazia café e se tomava café tarde da noite! E às vezes o rio atravessava a rua, entrava pelo nosso porão, e me lembro que nós, os meninos, torcíamos para ele subir mais e mais. Sim, éramos a favor da enchente, ficávamos tristes de manhãzinha quando, mal saltando da cama, íamos correndo para ver que o rio baixara um palmo – aquilo era uma traição, uma fraqueza do Itapemirim. Às vezes chegava alguém a cavalo, dizia que lá para cima, pelo Castelo, tinha caído chuva muita, anunciava água nas cabeceiras, então dormíamos sonhando que a enchente ia outra vez crescer, queríamos sempre que aquela fosse a maior de todas as enchentes.

E naquelas tardes as trovoadas tinham esse mesmo ronco prolongado entre morros, diante das duas janelas do quarto de meus pais; eles trovejavam sobre nosso telhado e nosso pé de fruta-pão, os grandes, grossos trovões familiares de antigamente, os bons trovões do velho São Pedro.

Cachoeiro, dezembro, 1958

VISITA DE UMA SENHORA DO BAIRRO

Um casal tinha almoçado comigo e saíra. Fiquei sozinho em casa, pensando numas coisas que tinham me dito sobre aquele casal, imaginando o que seria verdade, o que seria exagero. Era hora de fazer crônica, mas eu estava sem vontade nenhuma de escrever. Foi então que bateram à porta e eu abri.
– Posso entrar?
– Claro.
Era bonita, morena. Tinha um lenço na cabeça, óculos escuros, uma blusa de cores alegres, saia branca, as pernas nuas, sandálias sem salto. De seu corpo vinha um cheiro fresco de água-de-colônia.
– Você não me conhece não.
Morava no bairro, já tinha me visto uma vez na praia e era casada: "Vivo muito bem com meu marido. Mas se ele soubesse que eu vim aqui ficaria furioso, você não acha?"
– Claro.
Perguntou se eu só sabia dizer "claro". Bem lhe haviam dito que eu às vezes sou inteligente escrevendo, mas falando sou muito burro. Para irritá-la, concordei:
– Claro.
Mas ela sorriu. Perguntou se eu fazia questão de saber seu nome; era melhor não dizer, aliás eu conhecia ligeira-

mente seu marido, já estivera com ele em mesa de bar, mas talvez não ligasse o nome à pessoa. Tive vontade de dizer outra vez "claro", mas seria excessivo; fiquei quieto. Então ela disse que há muito tempo lia minhas coisas, gostava muito, isto é, às vezes achava chato, mas tinha vezes que achava formidável:

– Você uma vez escreveu uma coisa que parecia que você conhecia todos os meus segredos, me conhecia toda como eu sou por dentro. Como é que pode? Como que um homem pode sentir essas coisas? Você é homem mesmo?

Respondi que sim; era, mas sem exagero. Aliás, está provado que cada pessoa de um sexo tem certas características do sexo oposto, ninguém é totalmente macho nem fêmea.

– Quer dizer que você é mais ou menos?
– Mais ou menos.
– O que você é, é muito cínico. Engraçado, escrevendo não dá ideia. Tem umas coisas românticas...
– Todo mundo tem umas coisas românticas. Mas na minha idade ninguém é realmente romântico a menos que seja palerma.

Perguntou-me a idade, eu disse. Espantou-se:

– Puxa, quase o dobro da minha! É mesmo, você já está muito velho. Isto é, velho, velho mesmo, não, mas para mim está. Que pena!

– "Que pena" digo eu. Se eu soubesse teria pedido a meus pais para me fazerem mais tarde, depois de outros filhos; mas não poderia prever que só iria encontrá-la em 1959. Agora acho que já fica difícil tomar qualquer providência. Uma pena.

Ela disse que eu estava lhe fazendo "um galanteio gaiato"; mas não deve ter ficado aborrecida, porque me fez um elogio:

– Você não é burro, não.

Agradeci gravemente, e perguntei a que devia, afinal de contas, o prazer de sua visita.

– Besteira. Uma besteira minha. Eu gosto muito de meu marido.

E então, subitamente, jogou-se na poltrona e desandou a chorar. Pus a mão em seu ombro e delicadamente aconselhei-a a ir-se embora. Ergueu-se, refazendo-se, abriu a bolsa, retocou a pintura, espiou o reloginho de pulso – "é mesmo, está na hora de meu analista" – despediu-se com um *ciao* e foi-se embora para nunca mais.

Rio, outubro, 1959

A PALAVRA

Tanto que tenho falado, tanto que tenho escrito – como não imaginar que, sem querer, feri alguém? Às vezes sinto, numa pessoa que acabo de conhecer, uma hostilidade surda, ou uma reticência de mágoas. Imprudente ofício é este, de viver em voz alta.

Às vezes, também a gente tem o consolo de saber que alguma coisa que se disse por acaso ajudou alguém a se reconciliar consigo mesmo ou com a sua vida de cada dia; a sonhar um pouco, a sentir uma vontade de fazer alguma coisa boa.

Agora sei que outro dia eu disse uma palavra que fez bem a alguém. Nunca saberei que palavra foi; deve ter sido alguma frase espontânea e distraída que eu disse com naturalidade porque senti no momento – e depois esqueci.

Tenho uma amiga que certa vez ganhou um canário, e o canário não cantava. Deram-lhe receitas para fazer o canário cantar; que falasse com ele, cantarolasse, batesse alguma coisa ao piano; que pusesse a gaiola perto quando trabalhasse em sua máquina de costura; que arranjasse para lhe fazer companhia, algum tempo, outro canário cantador; até mesmo que ligasse o rádio um pouco alto durante uma transmissão de jogo de futebol... mas o canário não cantava.

Um dia a minha amiga estava sozinha em casa, distraída, e assobiou uma pequena frase melódica de Beethoven – e o canário começou a cantar alegremente. Haveria alguma secreta ligação entre a alma do velho artista morto e o pequeno pássaro cor de ouro?

    Alguma coisa que eu disse distraído – talvez palavras de algum poeta antigo – foi despertar melodias esquecidas dentro da alma de alguém. Foi como se a gente soubesse que de repente, num reino muito distante, uma princesa muito triste tivesse sorrido. E isso fizesse bem ao coração do povo; iluminasse um pouco as suas pobres choupanas e as suas remotas esperanças.

Rio, novembro, 1959

A TRAIÇÃO DAS ELEGANTES

CONVERSA DE COMPRA DE PASSARINHO

*E*ntro na venda para comprar uns anzóis, e o velho está me atendendo quando chega um menino da roça com um burro e dois balaios de lenha. Fica ali, parado, esperando. O velho parece que não o vê, mas afinal olha as achas com desprezo e pergunta: "Quanto?" O menino hesita, coçando o calcanhar de um pé com o dedo de outro: "Quarenta." O homem da venda não responde, vira a cara. Aperta mais os olhos miúdos para separar os anzóis pequenos que eu pedi. Eu me interesso pelo coleiro-do-brejo que está cantando. O velho:

— Esse coleiro é especial. Eu tinha aqui um gaturamo que era uma beleza, mas morreu ontem; é um bicho que morre à toa.

Um pescador de bigodes brancos chega-se ao balcão, murmura alguma coisa; o velho lhe serve cachaça, recebe, dá o troco, volta-se para mim: "O senhor quer chumbo também?" Compro uma chumbada, alguns metros de linha. Subitamente ele se dirige ao menino da lenha:

— Quer vinte e cinco pode botar lá dentro.

O menino abaixa a cabeça, calado. Pergunto:

— Quanto é o coleiro?

— Ah, esse não tenho para venda, não...

Sei que o velho está mentindo; ele seria incapaz de ter um coleiro se não fosse para venda; miserável como é, não iria gastar alpiste e farelo em troca de cantorias. Eu me desinteresso. Peço uma cachaça. Puxo o dinheiro para pagar minhas compras. O menino murmura: "O senhor dá trinta..." O velho cala-se, minha nota na mão:
– Quanto é que o senhor dá pelo coleiro?
Fico calado algum tempo. Ele insiste: "O senhor diga..." Viro a minha cachaça, fico apreciando o coleiro.
– Não quer vinte e cinco vá embora, menino.
Sem responder, o menino cede. Carrega as achas de lenha lá para os fundos, recebe o dinheiro, monta no burro, vai-se. Foi no mato cortar pau, rachou cem achas, carregou o burro, trotou léguas até chegar aqui, levou 25 cruzeiros. Tenho vontade de vingá-lo:
– Passarinho dá muito trabalho...
O velho atende outro freguês, lentamente.
– O senhor querendo dar 500 cruzeiros, é seu.
Por trás dele o pescador de bigodes brancos me faz sinal para não comprar. Finjo espanto: "QUINHENTOS cruzeiros?"
– Ainda a semana passada eu rejeitei 600 por ele. Esse coleiro é muito especial.
Completamente escravo do homem, o coleirinho põe-se a cantar, mostrando suas especialidades. Faço uma pergunta sorna: "Foi o senhor quem pegou ele?" O homem responde: "Não tenho tempo para pegar passarinhos."
Sei disso. Foi um menino descalço, como aquele da lenha. Quanto terá recebido esse menino desconhecido por aquele coleiro especial?
– No Rio eu compro um papa-capim mais barato...
– Mas isso não é papa-capim. Se o senhor conhece passarinho, o senhor está vendo que coleiro é esse.
– Mas QUINHENTOS cruzeiros?
– Quanto é que o senhor oferece?

Acendo um cigarro. Peço mais uma cachacinha. Deixo que ele atenda um freguês que compra bananas. Fico mexendo com o pedaço de chumbo.

Afinal digo com a voz fria, seca: "Dou 200 pelo coleiro, 50 pela gaiola."

O velho faz um ar de absoluto desprezo. Peço meu troco, ele me dá. Quando vê que vou saindo mesmo, tem um gesto de desprendimento: "Por 300 o senhor leva tudo".

Ponho minhas coisas no bolso. Pergunto onde é que fica a casa de Simeão pescador, um zarolho. Converso um pouco com o pescador de bigodes brancos, me despeço.

– O senhor não leva o coleiro?

Seria inútil explicar-lhe que um coleiro-do-brejo não tem preço. Que o coleiro-do-brejo é, ou devia ser, um pequeno animal sagrado e livre, como aquele menino da lenha, como aquele burrinho magro e triste do menino. Que daqui a uns anos, quando ele, o velho, estiver rachando lenha no Inferno, o burrinho, o menino e o coleiro vão entrar no Céu – trotando, assobiando e cantando de pura alegria.

Novembro, 1951

A CASA VIAJA NO TEMPO

Volto, como antigamente, a esta grande casa amiga, na noite de domingo. Recuso, com o mesmo sorriso, a batida que o dono da casa me oferece, e tomo a mesma cachacinha de sempre. O dono da casa é o mesmo, a cachaça é a mesma, a casa, eu... E tantas vezes vim aqui que não tomo consciência das coisas que mudaram.

Sento-me, por acaso, ao lado de uma jovem senhora, amiga da família, e a conversa é tranquila e morna. Mas de repente, a propósito de alguma coisa, ela diz que se lembra de mim há muito tempo. "Você vinha às vezes jantar, sempre assim, de paletó e sem gravata. Sentava calado, com a cara meio triste, um ar sério. Eu me lembro muito bem. Eu tinha seis anos..."

Seis anos! Certamente não me lembro dessa menina de seis anos; a casa sempre esteve cheia de meninas e mocinhas, há pessoas que eu conheço de muitos domingos através de muitos anos, e das quais nem sequer sei o nome. Pessoas que para mim fazem parte desta casa e desses domingos, visitando esta casa.

A primeira recordação que tenho dessa jovem é de uma adolescente que às vezes dançava no jardim. Era certamente linda; mas não creio que tivéssemos trocado, através dos anos, mais de duas ou três frases ocasionais. Sempre tive a vaga impressão de que, por algum motivo imponderável, ela não simpatizava comigo. Só agora me dou conta de que a vi crescer, terei sido uma distraída testemunha de seus flertes, seu namoro; lembro-me de seu noivado, lembro-me quando se casou, sei que hoje, ainda tão moça, tem dois filhos – e a maternidade veio definir melhor sua radiosa beleza juvenil.

Inutilmente procuro reconstituir a menina de seis anos que me olhava na mesa, e me achava triste. E não faço a menor ideia do que ela soube ou viu a meu respeito durante esses inumeráveis domingos. Certamente fui sempre, para ela, uma figura constante, mas vaga – um senhor feio e quieto, que ela se acostumou a ver distraidamente de vez em quando – às vezes com um ano ou mais de intervalo, que viaja e reaparece com a mesma cara e o mesmo jeito. Tomo consciência de que é a primeira vez que conversamos os dois, ao fim de tantos anos de vagos "boa-noite" e "como vai?", mas nossa conversa tranquila e trivial me emociona de repente quando ela diz: "eu tinha seis anos..."

Penso em tudo o que vivi nestes anos – tanta coisa tão intensa que veio e foi – e penso na casa, no dono da casa, na família, na gente que passou por aqui. A casa não é mais a mesma, a casa não é mais casa, é um grande navio que vai singrando o tempo, que vai embarcando e desembarcando gente no porto de cada domingo: dentro em pouco outra menina de seis anos, filha dessa menina, estará sentada na mesma sala, sob a mesma lâmpada, e com seus dois olhinhos pretos verá o mesmo senhor calado, de cara triste – o mesmo senhor que numa noite de domingo, sem o saber, se despedirá para sempre e irá para o remoto país onde encontrará outras sombras queridas ou indiferentes que aqui viveram também suas noites de domingo – e não voltaram mais.

Junho, 1953

NÓS, IMPERADORES SEM BALEIAS

Foi em agosto de 1858 que correu na cidade o boato de que havia duas baleias imensas em Copacabana. Todo mundo se mandou para essa praia remota, muita gente dormiu lá em barracas, entre fogueiras acesas, e Pedro II também foi com gente de sua imperial família ver as baleias. O maior encanto da história é que não havia baleia nenhuma. Esse imperador saindo de seus paços, viajando em carruagem, subindo o morro a cavalo para ver as baleias, que eram boato, é uma coisa tão cândida, é um Brasil tão bobo e tão bom!

Pois bem. No começo da última guerra havia uns rapazes que se juntavam no Bar Vermelhinho, para beber umas coisas, ver as moças, bater papo. Ah! – como dizia o Eça –, éramos rapazes! E entre nós havia um poeta que uma tarde chegou com os olhos verdes muito abertos, atrás dos óculos, falando baixo, portador de uma notícia extraordinária: a esquadra inglesa estava ancorada na lagoa Rodrigo de Freitas!

Ah!, éramos rapazes! Visualizamos num instante aquela beleza, a esquadra amiga, democrática, evoluindo perante o Jockey Club, abençoada pelo Cristo do Corcovado entre as montanhas e o mar. Eu me ri e disse: poeta, que brincadeira, como é que a esquadra ia passar por aquele canal? Ele respondeu: pois é, isto é que é espantoso!

Em volta, as moças acreditavam. Em que as moças não acreditam? Elas não sabem geografia nem navegação, são vagas a respeito de canais, e se não acreditarem nos poetas, como poderão viver? Mas houve protestos prosaicos: não era possível! O poeta tornou-se discreto, falava cada vez mais baixo: está lá. E como as dúvidas fossem crescendo, grosseiras, ele confidenciou: quem viu foi Dona Heloísa Alberto Torres!

Ficamos um instante em silêncio. O nome de uma senhora ilustre, culta, séria e responsável era colocado no mastro real da capitânia da esquadra do Almirante Nélson pelas mãos do poeta. E o poeta sussurrou: eu vou para lá. Então as moças também quiseram ir, e como é bom que rapazes e moças andem juntos, nós partimos todos alegremente – ah!, éramos rapazes! –, mesmo porque lá havia outro bar, no Sacopã.

Já havia o Corte do Cantagalo? Não havia o Corte do Cantagalo? A tarde era fresca e bela, não me lembro mais de nosso caminho, lembro da viagem, as moças rindo. Tudo sobre nossas cabeças de jovens era pardo, o governo era nazista, a gente lutava entre a cadeia e o medo, com fome de liberdade – e de repente a esquadra inglesa, tangida pelo poeta, na lagoa Rodrigo de Freitas! Fomos, meio bebidos, nosso carro desembocou numa rua, noutra, grande emoção – a lagoa! Estava mais bela do que nunca, levemente crespa na brisa da tarde, debaixo do céu azul de raras nuvens brancas perante as montanhas imensas.

Não havia navios. Rimos, rimos, rimos, mas o poeta, de súbito, sério, apontou: olhem lá. Céus! Na distância das águas havia um mastro, nele uma flâmula que a brisa do Brasil beijava e balançava, antes te houvessem roto na batalha que servires a um povo de mortalha! O encantamento durou um instante, e nesse instante caiu o Estado Novo, morreram Hitler e Mussolini, as prisões se abriram, raiou o sol da liberdade – mas um desalmado restaurou a negra, assassina, ladravaz ditadura com quatro palavras: é o Clube Piraquê de mastro novo! Aquilo é o Clube, não é navio nenhum!

    Então bebemos, o entardecer era lindo na beira da lagoa, as moças ficaram meigas, eu consolei a todos com a história do imperador sem baleias. O poeta Vinicius disse: nós somos imperadores sem baleias! Ah!, éramos rapazes!

Março, 1954

NÃO AMEIS À DISTÂNCIA!

*E*m uma cidade há um milhão e meio de pessoas, em outra há outros milhões; e as cidades são tão longe uma da outra que nesta é verão quando naquela é inverno. Em cada uma dessas cidades há uma pessoa; e essas pessoas tão distantes acaso pensareis que podem cultivar em segredo, como plantinha de estufa, um amor à distância?

Andam em ruas tão diferentes e passam o dia falando línguas diversas; cada uma tem em torno de si uma presença constante e inumerável de olhos vozes, notícias. Não se telefonam mais; é tão caro e demorado e tão ruim e além disso, que se diriam? Escrevem-se. Mas uma carta leva dias para chegar; ainda que venha vibrando, cálida, cheia de sentimento, quem sabe se no momento em que é lida já não poderia ter sido escrita? A carta não diz o que a outra pessoa está sentindo, diz o que sentiu na semana passada... e as semanas passam de maneira assustadora, os domingos se precipitam mal começam as noites de sábado, as segundas retomam com veemência gritando – "outra semana!", e as quartas já têm um gosto de sexta, e o abril de-já-hoje é mudado em agosto...

Sim, há uma frase na carta cheia de calor, cheia de luz; mas a vida presente é traiçoeira e os astrônomos não dizem que muita vez ficamos como patetas a ver uma linda estrela jurando pela sua existência – e no entanto há séculos ela se apagou na escuridão do caos, sua luz é que custou a fazer a viagem? Direi que não importa a estrela em si mesma e sim a luz que ela nos manda; e eu vos direi: amai para entendê-las!

Ao que ama o que lhe importa não é a luz nem o som, é a própria pessoa amada mesma, o seu vero cabelo, e o vero pelo, o osso de seu joelho, sua terna e úmida presença carnal, o imediato calor; é o de hoje, o agora, o aqui – e isso não há.

Então a outra pessoa vira retratinho no bolso, borboleta perdida no ar, brisa que a testa recebe na esquina, tudo o que for eco, sombra, imagem, um pequeno fantasma, e nada mais. E a vida de todo dia vai gastando insensivelmente a outra pessoa, hoje lhe tira um modesto fio de cabelo, amanhã apenas passa a unha de leve fazendo um traço branco na sua coxa queimada pelo sol, de súbito a outra pessoa entra em *fading* um sábado inteiro, está-se gastando, perdendo seu poder emissor à distância.

Cuidai amar uma pessoa, e ao fim vosso amor é um maço de cartas e fotografias no fundo de uma gaveta que se abre cada vez menos... Não ameis à distância, não ameis, não ameis!

Setembro, 1955

AO CREPÚSCULO, A MULHER...

Ao crepúsculo a mulher bela estava quieta, e me detive a examinar sua cabeça com a atenção e o extremado carinho de quem fixa uma flor. Sobre a haste do colo fino estava apenas trêmula; talvez a leve brisa do mar; talvez o estremecimento de seu próprio crepúsculo. Era tão linda assim entardecendo, que me perguntei se já estávamos preparados, nós, os rudes homens destes tempos, para testemunhar a sua fugaz presença sobre a terra. Foram precisos milênios de luta contra a animalidade, milênios de milênios de sonho para se obter esse desenho delicado e firme. Depois os ombros são subitamente fortes, para suster os braços longos; mas os seios são pequenos, e o corpo esgalgo foge para a cintura breve; logo as ancas readquirem o direito de ser graves, e as coxas são longas, as pernas desse escorço de corça, os tornozelos de raça, os pés repetindo em outro ritmo a exata melodia das mãos.

Ela e o mar entardeciam, mas, a um leve movimento que fez, seus olhos tomaram o brilho doce da adolescência, sua voz era um pouco rouca. Não teve filhos. Talvez pense na filha que não teve... A forma do vaso sagrado não se repetirá nestas gerações turbulentas e talvez desapareça para sempre no crepúsculo que avança. Que fizemos desse sonho de deusa? De tudo o que lhe fizemos só lhe ficou o olhar triste, como diria o pobre Antônio, poeta português. O desejo de alguns a seguiu e a possuiu; outros ainda se erguerão como torvas chamas rubras, e virão crestá-la, eis ali um homem que avança na eterna marcha banal.

Contemplo-a... Não, Deus não tem facilidade para desenhar. Ele faz e refaz sem cessar Suas figuras, porque o erro e a desídia dos homens entorpecem Sua mão: de geração em geração, que longa paciência Ele não teve para juntar a essa linha do queixo essa orelha breve, para firmar bem a polpa da panturrilha. Sim, foi a própria mão divina em um momento difícil e feliz. Depois Ele disse: anda... E ela começou a andar entre os humanos. Agora está aqui entardecendo; a brisa em seus cabelos pensa melancolias. As unhas são rubras; os cabelos também ela os pintou; é uma mulher de nosso tempo; mas neste momento, perto do mar, é menos uma pessoa que um sonho de onda, fantasia de luz entre nuvens, avideusa trêmula, evanescente e eterna.

Mas para que despetalar palavras tolas sobre sua cabeça? Na verdade não há o que dizer; apenas olhar, olhar como quem reza, e depois, antes que a noite desça de uma vez, partir.

Abril, 1956

MEU IDEAL SERIA ESCREVER...

Meu ideal seria escrever uma história tão engraçada que aquela moça que está doente naquela casa cinzenta quando lesse minha história no jornal risse, risse tanto que chegasse a chorar e dissesse – "ai meu Deus, que história mais engraçada!" E então a contasse para a cozinheira e telefonasse para duas ou três amigas para contar a história; e todos a quem ela contasse rissem muito e ficassem alegremente espantados de vê-la tão alegre. Ah, que minha história fosse como um raio de sol, irresistivelmente louro, quente, vivo, em sua vida de moça reclusa, enlutada, doente. Que ela mesma ficasse admirada ouvindo o próprio riso, e depois repetisse para si própria "mas essa história é mesmo muito engraçada!"

Que um casal que estivesse em casa mal-humorado, o marido bastante aborrecido com a mulher, a mulher bastante irritada com o marido, que esse casal também fosse atingido pela minha história. O marido a leria e começaria a rir, o que aumentaria a irritação da mulher. Mas depois que esta, apesar de sua má vontade, tomasse conhecimento da história, ela também risse muito, e ficassem os dois rindo sem poder olhar um para o outro sem rir mais; e que um, ouvindo aquele riso do outro, se lembrasse do alegre tempo de namoro, e reencontrassem os dois a alegria perdida de estarem juntos.

Que nas cadeias, nos hospitais, em todas as salas de espera a minha história chegasse – e tão fascinante de graça, tão irresistível, tão colorida e tão pura que todos limpassem seu coração com lágrimas de alegria; que o comissário do distrito, depois de ler minha história, mandasse soltar aqueles bêbados e também aquelas pobres mulheres colhidas na calçada e lhes dissesse – "por favor, se comportem, que diabo! eu não gosto de prender ninguém!" E que assim todos tratassem melhor seus empregados, seus dependentes e seus semelhantes em alegre e espontânea homenagem à minha história.

E que ela aos poucos se espalhasse pelo mundo e fosse contada de mil maneiras, e fosse atribuída a um persa, na Nigéria, a um australiano, em Dublin, a um japonês, em Chicago – mas que em todas as línguas ela guardasse a sua frescura, a sua pureza, o seu encanto surpreendente; e que no fundo de uma aldeia da China, um chinês muito pobre, muito sábio e muito velho dissesse: "Nunca ouvi uma história assim tão engraçada e tão boa em toda a minha vida; valeu a pena ter vivido até hoje para ouvi-la; essa história não pode ter sido inventada por nenhum homem, foi com certeza algum anjo tagarela que a contou aos ouvidos de um santo que dormia, e que ele pensou que já estivesse morto; sim, deve ser uma história do céu que se filtrou por acaso até nosso conhecimento; é divina."

E quando todos me perguntassem – "mas de onde é que você tirou essa história?" – eu responderia que ela não é minha, que eu a ouvi por acaso na rua, de um desconhecido que a contava a outro desconhecido, e que por sinal começara a contar assim: "Ontem ouvi um sujeito contar uma história..."

E eu esconderia completamente a humilde verdade: que eu inventei toda a minha história em um só segundo, quando pensei na tristeza daquela moça que está doente, que sempre está doente e sempre está de luto sozinha naquela pequena casa cinzenta de meu bairro.

Julho, 1957

A MOÇA CHAMADA PIERINA

"Pierina existiu mesmo?"

Uma leitora de S. Paulo me faz essa pergunta; e eu lhe digo que se trata de uma pergunta comovente – e comprometedora. Comprometedora para a idade de quem a faz: não pode ser uma senhora muito moça, quem revela ter conhecido uma pessoa que existiu há tanto tempo – e de quem, depois, ninguém mais se lembrou, nem falou. Comovente para mim, que alguém se lembre de Pierina.

Foi lá por 1934. Cheguei a São Paulo, onde não conhecia ninguém, e comecei a fazer uma crônica no *Diário de S. Paulo*. Volta e meia eu citava ali uma certa Pierina, jovem amada minha. Às vezes, quando eu dava minha opinião sobre alguma coisa, dava também a de Pierina, em geral diversa e surpreendente. Creio que jamais lhe descrevi o tipo, embora fizesse às vezes alusão a seus cabelos, sua boca, sua cintura, etc. Não cheguei assim, nem era minha intenção, a criar uma personagem; Pierina aparecia uma vez ou outra em uma crônica para animá-la e dar-lhe graça. Sentia-se apenas que era muito jovem, filha de pai italiano bigodudo e mãe gorda e severa.

Sim, amável leitora, Pierina existiu. Chamava-se Pierina mesmo, pois escreveu esse nome em grandes letras, que me mostrou de sua janela de sobrado para a minha janela em um terceiro ou quarto andar de um hotelzinho que havia ali perto da Ladeira da Memória. Sua família não tinha telefone. A gente se correspondia por meio de sinais e gestos, de janela a janela. De vez em quando eu lhe jogava alguma coisa – flores ou fruta – mas quase nunca acertava o alvo.

Mandei-lhe uma vez um recado escrito em um aeroplano de papel que, depois de várias voltas, embicou em direção à sua janela e lhe foi bater de encontro aos seios. Foi um êxito tão grande da aeronáutica internacional quanto o do foguete que chegou à Lua muitos anos depois. Sou, na verdade, um precursor sentimental dos mísseis teleguiados; e os seios de Pierina eram para mim remotos e divinos como a Lua.

E pouco mais houve, ou nada. Eu pouco parava em casa, pois trabalhava à tarde e à noite; gastava as madrugadas nos bares, ou locais ainda menos recomendáveis; eu era um rapaz solteiro de vinte e um anos e tinha um namoro muito mais positivo que esse de Pierina com uma jovem alemã de costumes muito menos austeros que os seus.

Depois fui para o Rio, do Rio para o Recife, e até hoje ando "pela aí", como diz a nossa boa Araci de Almeida. Pierina entrou por uma crônica, saiu pela outra, acabou-se a história.

Tivemos um só encontro marcado junto à fonte da Memória; quando eu descia as escadas ela saiu a correr. Depois me disse por sinais (fazia-se grandes bigodes e beijava a própria mão) que naquele instante tinha aparecido seu pai. Talvez fosse mentira.

Creio que ela nunca soube que foi minha personagem, pois não sabia sequer que eu era jornalista; perguntou-me uma vez, por meio de gestos, se eu era estudante, e lhe respondi que sim; mas todas essas novas "conversas" foram mais raras e espaçadas do que parecem, contadas assim.

Sim, minha leitora, Pierina existiu. Era linda, viva, ágil, engraçada e devia ter uns dezesseis ou dezessete anos. Hoje terá, implacavelmente, quarenta e quatro ou quarenta e cinco, talvez leia esta crônica e se lembre de um rapaz que uma vez lhe jogou de uma janela um avião de papel onde estava escrito "meu amor" ou coisa parecida; talvez não.

Maio, 1958

OS POBRES HOMENS RICOS

Um amigo meu estava ofendido porque um jornal o chamou de boa-vida. Vejam que país, que tempo, que situação! A vida deveria ser boa para toda gente; o que é insultuoso é que ela o seja apenas para alguns.

"Dinheiro é a coisa mais importante do mundo." Quem escreveu isso não foi nenhum de nossos estimados agiotas. Foi um homem que a vida inteira viveu de seu trabalho, e se chamava Bernard Shaw. Não era um cínico, mas um homem de vigorosa fé social, que passou a vida lutando, a seu modo, para tornar melhor a sociedade em que vivia – e em certa medida o conseguiu. Ele nos fala de alguns homens ricos:

"Homens ricos ou aristocratas com um desenvolvido senso de vida – homens como Ruskin, William Morris, Kropotkin – têm enormes apetites sociais... não se contentam com belas casas, querem belas cidades... não se contentam com esposas cheias de diamantes e filhas em flor; queixam-se porque a operária está mal vestida, a lavadeira cheira a gim, a costureira é anêmica, e porque todo homem que encontram não é um amigo e toda mulher não é um romance... sofrem com a arquitetura da casa do vizinho..."

Esse "apetite social" é raríssimo entre os nossos homens ricos; a não ser que "social" seja tomado no sentido de "mundano". E nossos homens de governo têm uma pasmosa desambição de governar.

Vi, há tempos, um conhecido meu, que se tornou muito rico, sofrer horrorosamente na hora de comprar um quadro. Achava o quadro uma beleza, mas como o pintor pedia tantos contos ele se perguntava, e me perguntava, e perguntava a todo mundo se o quadro "valia" mesmo aquilo, se o artista não estaria pedindo aquele preço por sabê-lo rico, se não seria "mais negócio" comprar um quadro de fulano. Fiquei com pena dele, embora saiba que numa noite de jantar e boate ele gaste tranquilamente aquela importância, sem que isso lhe dê nenhum prazer especial. Fiquei com pena porque realmente ele gostava do quadro, queria tê-lo, mas o prazer que poderia ter obtendo uma coisa ambicionada era estragado pela preocupação do negócio. Se não fosse pelo pintor, que precisava de dinheiro, eu o aconselharia a não comprar.

Homens públicos sem sentimento público, homens ricos que são, no fundo, pobres-diabos – que não descobriram que a grande vantagem real de ter dinheiro é não ter que pensar, a todo momento, em dinheiro...

Maio, 1961

A TRAIÇÃO DAS ELEGANTES

"As fotos estão sensacionais, mas algumas das elegantes não souberam posar" – confessou Ibrahim Sued a respeito da reportagem em cores sobre as "Mais Elegantes de 1967" publicada em *Manchete*.

A verdade é mais grave, e todos a sentem: as "Mais Elegantes" estão às vezes francamente ridículas, às vezes com um ar boboca e jeca, às vezes simplesmente banais. A culpa não será de Ibrahim, nem do fotógrafo, nem da revista, nem das senhoras; o que aconteceu é misterioso, desagradável, mas completamente indisfarçável: alguém ou, digamos, Algo. Algo com maiúscula, fez uma brincadeira de mau gosto ou talvez, o que é pior, uma coisa séria e não uma brincadeira; como se fossem as três palavras de advertência que certa mão traçou na parede do salão de festim de Baltazar; apenas não escreveu nas paredes, mas nas próprias figuras humanas, em seus olhos e semblantes, em suas mãos e seus corpos: "Deus contou o dia de teus reinos e lhes marcou o fim; pesado foste na balança, e te faltava peso; dividido será o teu reino."

Oh, não, eu não quero ser o profeta Daniel da Rua Riachuelo; mas aconteceu alguma coisa, e essas damas que eram para ser como símbolos supremos de elegância e distinção, mitos e sonhos da plebe, Algo as carimbou na testa com o "Mané, Tekel, Farés" da vulgaridade pomposa e fora de tempo. Oh, digamos que escapou apenas uma e que há uma outra que não está assim tão mal. Mas as 12 restantes (pois desta vez são 14), que aura envenenada lhes tirou o encanto, e as deixou ali tão enfeitadas e tão banais, tão pateticamente sem graça, expostas naquelas páginas coloridas como visíveis manequins em uma vitrina de subúrbio?

Que aconteceu? Ninguém pode duvidar da elegância dessas damas, mesmo porque muitas não fazem outra coisa a não ser isto: ser elegantes. Elas são parte do patrimônio emocional e estético da Nação, são respeitadas, admiradas, invejadas, adoradas desde os tempos de *Sombra*; vivem em nichos de altares invisíveis, movem-se em passarelas de supremo prestígio mundano – e subitamente, oh! ai! ui! um misterioso Satanás as precipita no inferno imóvel da paspalhice e do tédio, e as prende ali, com seus sorrisos parados, seus olhos fixos a fitar o nada, estupidamente o nada – quase todas, meu Deus, tão "shangai", tão "shangai" que nos inspiram uma certa vergonha – o Itamarati devia proibir a exportação desse número da revista para que não se riam demasiado de nós lá fora!

Não sou místico; custa-me acreditar que algum Espírito Vingador tenha feito esse milagre ao contrário. A culpa será talvez da "Revolução", que tornou os ricos tão seguros de si mesmos, tão insensatos e vitoriosos e ostentadores e fátuos que suas mulheres perderam o desconfiômetro, e elas envolvem os corpos em qualquer pano berrante que melífluos costureiros desenham e dizem – "a moda é isto" – e se postam ali, diante da população cada vez mais pobre, neste país em que minguam o pão e o remédio, e se suprimem as liberdades – coloridas e funéreas, ajaezadas, e ocas, vazias e duras, sem espírito e sem graça nenhuma.

Há poucos meses, ao aceno de uma revista americana, disputaram-se algumas delas a honra de serem escolhidas, como mocinhas de subúrbio querendo ser *misses*, e no fim apareceram numas fotos de publicidade comercial, prosaicamente usadas como joguetes de gringos espertos. Desta vez é pior: não anunciam nada a não ser a inanidade de si mesmas, tragicamente despojadas de seus feitiços.

Direis que essa derrota das "Mais Elegantes" não importa... Importa! As moças pobres e remediadas, a normalista, a filha do coronel do Exército que mora no Grajaú, a funcionária da coletoria estadual de Miracema, a noiva do eletricista – todas aprenderam a se mirar nessas deusas, a suspirar invejando-as, mas admirando-as; era o charme dessas senhoras, suas festas, suas viagens, suas legendas douradas de luxo que romantizavam a riqueza e o desnível social; eram aves de luxo que enobreciam com sua graça a injustiça fundamental da sociedade burguesa.

Elas tinham o dever de continuar maravilhosas, imarcescíveis, magníficas. É possível que pessoalmente assim continuem; mas houve aquele momento em que um vento escarninho as desfigurou em plebeias enfeitadas, em caricaturas de si mesmas, espaventosas e frias.

Quero frisar que dessas senhoras são poucas as que conheço pessoalmente, e lhes dedico a maior admiração e o mais cuidadoso respeito. Não há, neste caso, nenhuma implicação pessoal. Estou apenas ecoando um sentimento coletivo de pena e desgosto, de embaraço e desilusão: nossas deusas apareceram de súbito a uma luz galhofeira, ingrata e cruel; sentimo-nos traídos, desapontados, constrangidos, desamparados e sem fé.

É duro confessar isto, mas é preciso forrar o coração de dureza, porque não sabemos se tudo isso é o fim de uma era ou o começo de uma nova era mais desolada e difícil de suportar.

Janeiro, 1957

RECADO DE PRIMAVERA

O COLÉGIO DE TIA GRACINHA

Tia Gracinha, cujo nome ficou no grupo escolar Graça Guardia, de Cachoeiro de Itapemirim, era irmã de minha avó paterna, mas tão mais moça, que a tratava de mãe. Eu era certamente menino, quando ela e o tio Guardia – um simpático espanhol de cavanhaque, que fora piloto em sua terra – saíram de Cachoeira para o Rio. Assim, tenho do colégio de Tia Gracinha uma recordação em que não sei o que é lembrança mesmo e lembrança de conversas que ouvi menino.
Lembro-me, sobretudo, do pomar e do jardim do colégio, e imagino ver moças de roupas antigas, cuidando das plantas. O colégio era um internato de moças. Elas não aprendiam datilografia nem taquigrafia, pois o tempo era de pouca máquina e nenhuma pressa. Moças não trabalhavam fora. As famílias de Cachoeiro e de muitas outras cidades do Espírito Santo mandavam suas adolescentes para ali; muitas eram filhas de fazendeiros. Recebiam instrução geral, uma espécie de curso primário reforçado, o mais eram prendas domésticas. Trabalhos caseiros e graças especiais: bordados, jardinagem, francês, piano...
    A carreira de toda a moça era casar, e no colégio de Tia Gracinha elas aprendiam boas maneiras. Levavam depois, para as casas de seus pais e seus maridos, uma porção de noções úteis de higiene e de trabalhos domésticos, e muitas finuras que lhes davam certa superioridade sobre os homens

de seu tempo. Pequenas etiquetas que elas iam impondo suavemente, e transmitiam às filhas. Muitas centenas de lares ganharam, graças ao colégio de Tia Gracinha, a melhoria burguesa desses costumes mais finos. Eu avalio a educação de Tia Gracinha pela delicadeza de duas de suas alunas – minha saudosa irmã e madrinha Carmozina, e minha prima Noemita.

Tudo isto será risível aos olhos das moças de hoje: mas a verdade é que o colégio de Tia Gracinha dava às moças de então a educação de que elas precisavam para viver sua vida. Não apenas o essencial, mas muito do que, sendo supérfluo e superior ao ambiente, era, por isto mesmo, de certo modo, funcional – pois a função do colégio era uma certa elevação espiritual do meio a que servia. Tia Gracinha era bem o que se podia chamar uma educadora.

Lembro-a na casa de Vila Isabel, onde vivia com o marido, a filha, o genro, os netos, a irmã Ana, que ela chamava de mãe, e que para nós era a Vovó Donana, e a sogra de idade imemorial; que, à força de ser *Abuelita*, acabara sendo, para nós todos, Vovó Bolita. Tinha nostalgia, talvez, de seu tempo de educadora, de seu belo colégio com pomar às margens do Córrego Amarelo, afluente do Itapemirim; lembro-me de que uma vez me pediu algum livro que explicasse os novos sistemas de educação, o método de ensinar a ler sem soletrar – e me fez esta indagação a que eu jamais poderia responder: "E piano, como é que se ensina piano, hoje?"

Gostava de seu piano. O saudoso Mário Azevedo sabia tocar várias de suas composições, feitas lá em Cachoeiro; lembro-me de uma pequena valsa cheia de graça, finura e melancolia – parecida com a alma da Tia Gracinha.

Abril, 1979

A MULHER QUE IA NAVEGAR

O anúncio luminoso de um edifício em frente, acendendo e apagando, dava banhos intermitentes de sangue na pele de seu braço repousado, e de sua face. Ela estava sentada junto à janela e havia luar; e nos intervalos desse banho vermelho ela era toda pálida e suave.

Na roda havia um homem muito inteligente que falava muito; havia seu marido, todo bovino; um pintor louro e nervoso; uma senhora morena de riso fácil e engraçado; um físico, uma senhora recentemente desquitada, e eu. Para que recensear a roda que falava de política ou de pintura? Ela não dava atenção a ninguém. Quieta, às vezes sorrindo quando alguém lhe dirigia a palavra, ela apenas mirava o próprio braço, atenta à mudança da cor. Senti que ela fruía nisso um prazer silencioso e longo. "Muito!", disse quando alguém lhe perguntou se gostara de um certo quadro – e disse mais algumas palavras; mas mudou um pouco a posição do braço e continuou a se mirar, interessada em si mesma, com um ar sonhador.

Quando começou a discussão sobre pintura figurativa, abstrata e concreta, houve um momento em que seu marido classificou certo pintor com uma palavra forte e vulgar; ela ergueu os olhos para ele, com um ar de censura; mas nesse olhar havia menos zanga do que tédio. Então senti que ela se preparava para o enganar.

Ela se preparava devagar, mas sem dúvida e sem hesitação íntima nenhuma; devagar, como um rito. Talvez nem tivesse pensado ainda que homem escolheria, talvez mesmo isso no fundo pouco lhe importasse, ou seria, pelo menos, secundário. Não tinha pressa. O primeiro ato de sua preparação era aquele olhar para si mesma, para seu belo braço que lambia, devagar com os olhos, como uma gata se lambe no corpo; era uma lenta preparação. Antes de se entregar a outro homem, ela se entregaria longamente ao espelho, olhando e meditando seu corpo de 30 anos com uma certa satisfação e uma certa melancolia, vendo as marcas do maiô e da maternidade e se sorrindo vagamente, como quem diz: eis um belo barco prestes a se fazer ao mar; é tempo.

Talvez tenha pensado isso naquele momento mesmo; olhou-me, quase surpreendendo o olhar com que eu a estudava; não sei; em todo caso, me sorriu e disse alguma coisa, mas senti que eu não era o navegador que ela buscava. Então, como se estivesse despertando, passou a olhar uma a uma as pessoas da roda; quando se sentiu olhado, o homem inteligente que falava muito continuou a falar encarando-a, a dizer coisas inteligentes sobre homem e mulher; ela ia voltar os olhos para outro lado, mas ele dizia logo outra coisa inteligente, como quem joga depressa mais quirera de milho a uma pomba. Ela sorria, mas acabou se cansando daquele fluxo de palavras, e o abandonou no meio de uma frase. Seus olhos passaram pelo marido e pelo pequeno pintor louro e então senti que pousavam no físico. Ele dizia alguma coisa à mulher recentemente desquitada, alguma coisa sobre um filme do festival. Era um homem moreno e seco, falava devagar e com critério sobre arte e sexo. Falava sem pose, sério; senti que ela o contemplava com uma vaga surpresa e com agrado. Estava gostando de ouvir o que ele dizia à outra. O homem inteligente que falava muito tentou chamar-lhe a atenção com uma coisa engraçada, e ela lhe sorriu; mas logo seus olhos se voltaram para o físico. E então ele sentiu esse olhar e o interesse com que ela o ouvia, e disse com polidez:

– A senhora viu o filme?

Ela fez que sim com a cabeça, lentamente, e demorou dois segundos para responder apenas: vi. Mas senti que seu olhar já estudava aquele homem com uma severa e fascinada atenção, como se procurasse na sua cara morena os sulcos do vento do mar e, no ombro largo, a secreta insígnia do piloto de longo, longo curso.

Aborrecido e inquieto, o marido bocejou – era um boi esquecido, mugindo, numa ilha distante e abandonada para sempre. É estranho: não dava pena.

Ela ia navegar.

RECADO DE PRIMAVERA

Meu caro Vinicius de Moraes:
Escrevo-lhe aqui de Ipanema para lhe dar uma notícia grave: a Primavera chegou. Você partiu antes. É a primeira Primavera, de 1913 para cá, sem a sua participação. Seu nome virou placa de rua; e nessa rua, que tem seu nome na placa, vi ontem três garotas de Ipanema que usavam minissaias. Parece que a moda voltou nesta Primavera – acho que você aprovaria. O mar anda virado; houve uma Lestada muito forte, depois veio um Sudoeste com chuva e frio. E daqui de minha casa vejo uma vaga de espuma galgar o costão sul da Ilha das Palmas. São violências primaveris.
O sinal mais humilde da chegada da Primavera vi aqui junto de minha varanda. Um tico-tico com uma folhinha seca de capim no bico. Ele está fazendo ninho numa touceira de samambaia, debaixo da pitangueira. Pouco depois vi que se aproximava, muito matreiro, um pássaro-preto, desses que chamam de chopim. Não trazia nada no bico; vinha apenas fiscalizar, saber se o outro já havia arrumado o ninho para ele pôr seus ovos.
Isto é uma história tão antiga que parece que só podia acontecer lá no fundo da roça, talvez no tempo do Império. Pois está acontecendo aqui em Ipanema, em minha casa, poeta. Acontecendo como a Primavera. Estive em Blumenau, onde há moitas de azaleias e manacás em flor; e em cada

mocinha loira, uma esperança de Vera Fischer. Agora vou ao Maranhão, reino de Ferreira Gullar, cuja poesia você tanto amava, e que fez 50 anos. O tempo vai passando, poeta. Chega a Primavera nesta Ipanema, toda cheia de sua música e de seus versos. Eu ainda vou ficando um pouco por aqui – a vigiar, em seu nome, as ondas, os tico-ticos e as moças em flor. Adeus.

Setembro, 1980

NA REVOLUÇÃO DE 1932

Neste mês de julho estou fazendo 50 anos de correspondente de guerra. Eu tinha 19 anos, em março de 1932, quando comecei a trabalhar pela primeira vez, profissionalmente, em um jornal, o *Diário da Tarde*, de Belo Horizonte, pertencente, como O *Estado de Minas*, aos Diários Associados. No ano anterior eu havia feito o tiro de guerra na Faculdade de Direito, e toda minha cultura militar era um pouco de ordem-unida e o desmonte da culatra de um fuzil 1908.

Em princípios de junho, os paulistas haviam invadido o território mineiro, ocupando várias cidades. Depois regrediram e se entrincheiraram no túnel da Mantiqueira e em algumas elevações próximas, na fronteira dos dois estados. Viajei longa e penosamente em um trem cheio de tropa e de poeira, e me lembro de que quando ele parou em Três Corações tomei um banho delicioso no Rio Verde. Eu poderia ter entrevistado o mais importante cidadão local, mas não o fiz, porque Edson Arantes do Nascimento, dito Pelé, só iria nascer em 1940...

O quartel-general das forças governistas naquele setor ficava em Passa Quatro, e o acantonamento da Força Pública mineira era em Manacá, uma estaçãozinha ali perto; fiquei alojado em um carro de segunda classe, de bancos de madeira. Fazia frio, mas eu comprei um cobertor e tinha um capote. O capote não durou muito: na primeira vez que fui à frente, acompanhando uma companhia da Força Pública, tivemos de avançar a pé, em fila indiana, pela beira de um córrego, no mato, cada homem guardando uma distância de 10 metros do outro; mas o inimigo nos viu e deu várias rajadas de metralhadora. Travei conhecimento, então, com o ruído que realmente dá medo na guerra, e não é estampido nenhum, mas o delicado silvo das balas passando perto: *psiu, psiu, psiu...* Foi aí que um tenente começou a fazer sinais para mim, depois veio correndo, me agarrou, tirou meu capote e o jogou dentro d'água; ele atribuía ao meu capote, que na verdade era bastante claro, o fogo do inimigo. Não reclamei, pois não me agradava servir de alvo, mas o capote fez muita falta. O cobertor que eu comprara sumiu misteriosamente no dia seguinte a uma noite em que certo oficial me convidara para ir dormir em seu carro – um vagão de carga todo acolchoado, cheio de maciezas e coisas quentes que ele comprara em Passa Quatro. Não aceitei porque achei o homem suspeito, e ele se vingou mandando dar sumiço no meu cobertor e no travesseiro que eu improvisara com um saco de estopa...

Minha segunda visita à frente não foi mais feliz. Viajei a princípio no alto de uns caixotes de munição, em um caminhão sacolejante, subindo a serra, fazendo prodígios de equilíbrio. Mais para diante não havia estrada, e seguimos a cavalo por uma picada que o Batalhão de Engenharia acabara de abrir na mata. Eu nunca tinha cavalgado em trote inglês, e o remédio foi aprender na hora, pois meu cavalo seguia o ritmo dos outros. De repente o homem que ia na minha frente deu um urro de dor e caiu do cavalo. Saltei para socorrê-lo. Estava com a cara cheia de sangue: o garrancho de uma árvore, naquela espécie de túnel vegetal, havia arrancado seu olho direito. Ajudei a carregá-lo e fiz o resto da viagem com a cabeça bem baixa, até uma tal de Fazenda São Bento, de onde seguimos a pé, já noite, para uma posição do flanco direito, o Pico do Cristal.

Joguei-me dentro de uma trincheira e dormi exausto, mas acordei de madrugada porque o frio era de dois graus abaixo de zero. Tirei o cantil de um sargento que dormia a meu lado e virei: estava cheio de cachaça. Sentia os pés entorpecidos, ou melhor, não sentia os pés, não podia andar; tomei vários tragos. Foi isto certamente que me salvou da gangrena, do que 12 anos depois, na FEB, a gente chamava de "pé de trincheira". Além de descer aos pés, a cachaça me subiu à cabeça e, de manhã cedo, me arrisquei um pouco pela terra de ninguém, desejoso de ver melhor as posições dos paulistas.

– Seu cretino, você está revelando nossa posição!

Eu tinha bebido um pouco demais, e achava que estava fazendo um bonito andando para um lado e outro além das trincheiras, quando um sargento disse isto. Tratei de voltar. Levei uma bronca por estar arriscando a vida à toa – a minha e a dos outros – e alguém disse:

– Olhe, *Estado de Minas* (era o nome do meu jornal, e meu apelido ali), você está tão arriscado a levar uma bala pela frente como pelas costas.

E explicou que muita gente implicava comigo porque meu jornal era a favor dos paulistas, e até cismava que eu era espião.

Minha situação não era mesmo fácil nem meu trabalho. O jornal não estava interessado em publicar nada que representasse vitória da ditadura, e a censura não deixava passar nada que importasse em vitória dos paulistas. Quem censurava minha correspondência ali no local era o chefe de Polícia das forças em operação, o prefeito de Pará de Minas, Benedito Valadares – de quem me tornei amigo desde então. Lembro-me de que certa vez contei uma conversa de soldados em volta de uma fogueira, à noite, na retaguarda. O tema era "Onde é que você gostaria de estar a esta hora?". Um queria estar com a família em Barbacena, outro queria estar assistindo a uma boa fita com a namorada no cinema de Lavras, mas houve um que disse: Rua Guaicurus número tal, com fulana e uma cerveja Cascatinha. Era uma casa de mulheres.

O censor riscou isto dizendo que era "contra o moral da tropa". Ponderei que "o moral" era uma coisa e "a moral" era outra. Benedito concordou, sorrindo:

– Está bem, vamos deixar o rapaz com a mulata e a cervejinha dele.

Mas ou o censor do jornal ou o próprio secretário da redação (a imprensa mineira era de uma pudicícia impressionante) cortou a resposta do homem.

Eu estava reduzido a escrever coisas assim, e acho um milagre ter conseguido publicar oito reportagens. Não me lembro quantos dias eu passei na frente, mas foram uns quinze, no máximo. Aquela minha bebedeira no Pico do Cristal repercutiu em Belo Horizonte, e Luís de Bessa, o redator-chefe do jornal, mandou um telegrama assustado sugerindo a minha volta. O Cel. Vargas, chefe do Estado-Maior do Cel. Lery, comandante da Força Pública, me disse que muitos oficiais achavam que eu devia ser preso e mandado para Belo Horizonte. Outros oficiais me defendiam porque eram amigos do *Estado de Minas*; entre eles o Cel. Fulgêncio dos Santos, comandante do 7º de Bom Despacho, e Otacílio Negrão de Lima, comandante do Batalhão de Engenharia (e futuro prefeito de Belo Horizonte e ministro do Trabalho). Eu sabia que estava iminente um ataque geral contra o túnel e não queria perdê-lo. Muitos daqueles três mil homens seriam empregados, e, como repórter de uma guerra parada, de trincheira, eu me sentia humilhado em ir embora sem ver a ofensiva. O Cel. Vargas disse: "Bem..."

Foi ao percorrer posições avançadas, dando as últimas ordens para o ataque do dia seguinte que o Cel. Fulgêncio recebeu no ventre uma bala de fuzil, pontiaguda, provavelmente de um Snipe ou Caçador, como a gente dizia. Trazido para o hospital, foi operado pelos doutores Lucídio de Avelar e Juscelino Kubitschek então capitão-médico da Força Pública. E morreu. "Nenhum de nós dois era cirurgião", disse-me uns quarenta anos depois o Dr. Avelar, "mas o estado dele era muito ruim mesmo".

Nesse mesmo dia (30 de julho) morreram dois tenentes. O ataque foi suspenso; soube-se depois que, no flanco direito,

Otacílio Negrão de Lima ficou com raiva, porque era muito amigo do Cel. Fulgêncio, avançou e tomou uma posição dos paulistas. Como o resto da tropa não atacou, ele foi obrigado a regredir para não ser cercado, e teve algumas baixas. Um acidente com uma granada matou um capitão. Um dia horrível.

No dia 31 fui preso, o Cel. Vargas me explicou que aquelas mortes tinham deixado a tropa abatida e irritada, e o Cel. Lery entendia que para minha segurança eu devia ser mandado de volta a Belo Horizonte, escoltado.

Em Passa Quatro ainda levei um carão de um oficial do Exército, do QG do Cel. Cristóvão Barcelos. Ele mandara me prender, dias antes, apesar da autorização que lhe mostrei, assinada pelo Sr. Gustavo Capanema, secretário do Interior, dizendo que eu podia percorrer a zona de guerra em território mineiro. "Isto aqui não é Minas Gerais, é a 4ª Região Militar." Eu fora levado preso por um sargento, mas logo adiante encontrei um caminhão dirigido por um tenente da Força Pública, meu amigo que não levou em conta a minha alegação (e do sargento) de que eu estava preso, e me mandou subir na boleia, o que fiz. É natural que o tenente do Exército estivesse furioso ao me reencontrar; ouvi uma torrente de insultos aos jornalistas, à progenitora do Dr. Assis Chateaubriand e à minha própria, e também a sua opinião de que eu devia ser fuzilado. A escolta, porém, tinha outras ordens e lá fomos. Lembro-me de que dormi uma noite na cadeia de Divinópolis onde, entretanto, me foi permitido fazer o *footing* à noitinha (era domingo) em uma ponte sobre uma cachoeira.

Também me lembro de que não consegui um só olhar de *flirt* de uma daquelas moças que passeavam lindas. Além de feio, eu estava muito mal-ajambrado. (Quem sabe eu teria mais sorte se encontrasse a aborígine Adélia Prado, grande poeta?! Mas não foi possível, porque ela também ainda não havia nascido.)

No dia seguinte seguimos para Belo Horizonte, onde fui solto.

É UM GRANDE COMPANHEIRO

Fui outro dia a um almoço de jornalistas. Há muito tempo não via tantos jornalistas juntos. Revi colegas que não encontrava há longos anos, antigos companheiros dos mais diversos batentes de jornal – e confesso que isto me comoveu, me sentir no meio desta nossa fauna tão desunida, como um marinheiro encanecido que reencontra colegas de antigas equipagens, evoca o nome de barcos já perdidos no fundo do mar e dos tempos.

Foi ao lado de um desses velhos amigos que me sentei, e a conversa em torno ia alegre e trivial quando alguém pronunciou o nome de um colega que se acabou há pouco tempo, obscuramente, de uma doença longa e ruim. Meu amigo fez-se grave, ficou um instante calado, e depois disse, como se acabasse de fazer uma descoberta, que esta nossa vida é uma coisa precária, que não vale nada. E durante algum tempo nos deixamos pensar nessa coisa terrivelmente simples, a morte; tivemos o sentimento e a consciência de que nós dois e nós todos que ali estávamos, na bela manhã de sol, éramos apenas condenados à morte; cada um se acabará por sua vez, de repente, num estouro, ou devagar, aniquilado pela humilhação da doença.

Não há pessoa tão distraída que não tenha vivido esses instantes de consciência da morte, esses momentos em que a gente sente que ela não é apenas uma certeza futura, é alguma coisa já presente em nós, que faz parte de nosso próprio ser. Há uma força dentro de nós que instintivamente repele essa ideia, a experiência de cada um diz que a morte é uma coisa que acontece... aos outros. Mesmo quem – é o meu caso – já teve alguns instantes na vida em que se viu em face da morte, e a julgou inevitável, e já teve outros instantes em que a desejou como um descanso e uma libertação – não incorpora esta experiência ao sentimento de vida. Deixa-a de lado, esquece-a, todo voltado para a vida, fascinado pelo seu jogo, pelo seu prazer, até pela sua tristeza.

Tudo o que, em um momento realmente grave, nos pareceu sem qualquer importância, todas essas joias falsas com que enfeitamos nós mesmos a nossa vida, tudo volta a brilhar com um fascínio tirânico. Inútil "realizar" a morte, para usar este útil barbarismo dos maus tradutores de inglês. A realidade vulgar da vida logo nos empolga, a morte fica sendo alguma coisa vaga, distante, alguma coisa em que, no fundo de nosso coração, não acreditamos.

Dessa pequena conversa triste, em que dissemos as coisas mais desesperadoramente banais, saímos, os dois, com uma espécie de amor raivoso à vida, ciúme e pressa da vida.

Volto para casa. Estou cansado e tenho motivo já não digo para estar triste, mas, vamos dizer, aborrecido. Mas me distraio olhando o passarinho que trouxe da roça. Não é bonito e canta pouco, esse bicudo que ainda não fez a segunda muda. Mas o que é fascinante nele, o que me prende a ele, é sua vida, sua vitalidade inquieta, ágil, infatigável, seu apetite, seu susto, a reação instantânea com que abre o bico, zangado, quando o ameaço com a mão. Ele agora está tomando banho e se sacode todo, salta, muda de poleiro, agita as penas – e me vigia de lado, com um olhinho escuro e vivo.

Mudo-lhe a água do bebedouro, jogo-lhe pedrinhas de calcita que ele gosta de trincar. E me sinto bem com essa presença viva que não me compreende, mas que sente em mim um outro bicho, amigo ou inimigo, uma outra vida. Ele não sabe da morte, não a espera nem a teme – e a desmente em cada vibração de seu pequeno ser ávido e inquieto. Meu bicudo é um grande companheiro e irmão, e, na verdade, muito me ajuda.

Março, 1965

A GRANDE MULHER
INTERNACIONAL

A grande mulher internacional eu a vi uma vez – minto! – eu a vislumbrei uma vez no antigo aeroporto do Galeão, numa hora tipo 4:45 da manhã, e apenas por um instante. Eu chegava num inverossímil avião de Bogotá; ela ia... meu Deus, ela transitava de... de uma certa maneira intransitiva, como se apenas acontecesse ali, de passaporte na mão e carregando uma pele no braço quase a tocar o solo. Sim, foi apenas um instante, mas me feriu os olhos de beleza para sempre.

A segunda vez, anos depois, foi em Munique – eu digo Munique e vocês estranhariam se eu confessasse que também poderia ser Zurique e até mesmo Frankfurt; na verdade eu não sei. Como? – perguntará um filisteu – o senhor não sabe em que aeroporto se achava? Calma, houve o seguinte. Eu estava em Paris e fui a Orly tomar um avião da Panair para o Rio. Alguém me explicou que tinha havido uma alteração: nosso avião iria primeiro a Munique (ou Frankfurt? ou Zurique?) e lá deixaria de ser da Panair para ficar sendo da Varig; não houve isso, não houve um dia em que houve isso? Lembro-me de que na volta conversei com um comandante – da Varig? da Panair? – que era irmão ou tio da escritora Gilda de Melo e Sousa, que é mulher do crítico Antonio Candido, me lembro do tempo em que eles se namoravam na Confeitaria Vienense, na rua Barão de Itapetininga, em São Paulo, faziam parte de uma roda que tinha o Paulo Emílio, pessoal de uma revista chamada *Clima*, eles bebiam leite maltado, noutra mesa eu com o João Leite ou o Arnaldo Pedroso d'Horta tomávamos cerveja Original, de Ponta Grossa, Paraná, que a Antártica miserável comprou e destruiu; aliás a Gilda é também (?) sobrinha de Mário de Andrade – será que o comandante era parente de Mário? Deixo as indagações à pesquisa dos universitários paulistas.

Na verdade não seria difícil estabelecer dia e lugar certos da aventura; creio que no avião ia também o depois presidente da Varig, Sr. Eric de Carvalho, ele antes não foi da Panair?, ou faço confusão? O que interessa é que num aeroporto de língua predominantemente alemã fiquei algum tempo a pasmar pela madrugada. De súbito começaram a chegar e partir aviões. Num deles – de Atenas, conexão para Estocolmo? de Oslo para Turim? – de súbito surgiu aquela mulher. Linda! Tão linda assim, só mesmo sendo mulher de aeroporto internacional. Por quê? A sua qualidade de transiente (ela jamais está embarcando ou chegando, é sempre passageira em trânsito) lhe dá um leve ar de fadiga e também de excitação. E as pernas longas e os sapatos desnecessariamente tão altos parecem ter prazer em pisar, deter-se, avançar, voltar-se; a mão, cujo dorso é de uma cor de marfim levemente dourado, segura uma ficha, e uns óculos, mas se ergue para pegar a mecha de cabelos que tombou, então levanta um pouco a cabeça e podemos ver os olhos, inevitavelmente azuis, e diz *no*, ou *non* ou *nein*, e quando um homem uniformizado lhe murmura algo ela faz com a cabeça que sim, e sorri – e que iluminação, que matinalidade inesperada no sorriso dessa mulher entretanto madura! Madura, não. Digamos: de vez.

(Aurélio Buarque de Holanda, mestre e amigo: eu não gosto de inventar modas nem palavras em português, mas lá atrás tive de escrever "qualidade de transiente" porque não temos a palavra "transiência", que não custava a gente roubar do inglês; e agora escrevo "de vez", quando na verdade isso já é um adjetivo que devia ser uma palavra só, querendo dizer "quase madura"; peço-lhe uma providência, professor, para facilitar a vida da gente, que vive de escrever nesta língua.)

Não, nunca haverá mulher tão linda no mundo como essa grande mulher de aeroporto internacional quando mal amanhece, há um langor, e ao mesmo tempo um imponderável nervosismo e uma leve confusão dos fusos horários – e ela surge de uma porta de vidro, dessas que se abrem sozinhas quando a gente avança, e ela avança com uma grande sacola de couro e lona e se detém...

Ou não se detém.

Março, 1979

AS BOAS COISAS DA VIDA

ADEUS A AUGUSTO RUSCHI

Um menino apaixonado pela beleza das orquídeas, que ele desenhava com lápis de cor em seu caderno. Esse menino viu um dia um beija-flor polinizar uma certa orquídea, e foi assim que começou a desenhar e a colecionar também beija-flores. É fácil imaginar que esse rapazola seria um homem contemplativo, cultivando a arte ou a poesia.

Ele teve a sorte de ser encaminhado, logo ao deixar o ginásio, ao Museu Nacional, onde encontrou quem o levasse ao estudo da natureza. Começou a aprender o nome latino, erudito, dos bichos e das plantas que tão bem conhecia; aquele beija-flor "balança-rabo-do-bico-preto" era o *Plaetornis nigrirostri*, e a orquídea parecida com um candelabro era a *Neoregelia punctatissima*. Acordando pela madrugada para se meter na floresta, Augusto Ruschi gastava horas infindáveis, solitário, nessa observação apaixonada. Levava depois para o laboratório o material que desejava estudar, e o examinava ao microscópio. Tinha certamente uma existência ideal, tranquila, recolhida, sempre vivendo, como viveu a vida inteira, na casa antiga de seus pais.

Quis o destino que esse homem tão arredio da política passasse uma boa parte de sua vida em campanhas e lutas – exatamente para defender aquela natureza que ele estudava com tanta sensibilidade e paixão. Acompanhei Augusto Ruschi em algumas dessas lutas e vi como se mobilizavam contra ele a ganância e a estupidez de grandes empresas nacionais e internacionais. Hoje todo mundo fala em ecologia; naquele tempo Ruschi era um lutador quase solitário, enfrentando interesses de políticos e industriais com um destemor, uma arrogância, uma paixão admiráveis.

Ele perdeu algumas dessas batalhas – mas ganhou a grande guerra de sua vida. As empresas que ele não conseguiu deter tiveram de levar em conta de algum modo a força de sua pregação.

Cada dia que passa aumenta a consciência coletiva de que ele estava com a razão ao lutar contra a estúpida poluição do ar e do mar de Vitória pela errada localização de seu porto e de sua indústria de minério e a destruição de florestas pelas grandes companhias.

Fui uma última vez a Santa Teresa me despedir do amigo que morreu. Ele quis ser enterrado bem dentro da mata que tanto amou, junto a uma cachoeira. Seu corpo ficou ali, entre orquídeas e bromélias. Quanto à alma, certamente aconteceu o que ele previa com um sorriso ao mesmo tempo irônico e melancólico: os beija-flores a levaram para junto de Deus.

O VELHINHO VISITA A FAZENDA

É um velhinho de ar humilde, que tem sua casa em um subúrbio do Rio; ninguém dá nada por ele. Vale, entretanto, muitas centenas de milhares de cruzados – pois não é certo que o homem vale pelo que tem?

Gosta de viajar pelo interior do Estado do Rio, às vezes vai até Minas ou Espírito Santo – sempre de ônibus ou de trem. Conversa devagarinho com as pessoas que vai encontrando, gosta de falar sobre lavoura – "diz que a safra de milho este ano está muito grande, não é? O preço já caiu para um terço..."

Sua conversa agrada; ele quer saber quantos alqueires tem aquela fazenda – "muita mata? e o gado?" – e vai-se informando, sabendo das coisas. Não se interessa pelas fazendas prósperas; adora histórias de filhos de fazendeiros que estão estragando a propriedade, viúvas roubadas pelo administrador, metidas em negócios na cidade – e de repente se interessa por uma fazenda.

Dá gosto assistir a sua conversa com o dono da fazenda. Leva semanas, até meses. Visita a fazenda, olha a lavoura, a criação, conversa com os colonos, examina a terra, não resolve nada. É no Rio que se encontrará depois com o dono; confessa que tem outra fazenda em vista, bota defeitos naquela, aliás reconhece que é uma boa propriedade, mas muito mal situada, tão longe, ainda mais agora que suprimiram aquele ramal da estrada de ferro... Quando o fazendeiro diz que recebeu uma proposta, pede licença para perguntar – "inda que mal pergunte, quanto lhe botaram pela fazenda, doutor?" – e acha que sim, é um bom negócio, ele não pode oferecer tanto... "É à vista, doutor?" Porque sua força é esta: compra à vista. Quando, afinal, o outro lhe entrega a escritura, ele vai para a fazenda. Vende os móveis que houver, o chumbo do encanamento, o gado... É um mestre em desmanchar fazendas, em cortar a mata, em liquidar aos poucos tudo o que a fazenda tem de fazenda; honestos alqueires de milho se transformam em equívocos metros quadrados de loteamento.

"E aquela árvore tão bonita que tinha aqui na frente?" – lhe perguntei. "Tive de derrubar, doutor; estava ameaçando cair..."

É mentira; seu filho me contou que ele vendeu a madeira por duzentos contos; era uma árvore de cem anos, plantada por um antigo fazendeiro, orgulho da sede, árvore mandada vir do estrangeiro, carvalho ou sequoia – os antigos fazendeiros tinham desses caprichos.

E algum tempo depois o velhinho volta para o seu subúrbio no Rio com mais algum dinheiro. "Aquela fazenda? Ah, doutor, eu tive de dispor."

O PROTETOR DA NATUREZA

Uma esquadrilha de aviões a jato passou assobiando, zunindo. Depois vieram aviões comuns, em formação, com seus motores roncando. Pareciam morosos como carros de boi. Os outros eram apenas alguns pontos negros no horizonte.

Onde iriam com tanta pressa?, perguntou o homem parado e triste, que olhava de sua janela. Pensou em fazer a barba, mas deixou para mais tarde. Lentamente atravessou o quarto, sentou-se numa cadeira e ficou olhando a paisagem sem graça. Um pardal pousou na janela e partiu logo, com seu ar apressado e vulgar de passarinho urbano. O homem pegou um jornal e leu a primeira notícia que lhe caiu sob os olhos: o secretário de Agricultura assinou portaria designando o professor do ensino secundário padrão "O", Fernando Rodrigues Vaubert, para membro da Comissão de Proteção à Natureza.

O homem, que jamais tivera um cargo público, sentiu, pela primeira vez, inveja de uma nomeação. Sim, gostaria de dizer, quando lhe perguntassem a profissão: "Eu sou protetor da Natureza." E diria de tal maneira que "protetor" sairia humildemente, com minúscula, e "Natureza" solenemente, com maiúscula. Procuraria agir por meios suasórios, por exemplo:

"Eu sei que vocês vivem honradamente. Gastam muito tempo e esforço caçando borboletas nas matas da Tijuca e depois mostram grande habilidade e senso artístico compondo essas paisagens com asas de borboletas em pratos e bandejas.

Esta aqui, por exemplo, está linda; sim, é extraordinário o azul deste céu, nem o próprio céu verdadeiro jamais teve um azul assim. Isto é... bem, você tem o costume de olhar o céu? A verdade é que nunca se pode dizer com toda certeza: Não existe um céu desta cor. Tenho visto coisas surpreendentes no céu. Não, meus amigos, não estou me referindo aos aviões a jato que passaram esta manhã. Falo do céu mesmo, feito de ar, de nuvens, de luz. Mas eu ia dizendo: as borboletas são lindas, não acham? Mas se vocês as matam, aos bandos, ou pagam a meninos para matá-las, um dia não haverá mais borboletas, não é verdade? E não havendo mais borboletas não haverá pratos de borboletas, nem pires de borboletas, nem caixas com tampas de borboletas, nem pessoas que vivem de matar borboletas – sim, porque existem pessoas bastante cruéis, insensíveis, gananciosas, para viver à custa de borboletas – é horrível, não é? Matar borboletas para viver – não sei o que essas pessoas sentem, talvez em sonhos elas vejam borboletas azuis e amarelas, talvez, quando morrem, seus caixões sejam acompanhados por borboletas – ah, desculpem, meus amigos, não quero magoar ninguém, apenas acontece que acho lindas as borboletas, mas não tenho o intuito de aborrecer pessoa alguma, pelo contrário, acho que as pessoas também fazem parte da Natureza e é preciso, é preciso proteger a Natureza..."

FAÇO QUESTÃO DO CÓRREGO

Moça me telefona dizendo que tem de escrever um trabalho sobre crônicas e cronistas e me pede umas ideias. Estou fraco de ideias no momento. Ela insiste; quer saber, por exemplo, alguma coisa sobre a posição do cronista dentro da imprensa. A imagem que me acode é prosaica demais para que eu a transmita à moça. Dentro da engrenagem do jornal ou da revista moderna, o cronista é um marginal; é como um homem de carrinho de mão, um "burro sem rabo" dentro de uma empresa de transportes.

Assim pelo menos me sinto eu, com esta minha velha alma galega, quando me ponho a trabalhar. Às vezes a gente parece que finge que trabalha; o leitor lê a crônica e no fim chega à conclusão de que não temos assunto. Erro dele. Quando não tenho nenhum frete a fazer, sempre carrego alguma coisa, que é o peso de minha alma; e olhem lá que não é pouco. O leitor pensa que troto com meu carrinho vazio; e eu mesmo disfarço um pouco assobiando; mas no fim da crônica estou cansado do mesmo jeito.

A grande vantagem do leitor é que ele pode largar a crônica no meio, ou no começo, e eu tenho de ir tocando com ela, mesmo sentindo que estou falando sozinho. Ouço, em imaginação, o bocejo do leitor, e sinto que ele me põe de lado e vai ler outra coisa, ou nada. Que me importa: tenho de escrever, vivo disso. Mal. Está claro que não vou fazer queixas, e pode ser que me paguem mais do que mereço; em todo caso é sempre menos do que careço. Nós, da imprensa, devíamos fazer como o pessoal da televisão: arranjar um patrocinador. Não há por aí um fabricante de pílulas que queira patrocinar um cronista sentimental? O leitor acabaria não lendo as crônicas, mas sempre engoliria as pílulas.

A esta altura vocês já devem estar desconfiados de que hoje não estou nada bom. E têm razão: confesso humildemente que estou com a chamada cachorra. A expressão é antiga, e não é bonita; mas eu é que não vou procurar outra. Ouço a cachorra uivar dentro de mim; e nem posso mais consultar o Prudente de Morais Neto, que é autor de um poema sobre o assunto. Falar nisso, um amigo me disse que certa vez encontrou o Prudentinho com seu guarda-chuva na Rua da Candelária. Ficava-lhe bem, ao Prudente, a Rua da Candelária. Calhava a moldura ao homem, que era um paisano arciprestal.

Mas por que dão nomes de homens às ruas, e não nomes de ruas aos homens? Eu acho que daria uma travessa triste, mas movimentada, como aquelas perto do Mercado; ou então uma rua qualquer de subúrbio, meio calçada, meio descalça, que começa num botequim e acaba num capinzal, e tem um córrego do lado.

Faço questão do córrego.

AS BOAS COISAS DA VIDA

Uma revista mais ou menos frívola pediu a várias pessoas para dizer as "dez coisas que fazem a vida valer a pena". Sem pensar demasiado, fiz esta pequena lista:

– Esbarrar às vezes com certas comidas da infância, por exemplo: aipim cozido, ainda quente, com melado de cana que vem numa garrafa cuja rolha é um sabugo de milho. O sabugo dará um certo gosto ao melado? Dá: gosto de infância, de tarde na fazenda.

– Tomar um banho excelente num bom hotel, vestir uma roupa confortável e sair pela primeira vez pelas ruas de uma cidade estranha, achando que ali vão acontecer coisas surpreendentes e lindas. E acontecerem.

– Quando você vai andando por um lugar e há um bate-bola, sentir que a bola vem para seu lado e, de repente, dar um chute perfeito – e ser aplaudido pelos serventes de pedreiro.

– Ler pela primeira vez um poema realmente bom. Ou um pedaço de prosa, daqueles que dão inveja na gente e vontade de reler.

– Aquele momento em que você sente que de um velho amor ficou uma grande amizade ou que uma grande amizade está virando, de repente, amor.

– Sentir que você deixou de gostar de uma mulher que, afinal, para você, era apenas aflição de espírito e frustração da carne – a mulher que não te deu, e não te dá, essa amaldiçoada.

– Viajar, partir...

– Voltar.

– Quando se vive na Europa, voltar para Paris; quando se vive no Brasil, voltar para o Rio.

– Pensar que, por pior que estejam as coisas, há sempre uma solução, a morte – o assim chamado descanso eterno.

A MULHER IDEAL

Uma revista francesa pergunta a alguns leitores – em que lugar do mundo você gostaria de encontrar por acaso a mulher amada? Frívola pergunta, e chega a ser triste para quem, afinal de contas, não tem mulher amada nenhuma para encontrar em parte alguma.

Mas por que não confessar que essa pergunta me fez sonhar? Para sonhar com método, comecei por imaginar a mulher amada; isto é fácil para qualquer homem em qualquer momento de sua vida. A mulher sonhada, na verdade, varia com os momentos; única vantagem, aliás, que leva sobre a amada real.

Sonhei-a. Fraca é a minha imaginação; não sei inventar nada, nem o enredo de um conto, nem o entrecho de uma peça; se tivesse imaginação escreveria novelas, e não croniquetas de jornal. Assim, para falar verdade, a amada ideal saiu um pouco demasiado parecida com uma senhora desta praça; só que, não sei por quê, a coloquei dentro da moldura de um retrato inglês do século passado; um retrato que vi numa galeria em Washington; talvez de Hogarth, talvez de Reynolds, Sir Joshua Reynolds. Por que os pintores de hoje não fazem mais retratos assim, se limitam ao mero busto, quase sempre sem fundo sequer? Retrato de minha amada haveria de ser de corpo inteiro, em atitude gentil, fingindo de distraída, com paisagem no fundo.

Penso em lugares onde andei e amei – Paris, Capri; mas seria odioso lembrar de outras pessoas estando a seu lado. Penso em praias do Brasil, em pequenos lugares sonolentos de beira-rio no Brasil, com árvores imensas junto ao remanso, e cigarras no fim da tarde...

Nova Iorque; não a Nova Iorque daquele hotel onde morei, trabalhei, conheci gente, tinha amigos e amigas, podia dar a quem chegasse um copo de uísque, aquele apartamento que acabou quase igual ao meu antigo apartamento de Ipanema, tanto é monótono o homem só. Mas o primeiro hotel onde me deixaram, enorme, feio, hostil, onde senti a delícia melancólica de não conhecer ninguém, ficar vagamente lendo uma revista no *lobby*, vendo aquele incessante entrar e sair de gente – e, de súbito, você!

E quando saíssemos do hotel, no fim da tarde (porque você, como sempre, teria um compromisso), e estivéssemos docemente fatigados pelo amor, e famintos, e friorentos (porque seria outono), talvez eu encontrasse um pequenino restaurante italiano que Dora Vasconcelos me ensinou antigamente, Dora, a suave amiga que morreu há tantos anos, mas que eu elegeria nossa madrinha; ficaríamos longamente os dois conversando com vinho e queijo – e se fosse à noite eu gostaria de levar você a um bar que não existe mais, The Composer, um desses pequenos bares com um piano discreto, em que entrei uma vez com um amigo, e me deixei ficar sozinho depois que ele se foi, e me deu um ataque de lirismo e uma profunda fome de carinho porque havia duas mulheres lindas, de pernas compridas, louras, magras e maduras, que depois me disseram que uma delas era não sei quem, e me lembro que me deu aquele sentimento triste de ser estrangeiro e levei o susto de minha vida quando uma delas me fez um aceno gentil com a cabeça, me confundindo com alguém, do que logo se desculpou sorrindo e eu fiquei com cara de bobo triste – ah, naquele The Composer que não existe mais nós ficaríamos numa pequena mesa, confortados por um drinque e um piano.

E andaríamos longamente pelas ruas mais cheias de gente, nossos corações pulsando de manso no meio da apressada multidão, espiando vitrinas, entrando aqui e ali, descobrindo pequenas coisas e pequenos seres amigos no tumulto da cidade grande...

Uma revista francesa não me perguntou nada e eu estou aqui sonhando à toa – e, o que é pior, sozinho.

UMA FADA NO FRONT: RUBEM BRAGA EM 39

BRUNO LICHTENSTEIN

*F*oi preso o menino Bruno Lichtenstein, que arrombou a Faculdade de Medicina. O menino Bruno Lichtenstein não é arrombador profissional. Apenas acontece que o menino Bruno Lichtenstein tem um amigo, e esse amigo é um cachorro, e esse cachorro ia ser trucidado cientificamente, para estudos, na Faculdade de Medicina. O poeta mineiro Djalma Andrade tem um soneto que acaba mais ou menos assim:
"se entre os amigos encontrei cachorros,
entre os cachorros encontrei-te, amigo".
Mas com toda a certeza o menino Bruno Lichtenstein jamais leu esses versos. Também com certeza nunca lhe explicaram o que é vivissecção, nem lhe disseram que seu cão ia ser vivisseccionado. Tudo o que ele sabia é que lhe haviam carregado o cachorro e que iam matá-lo. Se fosse pedi-lo, naturalmente, não o dariam. Quem, neste mundo, haveria de se preocupar com o pobre menino Bruno Lichtenstein e o seu pobre cão? Mas o cachorro era seu amigo – e estava lá, metido em um porão, esperando a hora de morrer. E só uma pessoa no mundo podia salvá-lo: um menino pobre chamado Bruno Lichtenstein. Com esse sobrenome de principado, Bruno Lichtenstein é um garoto sem dinheiro. Não pagará a licença de seu amigo. Mas Bruno Lichtenstein havia de "salvar a vida de seu amigo – de qualquer jeito. E jeito só havia um: ir lá e tirar o cachorro. De

longe, Bruno Lichtenstein chorava, pensando ouvir o ganido triste de um condenado à morte. Via homens cruéis metendo o bisturi na carne quente de seu amigo: via sangue derramado. Horrível, horrível. Bruno Lichtenstein sentiu que seria o último dos infames se não agisse imediatamente.

Agiu. Escalou uma janela, arrebentou um vidro, saltou. Estava dentro do edifício. Andando pelas salas desertas, foi até onde estava o seu amigo. Sentiu que o seu coração batia mais depressa. Deu um assovio, um velho assovio de amizade.

Um vulto se destacou em um salto – e um focinho quente e úmido lambeu a mão de Bruno Lichtenstein. Agora era fugir para a rua, para a liberdade, para a vida...

Bruno Lichtenstein, da cabeça aos pés, tremia de susto e de alegria. Foi aí que ele ouviu uma voz áspera e espantada de homem. Era o dr. Loforte. O dr. Loforte surpreendeu o menino. Um menino pobre, que tremia, que havia arrombado a Faculdade. Só podia ser um ladrão! Bruno Lichtenstein não explicou nada – e fez bem. Para o dr. Loforte um cachorro não é um cachorro – é um material de estudo como outro qualquer.

Na polícia apareceu o pai do menino. O pai, o professor e o delegado conversaram longamente – e Bruno Lichtenstein não ouvia nada. Só ouvia, lá longe, o ganir de um condenado à morte.

Já te entregaram o cachorro, Bruno Lichtenstein. Tu o mereceste, porque tu foste amigo. Não te deram nem te darão medalha nenhuma – porque não há medalha nenhuma para distinguir a amizade. Mas te entregaram o teu cachorro, o cachorro que reivindicaste como um pequeno herói. Tu és um homem, Bruno Lichtenstein – um homem no sentido decente da palavra, muito mais homem que muito homem. Um aperto de mão, Bruno Lichtenstein.

18 de julho de 1939

CRIANÇAS COM FOME

O sr. Coelho de Souza está, a bem dizer, com o pires na mão. E vai correr o pires. Trata-se de levantar fundos para estabelecer em todas as escolas públicas uma boa sopa. Uma sopa farta e nutritiva, para toda a garotada.

O que estou escrevendo hoje não se dirige à gente pobre. Escrevo para os ricos. Escrevo para o senhor, Dr. Bem Instalado, e para o senhor, Cel. Boas Rendas, e para a senhora, Dona Fartura. Os senhores têm dinheiro. Está muito direito. Tudo o que desejo é que esse dinheiro cresça e se multiplique em boas aplicações, excelentes rendas, belos juros, bons negócios. Mas os senhores têm o dinheiro naturalmente no bolso – ou no banco. Além dos dinheiros os senhores têm outras coisas. Têm, por exemplo, coração. Têm, por hipótese, filhos. Filhos que estão sendo bem educados e bem alimentados. Os senhores não fazem economia nenhuma quando se trata desses filhos. Se um dos meninos fica doente, os senhores ficam aflitos. Os senhores sabem que eles são um tesouro maior, muito maior que qualquer prédio de apartamento, qualquer terreno, qualquer estabelecimento, qualquer depósito no banco. Os senhores esquecem tudo e só ficam pensando no menino doente, cercando-o de médicos, de remédio, de cuidados – e principalmente – de carinhos. E isso muito simplesmente porque os senhores são humanos.

O que venho pedir aos senhores é que sejam mais amplamente humanos. Pensem também nos filhos dos outros. Pensem nos homens e nas mulheres que têm filhos e que não podem tratá-los como os senhores tratam os seus. E sem desfalcar a sua fortuna, sem diminuir o seu conforto, ajudem um pouco essa gente que não tem nada. Por favor, não aleguem que "estamos em crise". Não aleguem que "a guerra está atrapalhando os negócios". Não aleguem que "o governo é que tem de ver isso, pois é para isso que recebe os impostos".

Na verdade, o governo é que tem de tomar providências. Mas o governo não pode fazer tudo. Faz o que pode. Os senhores também têm obrigação de fazer alguma coisa. Os senhores têm dinheiro. O dinheiro, ao contrário do que pode parecer, não foi inventado para os senhores. O dinheiro é um fato social. E um fato social só pode se justificar quando existe em favor da sociedade. Acontece que grandes partes da riqueza social estão acumuladas nas mãos dos senhores. Essa riqueza foi produzida com o trabalho de todos – e não somente dos senhores. Não digo que os senhores não trabalhem ou não tenham trabalhado. Mas há milhares, há milhões de pessoas que trabalham tanto ou mais que os senhores e que não têm dinheiro. Ora, uma riqueza, produzida com o trabalho de todos deve ser usada em benefício de todos. Não pretendo que os senhores distribuam toda a sua fortuna pelos pobres. Não pretendo que os senhores sejam santos. Pretendo que os senhores devolvam à sociedade uma parte – o tamanho fica ao seu critério – da riqueza produzida pela sociedade e acumulada na mão dos senhores.

O caso é o seguinte: mais da metade das crianças das escolas dos bairros populares é de subnutridas. Subnutridas é uma palavra graciosa usada pelos médicos. Quer dizer que essas crianças não estão se alimentando direito. Quer dizer – desculpem o mau gosto da expressão – que elas estão passando fome. Os senhores naturalmente já ouviram dizer que "no Brasil não há fome". É uma frase bonita e agradável de ouvir – principalmente quando está com a barriga cheia. Mas acontece que mais da metade das crianças das escolas públicas de Porto Alegre desmente essa frase. Essas crianças estão sofrendo da grande doença do brasileiro, da doença que é a mãe da tuberculose e de todas as doenças: fome crônica.

    Quem está dizendo isso não é um agitador extremista: é o governo, que nem é extremista nem agitador. São as professoras. É o sr. Coelho de Souza, secretário da Educação. Esse sr. Coelho de Souza vai mobilizar grupos de senhoras da sociedade para, com uma sopa, diminuir a fome das crianças. Eu apelo para o coração e para o bolso dos senhores. Se os senhores são bastante inteligentes para sentir que dando dinheiro para isso estão simplesmente cumprindo seu dever, cumpram-no. Se os senhores acham que com isso estão fazendo vantagem, estão mostrando bons sentimentos, estão sendo caridosos, sejam caridosos. Pensem o que quiserem, sintam o que quiserem, mas antes de tudo metam a mão no bolso. Vamos! Estamos aqui esperando um bom gesto dos senhores. Os senhores não se sentem mal vivendo em uma cidade onde as crianças passam fome? As crianças do povo, os filhos da gente pobre não são tão inocentes como os seus próprios filhos? Essas crianças estão sofrendo porque são pobres. Isso não é uma injustiça, não é uma estupidez, não é uma imoralidade? Vamos! No meio de seus negócios, de sua felicidade, de sua riqueza, pensem um pouco nessas crianças famintas, doentes, magras, nessas crianças que estão com FOME. Os senhores têm interesse em manter a ordem social: esta ordem social que permite aos senhores acumular em suas mãos uma grande parte da riqueza produzida por toda a sociedade. A ordem social não está nunca muito segura quando há estômagos vazios. É dos estômagos vazios que nascem as grandes palavras de revolta. As crianças do povo estão com FOME. Não permitam que essas crianças cresçam famintas. Será que a FOME dessas crianças, será que seus olhos tristes, seus pequenos rostos pálidos não prejudicam a digestão dos senhores? Se os senhores são patriotas, contribuam para que o povo de sua terra seja mais forte. Se são religiosos, deem de comer a quem tem fome. Se não são patriotas nem religiosos, sejam simplesmente humanos. Não se esqueçam disso: EM PORTO ALEGRE A MAIOR PARTE DAS CRIANÇAS ESCOLARES SOFRE DE FOME CRÔNICA. Pensem um minuto nisso: e arranquem esse dinheiro do bolso, Dr. Bem Instalado, Cel. Boas Rendas, Dona Fartura!

18 de setembro de 1939

UM CLUBE

Meu rumoroso amigo Jorge Amado fundou no Rio, nas páginas de *D. Casmurro*, um clube denominado Clube dos Chatos. Elementos de conceito nos meios literários cariocas integram sua diretoria. Não direi aqui os nomes porque não cultivo o mesmo esporte perigoso de Jorge, que é comprar inimigos. Jorge pode fazer isso, porque ele sabe também comprar amigos: é um desses rapazes em que as pessoas sensíveis reconhecem "uma simpatia irradiante". Mas eu não sou o Jorge Amado, nem mesmo baiano, sou capixaba, o que é uma fórmula geográfica de não ser coisa alguma. Sem essa faculdade de comprar amigos por atacado não cometerei a imprudência de comprar inimigos em grosso. Amigos e inimigos eu os compro e vendo lentamente, a retalho: faço negócio miúdo. Minha cara não ajuda o aliciamento em massa de afetos. Isso não me impede de ser mediocremente simpático. Eu me consolo pensando que há homens decididamente antipáticos, como o poeta Carlos Drummond de Andrade, que nem por isso deixam de ser excelentes e amoráveis.

Jamais fundaria um clube como esse que se fundou no Rio. Ninguém ama ser chato. É exato que há alguns chatos com a resignada consciência de que o são: mas nem esses mesmos gostam que se faça publicidade em torno disso. Entre os catalogados na lista de Jorge Amado pode ser que haja muitas injustiças. Há chatos absolutos e chatos relativos. Os piores de todos devem ser os "autochatos". São homens que se chateiam até a si mesmos. Esses não podem estar nunca sozinhos. Evitam a própria presença e por isso são mais ferozes, porque estão sempre funcionando junto a alguma vítima.

Quanto aos chatos propriamente ditos, sua variedade é enorme. Chatos escritos, chatos falados, chatos mudos. Chatos em extensão e chatos em intensidade. Chatos do cotidiano e chatos do sobrenatural. Chatos irônicos e chatos patéticos. Os mais terríveis devem ser os chamados chatos neutros, incolores, insípidos. Sou dos que admitem a superioridade da mulher sobre o homem, e creio que também nesse terreno elas brilham. Mais pacientes, minuciosas e teimosas, insistentes e sutis, as mulheres apuram suas qualidades de chateação a um ponto supremo, transpondo a fronteira do gênio.

Nessa altura dos acontecimentos seria talvez útil formular conselhos. Como não ser chateado? Como prevenir os chatos? Como reagir em caso de ataque? Confesso que não me julgo autoridade para firmar fórmulas. Minha técnica é muito primária, embora às vezes de bom resultado. Uso a cara de mamão. A cara de mamão tem eficiência apenas nos casos benignos, devo reconhecer. Trata-se de dar à cara um ar de mamão. Não sei explicar bem como se consegue isso. O leitor interessado pode comprar um mamão. Conservando-o em sua frente, junto de um espelho, procure fazer com que a sua cara fique parecida com um mamão. A cara de mamão não comporta nenhuma ferocidade, mas também não é puramente passiva. É fechada sem ser tensa e sombria sem ser triste. Não deve ser excessivamente mole, mas também sem traço de dureza. O remédio é fazer tentativas como aconselhei acima. Eu por mim tenho uma grande facilidade em organizar uma cara de mamão e conservá-la durante um período de tempo bastante longo. Outros usam a cara de mormaço. Alguns atingem a perfeição de conseguir compôr uma "cara de mamão em dia de mormaço"; mas são raros.

Essa defesa equivale de certo modo a um contra-ataque. É o contra-ataque mudo, eficaz apenas em certos casos. Há também o contra-ataque falado. Tenho observado que um grande número de chatos é muito sensível à chateação alheia. A estes devemos contar sem graça. Mesmo que tenha sempre a mesma anedota. Deve ser uma anedota longa e alguma graça deve ser contada de maneira a que não tenha nenhuma. Se no princípio da história o antagonista observar, sem educação, que já conhece, devemos fazer que não ouvimos. Se ele insistir muito, devemos dizer que "esta é diferente". Finda a anedota, se o efeito não foi muito satisfatório, podemos repeti-la lentamente, encompridando-a um pouco à custa de alguns detalhes. O essencial é não deixar o chato atacante abrir a boca. Naturalmente isso só se aplica ao chato falante. Quanto ao chato mudo não creio que exista nenhum remédio eficaz, a não ser a fuga ou o homicídio.

Enfim, isto aqui está se tornando muito longo, e possivelmente estou praticando o mal que pretendo combater. Vou terminar aconselhando todos a fazerem também a cura íntima. Procuraremos não achar muito chatos os chatos. Olhemos a todos com boa vontade e espírito cristão. Desconfiemos dos que acham todo mundo chato. Esses são os "pseudo-antichatos", e tudo o que conseguem é tornar este mundo muito mais chato do que ele realmente é.

21 de setembro de 1939

SEREIA DE RAMOS

A praia de Ramos é uma triste praia. Ali não existe propriamente mar; existe baía, água relativamente suja da baía prosaica. Tão triste coisa é subúrbio que até o seu mar é suburbano, suburbano como um mamoeiro no quintal, suburbano como um trenzinho de ferro atrasado, suburbano como um funcionário público atrasado nas prestações do rádio que suas três filhas o obrigaram a comprar para poderem ouvir Orlando Silva cantando sua valsa predileta, *Lábios que eu beijei*. Pobre mar de subúrbio, triste oceano dos pobres, triste e pouco limpo. Não existe em Ramos o mar belo mar bravio de Vicente de Carvalho nem os verdes mares bravios de minha terra natal de José de Alencar. Existe o mar de subúrbio sem liberdade nem dignidade, sem miséria nem riqueza, mar de pobres, medíocres marolas.

Ora, foi nesse mar que uma jovem se pôs a boiar. Nadou, nadou para longe. Levava uma boia e boiava e era jovem e era bela boiando nas águas suburbanas de Ramos sob o sol suburbano de Ramos. Ora, havia dois navegantes. Iam eles num bote quando notaram a sereia. Viram sobre as águas a doce e linda sereia suburbana. A sereia talvez não cantasse; não, não cantava. Mas sereias não precisam cantar; cantam as sereias com seu corpo moço boiando nas águas sob a luz do sol. Cantam e é um canto que entra pelos olhos. Que nada no mundo é mais belo que moça boiando no mar à luz do sol; mesmo que moça, mar e sol sejam sol, mar e moça de subúrbio. Os navegantes do bote se aproximaram e disseram:

– Oh bela sereia, não quereis ir até uma ilha? Vinde conosco e nós vos levaremos para a ilha e para todas as ilhas do mundo. Vinde, oh bela sereia, oh vinde.

Talvez não fosse exatamente esta a linguagem empregada pelos dois homens; mas no fundo havia de ser mais ou menos isso. O fato é que a sereia deixou as águas e subiu ao barco dos dois homens. Estão dois homens em um barco e eis que divisam uma sereia e eis que a sereia vem para o barco. Que acontece? Talvez penses, leitor, que os dois homens irão lutar até a morte pelo amor da sereia. Talvez penses que ambos morrerão na luta e que depois a sereia voltará para as águas e ficará boiando à espera de outros barcos. Mas não é nada disso. O que houve foi que os dois homens olharam a sereia e se olharam. Não sei o que disse um ao outro nesse olhar; mas na certa combinaram alguma coisa. E em vez do barco ir para a ilha, tomou outro rumo. A sereia pediu explicações; os homens responderam com evasivas. Apenas remavam, remavam. Então a sereia fez o seguinte, o seguinte impróprio de sereias: pôs-se a gritar, a berrar. E esses berros foram ouvidos por dois investigadores que estavam em uma ilha próxima. Ora, há muitas histórias e lendas de mar e de sereias; mas, que me conste, em nenhuma delas figuram investigadores de polícia. Isso foi provavelmente o que pensaram os dois homens.

Também não sei se pensaram isso; sei apenas o que fizeram. Que farias tu, leitor, se estivesses em um barco no mar com outro homem e uma sereia e essa sereia começasse a gritar e os gritos fossem ouvidos por dois investigadores de polícia? Eu por mim creio que jogaria a sereia no mar; mar é lugar de sereia, e o mar que as carregue. Pois os homens deixaram a sereia no barco, jogaram-se ao mar e fugiram nadando. Mais tarde uma lancha da Polícia Marítima (note-se que nas legítimas lendas de sereias também não existe a Polícia Marítima) salvou a sereia, que não sabia remar. O fim do telegrama publicado hoje pelo *Correio do Povo* avisa que a sereia, que era menor de idade, foi levada para a Delegacia de Menores e o barco foi apreendido.

Dos tripulantes nada se diz. Talvez não os pegue a polícia; mas o fato é que eles perderam o barco. De onde se conclui que a lenda subsiste, apesar dos investigadores, da Polícia Marítima e da Delegacia de Menores: a lenda é que a sereia perde os barcos, e o barco está perdido. Esta é a conclusão; e onde está a moralidade? Deve haver alguma: todo caso tem sua moral. A moral talvez seja que quando estivermos navegando em mares ou rios ou lagoas, suburbanas ou urbanas ou universais e aparecer uma sereia sobre as ondas sorrindo, o melhor a fazer é mandar-lhe de rijo o remo no crânio. Ela não terá tempo de gritar, e irá ao fundo. E que lugar melhor pode desejar uma sereia que o fundo do mar?

17 de outubro de 1939

UM CARTÃO DE PARIS

AMEMOS BURRAMENTE

Não sou muito dado a essas leituras, mas a verdade é que passei uma grande parte da noite às voltas com essa coisa de psicanálise, lendo *El matricida en la fantasía*, edição argentina de um livro de nosso patrício, o professor Valderedo Ismael de Oliveira.

Que complicada é a gente por dentro, quanta coisa no porão se carrega sem saber! Somos todos uma espécie de contrabandistas de nós mesmos. Quando entro em contato com tais assuntos, não me admiro mais de que haja tantos loucos e birutas no mundo; me espanto é de ver o grande número de pessoas que conseguem ser mais ou menos normais e viver dentro de certas regras, beijando as mãos das damas sem mordê-las e deixando um automóvel passar sem lhe jogar uma pedra.

Conheço casos de pessoas às portas da loucura, ou mesmo já no interior de sua cova de serpentes, que foram salvas pela psicanálise, às vezes associada a outros tratamentos. O defeito destes é exigir de quem o aplica sensibilidade, argúcia, imaginação, espírito crítico e rigorosa honestidade – que nem sempre andam juntos. Não há terreno mais fácil para o charlatanismo. Eu por mim confesso que admiro os bons (e raros) especialistas desse ramo; admiro sem nenhuma inveja.

Se há duas coisas que se aproximam de uma sessão de psicanálise são a confissão católica e a conversa na mesa do bar. A primeira tem a vantagem da confiança e da fé, mas o natural recato impede maior profundidade. A segunda tem a desvantagem das mentiras que a imaginação e a vaidade acesas pelo álcool produzem. Deste gênero qualquer pessoa que sai habitualmente à noite tem experiência, quando não de confessante, de confessor. No bar, principalmente quando a mesa é de dois, a gente ouve confissões inesperadas. A moça que no começo da conversa tinha tido apenas um namorado, e de namoro leve, conta pelos meados do terceiro drinque detalhes bastante íntimos de seu último caso.

Ora, o que a gente ouve no quinto copo pode ser interessante se achamos algum interesse na própria pessoa que conta. Caso contrário, fica apenas a melancolia da triste condição humana, das experiências do amor, dos desencontros físicos e sentimentais, das incompreensões e dos fracassos. Sempre admirei nos médicos a coragem com que eles se acostumam a lidar com as tristezas e misérias do corpo; talvez seja ainda maior a desses especialistas que mergulham por dever de ofício nos brejos da alma. Uma pessoa assim deve adquirir, ao cabo de algum tempo, um tédio infinito de todas as histórias de amor; a vida há de lhe parecer ainda mais mesquinha e sem graça que a nós outros que vamos navegando pela superfície da alma dos outros e da nossa própria.

Se me obrigassem a procurar outro jeito de vida, creio que o último ofício que eu aceitaria seria o de analista. Redescobrir toda a tragédia grega na alma de qualquer funcionário público, cutucar todos esses polvos e arraias enterrados na lama ou entocados nas pedras, isso deve cansar mais do que tudo, essa intimidade com o bicho humano.

Estou pensando neste momento em certas mulheres e, para dizer a verdade, principalmente em uma; fico a imaginar no que ela diria deitada em um consultório. A consciência de que cada um de nós tem lá por dentro aquela porção de cordinhas e alçapões me faz sentir até que ponto eu a conheço pouco e como podem ser estabanados os meus gestos, e quanto uma palavra minha, dita por simples tolice, pode afastá-la (e o que é pior, já ter afastado) de mim. É um pouco aflitivo pensar nisso, e imaginar que, acima dos gestos e das palavras, o sentimento talvez valha alguma coisa; e que a ternura e o bem-querer devem ter um instinto certo e tocar naquelas zonas indefiníveis da alma em que nem os analistas conseguem explicar nada. Ora, pois; mesmo às cegas, burramente, amemos – já que "para isto somos nascidos".

Setembro, 1988

MECÂNICA DA MULHER QUANDO DISTRAÍDA

Os dias e as noites passam sobre a cabeça de meu amigo; ele envelhece lentamente e um pouco tonto; quando, às vezes, desperta, no primeiro instante não sabe se é tarde ou madrugada. Se ele próprio é mesmo um ancião ou se tem alguma coisa de menino.

Chega até a janela, olha o mar; há sol, mas que vento é este? Entende pouco de ventos e pensa com tristeza: "Se nada sei de ventos e luas e marés, como acaso algum dia poderei saber um pouco, ao menos, de mulher?"

Uma noite, em um bar fechado, era tão tarde que lá fora talvez fosse de manhã cedo, ele viu a mulher jovem e fina; estava escuro, a mulher lhe pareceu muito branca sob a mancha dos cabelos, os braços longos, alvos. E distraído ficou vagamente vendo de que lado poderia estar ventando; ela penderia para o Norte como o pinheiro? Árvores, mulheres, mar, tudo tem a mesma substância e mutação; a tudo é preciso estar severamente atento.

No seu ouvido martelam frases vulgares. "Hoje o mar não está para peixe", ou "a noite é ainda uma criança", ou o começo do primeiro período da prova de Direito Romano, naquele ponto que todo ano caía: "Um dia, às margens do Genesareth, o lago azul que banha as terras santas da

Palestina, humildes pescadores ouviram uma voz que lhes dizia..."

Não importa mais o que dizia a voz. Cabe ao pescador ficar quieto em sua praia olhando o mar, de preferência pela madrugada, sentindo o mar, pensando o mar. Olhar nos olhos: sempre se comparam olhos e lagos. Mas não há apenas os olhos, há também o gesto do braço esquecido, do pé distraído; seria preciso instituir nas melhores faculdades uma cadeira chamada "Mecânica da Mulher Quando Distraída". Há olhares de quem está pensando em outra coisa, olhares feitos diretamente pelo vagossimpático. Há o jeito da mulher distraída perguntar – Hein?"

Mas falar de mulher a esta altura pode ficar um pouco ridículo. Como passou a vida inteira a escrever aqui e ali, ele acha que quando morrer vai virar um pequeno verbete no Dicionário dos Escritores. *Fulano de Tal.* 1913-1990. O leitor automaticamente fará a conta: são 77 anos. "Bem, este 'viveu bastante", pensará ele, lembrando que Álvares de Azevedo morreu com 21 anos, Castro Alves, com 24, Machado de Assis, velhinho, velhinho, com 69, Coelho Neto (120 volumes publicados!) com 70 anos. "É, este viveu bastante." Como poderá suspeitar que o homem do verbete era em grande parte ainda uma criança, ou pior muito pior, um adolescente?

O pescador sabe o gosto da linha tensa e o da linha que de súbito bambeia. Pescar, ensinava Izaak Walton, é a um tempo ação e contemplação. Que vento está soprando hoje essas espumas do mar e esses caprichos de mulher, a que hora vai nascer a lua, e quando vem a preamar? Vamos levar nossa tribo toda para a beira do rio, vamos atravessar matas e montanhas e sóis e luas até chegar à beira do rio, é tempo de piracema, é tempo de piracema!

Há um susto nas coisas; as mulheres deslizam em silêncio como peixes.

Mas é melhor que fique em silêncio o pescador.

Fevereiro, 1990

O VENTO QUE VINHA
TRAZENDO A LUA

*E*u estava no apartamento de um amigo, no Posto 6, e quando cheguei à janela vi a Lua: já havia nascido toda e subido um pouco sobre o horizonte marinho, avermelhada. Meu amigo fora lá dentro buscar alguma coisa e eu ficara ali, sozinho, naquela janela, presenciando a ascensão da Lua cheia.

Havia certamente todos os ruídos da cidade lá embaixo, havia janelas acesas de apartamentos. Mas a presença da Lua fazia uma espécie de silêncio superior de majestade plácida; era como se Copacabana regressasse ao seu antigamente sem casas, talvez apenas alguma cabana de índio humilde entre cajueiros e pitangueiras e árvores de mangue, talvez nem cabana de índio nenhum, índio não iria morar ali sem ter perto água doce. Mas dava essa impressão de coisa antiga, esse mistério remoto. Era um acontecimento silencioso e solene pairando na noitinha e no tempo, alguma coisa que irmana o homem e o bicho, a árvore e a água – a Lua...

Foi então que passou por mim a brisa da terra; e essa brisa que esbarrava em tantos ângulos de cimento para chegar até mim ainda tinha, apesar de tudo, um vago cheiro de folhas, um murmúrio de grilos distantes, um segredo de terra anoitecendo.

E pensei em uma pessoa; e sonhei que poderíamos estar os dois juntos, vendo a ascensão da Lua; deslembrados, inocentes, puros, na doçura da noitinha como dois bichos mansos vagamente surpreendidos e encantados perante o mistério e a beleza eterna da Lua.

Dezembro, 1990

COMÍCIO

CARTA A UMA SENHORA

Exma. Sra.
D. Alzira Vargas do Amaral Peixoto
Comissão do Bem-Estar Social
Senhora –

Estou certo de que não conheceis a minha obscura pessoa; não sou visível com muita frequência nos palácios em que a senhora cresceu e tem vivido. Podeis ficar certa, senhora, que em me não conhecer nada perdeis. Mas também nada perdereis em me ouvir, ou ler. Não vos tomareis muito tempo; sei que o vosso é curto.

Não devo esconder, para começar, que sempre tive – e tenho – pela senhora esse respeito comovido que a gente da plebe sente pela filha do Rei. Mesmo sem contar os vossos dotes de beleza e de espírito, bastaria para mim esse encanto natural que exorna, para as pessoas de minha (triste) condição, uma jovem que tem todos os direitos de usar o título, entre todos sedutor, da princesa do Brasil.

Ora, acontece, minha Senhora, que até hoje tendes feito política da maneira discreta, como fazem as damas – sussurando e murmurando coisas ao ouvido dos homens que mandam, e desmandam. Vosso poder, ao que se diz, tem sido grande, e jamais diminuiu por ser discreto. Hoje, porém, vindes enfrentar as luzes da vida pública, presidindo uma Comissão onde falastes dos problemas dos campônios deste Reino; e agora nessa Comissão do Bem-Estar Social, onde tendes assento, e nós, os pobres, temos a nossa esperança.

Coisa grave é, Senhora, a esperança. Muitas acendeu o senhor vosso Pai, e sabeis quão amargas resultam quando se frustram, e perdem. O nome dessa Comissão não é um nome, é uma Bandeira de Esperança. Mas é preciso, contar, Senhora, com a maldade das línguas do povo; já que há quem murmure que neste país "bem-estar" é o nome de uma Comissão. Sofro horrendamente em vos dizer a verdade, mas a verdade, Senhora, é que o povo está mal. Já diz que, se foi preciso criar no Governo uma Comissão de Bem-Estar, isso quer dizer que os outros serviços do Governo não cuidam disso, quando seria de esperar que todos cuidassem só disso, e mais de coisa alguma. Sabemos, agora, que metade dos lucros das companhias de seguro irá para a Comissão. Como ireis aplicar tamanho dinheiro? Temos o Ministério da Educação e Saúde, e as Secretarias, e os Institutos, e os Serviços Sociais, e mais não sei quantos departamentos e comissões e fundações e instituições públicas e particulares de assistência que protegem o povo com tanto afã que seus chefes vivem a se atropelar quando correm em socorro do pobre. Temos o Ministério do Trabalho, temos leis sociais esplêndidas – as melhores do mundo, como dizem as pessoas que não conhecem nem o mundo, nem as leis. Para que tanto dinheiro para essa Comissão? O perigo, Senhora, é vir algum má língua dizer que esse dinheiro será gasto em fazer benemerências que ajudem ambições. Vemos na Argentina a senhora Eva Perón fazer ao mesmo tempo caridade e propaganda, o que é feio. E se aquela senhora, que é Rainha, faz isso, que não fará uma que é Princesa e pensa em chegar a Rainha?

Este, Senhora, não é raciocínio meu. É maldade que por aí se bacoreja. Já esse má língua que é o sr. Rafael Corrêa de Oliveira afirma coisas ruins. Esse senhor Rafael, é bem verdade, não tem importância. Fazei com ele, Senhora, o que faço, que é o não ler. Mas não é melancólico e injusto que vos sacrifiqueis em trabalhos e canseiras para, ao fim, serdes tão mal interpretada pela plebe?

Eis o que, Senhora, eu vos tinha a dizer – e perdoas alguma má palavra.

Súdito inútil.

Rubem Braga

Rio, 15/5/1952

CARTA A UM GENERAL

Exmo, Sr. General Ciro do Espírito Santo Cardoso – Ministro da Guerra.

General, ouço clarins dentro de mim. É que neste momento li o discurso feito por v. excia. no dia aniversário da Batalha de Tuiuti. Depois de cantar uma vitória recente, adverte v. excia:

"Mas, meus camaradas, não tocou ainda e posso dizer que enquanto eu for o comandante do Exército, jamais tocará, 'Descansar', porque ao contrário disso o sinal de meu comando é o de 'Avançar' e, se possível, como tanto desejo, 'Acelerado', para estarmos à altura de nossa missão em pouco tempo."

Depois dessa bela frase, lembra v. excia. as "insinuações e invencionices dos eternos maldizentes que tudo deturpam", e lá vem com este trecho de ouro: "Permiti-me dizer, para assegurar tranquilidade e para que se possa realizar a obra fecunda de governo do preclaro Presidente Getúlio Vargas, meu eminente amigo, cuja única e maior preocupação, como amigo íntimo, de convívio diário, eu posso declarar, é a de entregar ao seu sucessor em 1956, ao tempo constitucional de seu mandato, um Brasil engrandecido, etc., etc." Desculpe, as etceteras, general: a frase era comprida, e a vida é curta. O principal está dito ali, no que transcrevi. Não está, vamos dizer com franqueza, muito bem dito, e já direi porque. Primeiro porque essa preocupação do seu eminente amigo é "única" e além disso é "a maior". Ora general, se ela é a "maior" não é "única"; há outras, e Deus sabe quais serão. Se v. excia. tivesse dito: "a maior, a única", já não haveria contradição, mas arroubo: depois de afirmar muito, v. excia. avançaria (como é de seu gosto) para afirmar ainda mais. Veja v. excia. que falar de mais às vezes é dizer menos, e já lá vai outro exemplo. Essa "única e maior" preocupação de seu amigo qual é? V. excia. o diz: "entregar ao seu sucessor em 1956, ao termo constitucional de seu mandato, um Brasil engrandecido, etc.". A frase seria mais forte, general, se dissesse menos. Bastaria dizer que seu amigo iria entregar o Brasil ao seu sucessor. No lugar de "o Brasil" v. excia. diz "um Brasil engrandecido, etc., etc." o que sempre nos deixa uma leve suspeita: sua maior ou única preocupação será entregar o Brasil ou engrandecê-lo?

Desculpe v. excia. se pareço estar sofismando, mas seu eminente amigo é nosso eminente conhecido, e sofismar com meias palavras e meias ações é seu fraco, e seu forte. Vamos que ele ache, em 1956, que o Brasil ainda não está suficientemente engrandecido – e resolva continuar se sacrificando e comendo churrascos pela Pátria. De quem já fez isso, e nunca se penitenciou, não será maldade gratuita temer que o repita: e saiba v. excia.: eu acho que o Brasil não aguenta mais por muitos anos ser engrandecido desse jeito.

O melhor, portanto, é não dar o toque de "descansar". Quanto ao seu sinal de comando: "Avançar", e se possível, "Acelerado", o caso é com v. excia. e sua tropa. Aqui fora, no mundo dos paisanos, não é preciso fazer sinal algum. Há uma turma que avança mesmo, e avança de dar poeira em qualquer disco voador.

Como avançam! E quão acelerados! Para eles a ordem é sempre "avançar": avançam em tudo e em tudo podem avançar, pois são amigos de seu eminente amigo – e para amigos não há tacômetros.

Esperemos, general, que rodeado de tanta gente que avança, não vá o seu amigo querer também avançar o sinal em 1956.

Esperemos, general, mas não sentados, como a baiana da canção. Esperemos de pé – de pé pelo Brasil!

Em continência –

Rubem Braga

Rio, 30/5/1952

CARTA A NEWTON PRATES

*M*eu velho –
Tenho lido com a maior delícia, e atenção, esse "Arquivo" que v. faz toda semana em *Comício*. Confesso, porém, que às vezes me dá uma tristura esse mergulho no passado – essas histórias de Campos Sales no fim do governo, a discussão dos jornais, o movimento do povo. "Tão Brasil", como dizia o falecido Mário de Andrade. Mas enquanto você cata coisas nos jornais de cinquenta anos atrás eu me lembro, Newton, de um jornal de há 20 anos.

Foi, talvez, essa visita do sr. Getúlio Vargas a Minas. Houve outra, em 1932 ou 33, – quando v. dirigia o "Diário da Tarde" de Belos Horizontes o Otávio Xavier era secretário e eu (hoje velho dromedário, a vagar por este deserto de homens e aranhas) era um jovem e esperançoso foca. O noticiário do Rio nos chegava pelo telefone: meia hora que a agilidade de nosso velho Siqueira, o bom Biriba, transformava em muitas colunas de "telegramas". Alguém de brincadeira, forjou um, dizendo que quando o sr. Vargas entrasse em Ouro Preto iriam os sinos dobrar finados. Era apenas para dar um susto no secretário – mas acabou saindo no jornal, num canto da primeira página. Foi um escândalo, mas o pior dele é que muitos lhe deram fé.

Por mais que o tenente Gregório diga o contrário, sempre tive para mim que o sr. Vargas não gosta de Minas, nem ela dele. As festas que se fazem não convencem; são, no fundo, frias e sem graça. Veja que a falta de assunto do sr. Vargas em Belo Horizonte chegou a um tal cúmulo que ele nos saiu com essa grave tolice de dizer dos mineiros que o "próprio nome indica certa predestinação histórica nesse sentido", isto é, no sentido da mineração.

O conselheiro Acácio, em uma tarde sem talento, não diria pior.

Mesmo a amizade do sr. Juscelino deve causar certos temores ao sr. Vargas, depois da experiência com o sr. Valadares. É claro que no momento não há nada, e tudo são flores, e o sr. Vargas devia estar feliz. Mas há uma coisa que o impede de gozar bem as delícias do poder, que é o temor de perdê-lo. Dele me disse uma vez, com desprezo, o sr. Bernardes, que não amava governar, mas apenas ficar no governo. Governar é impor ideias, é mudá-las em fatos; e a tristeza fundamental do sr. Vargas, e sua íntima pobreza, é não ter ideia alguma a não ser a de ficar. Ele manda dizer ao povo que não fica; e perde e estraga todo o tempo de seu governo pensando em jeito de ficar.

Sobre siderurgia eu tinha vontade de propor ao meu amigo José Olímpio fazer uma "plaquette" extraindo, da volumosa obra do sr. Vargas, o que ele disse sobre o tema. Há um seu discurso em São Lourenço em que afirma exatamente o contrário de um outro discurso em Monlevade. Em um caso e outro não mentiu, isto é, não traiu o próprio pensamento – pois não tinha, a respeito, pensamento algum. Pensar lhe dá tédio, e sentir, receio. É um escravo da paixão vazia.

Minas lhe inspira apenas desconfiança; e quando manda o sr. Lourival Fontes fazer o bom moço com os udenistas da montanha, que fria recordação não tem do Manifesto dos Mineiros e do resultado das últimas eleições!

O tempo mudou, Newton, e nós com ele. Mas Getúlio e Minas não mudaram; e as festinhas que se fazem guardam o mesmo ar equívoco de antigamente, e sempre.

Do amigo velho –

                                                Rubem Braga

CARTA A UM CORONEL

Senhor Coronel
Dulcídio do Espírito Santo Cardoso,
Ex-Prefeito Interino
Coronel –
Antes do mais quero cumprimentá-lo pela realização do que amigos seus me dizem (os ursos) ser o sonho mais constante de sua vida pública: ser prefeito do Distrito Federal. É verdade que o coronel foi interino, e poucos dias depois já não o é, ou é apenas "ex". Ser "ex" é, entretanto, ainda, de algum modo, ser. E quem sabe se não foi um modo de vir a ser?

O nosso simpático Vital, eu sei, anda fraco. Dona Alzira e doutor Lourival juram que ele não dura um mês. E isso, entre coisas, coronel, por causa de inocentes brincadeiras. Uma que ele fez foi, numa festinha de inauguração qualquer, como houvesse um orador muito longo e cacete a lhe puxar o saco, perguntou o nosso prefeito a um operário que estava ali se podia dar um repasso na sua bicicleta. E enquanto o orador se esbofava, lá se foi nosso prefeito a pedalar, como um menino feliz. (Dizem que anda até sem mão: deve ser verdade, a julgar pela perícia com que se equilibra no cargo: mas não será tanto como o Dr. Vargas que anda de costas e para trás, em bicicleta de contrapedal.)

Outra história é que Dona Alzira o foi visitar em Palácio, levando um alto dignatário da Igreja; e esperou muito, a excelente senhora, até que sentiu que alguém lhe vedava os olhos com as mãos e pedia que ela adivinhasse quem era. Era o nosso caro prefeito! Dona Alzira não gostou – e ai de quem dona Alzira não gosta!

Devo lhe confessar, coronel, que a mim, essas histórias parecem graciosas, como todas as do "hombre que no tuvo infancia". Infância faz falta, e sempre é tempo de tê-la. Mas imagino que algumas histórias dessas, bem contadas, podem derrubar um prefeito de sua bicicleta. E se ele cai, quem empunhará as redeas (ou o "guidon") da governança municipal?

Não escondamos que o senhor fez tudo para se habilitar. O interino aprovou o que o efetivo ia vetar, e vetou o que ele aprovava. No caso do anexo do Instituto de Educação o senhor agiu com sabedoria: mandou despejar as crianças da "Escola Epitácio Pessoa" para alojar as normalistas. Só um tolo não vê como o coronel agiu bem: temos muito mais necessidade de professoras que de crianças, e a prova é que muitas dessas crianças ficarão sem professoras, por falta de vaga em outras escolas.

O Dr. Vargas deve ter gostado, mais ainda gostou do seu ato voltando a dar nome de Avenida Suburbana à que tinha o de 29 de Outubro. Se o Dr. Vargas tivesse mais imaginação, é possível que, ao ouvir do senhor essa notícia, fugisse não em bici, mas em motocicleta, tão violenta é a puxada.

Assim cai das placas o 29 de Outubro; e é pena que não caia, nem saia, da lembrança dos homens. Ela nos lembra, com insistência, que maior é Deus do céu e nada mais; que não há mal que sempre dure – embora, como a sarna, possa voltar; ou, para dizer a coisa clara, que, neste país, o dono absoluto de todo o rebanho humano pode ser reduzido, a certa altura, a ir confabular com os bois e as vacas e os mimosos terneiros, numa rica, porém melancólica, estância de fronteira.

Parabéns, coronel. O senhor obrou pouco, mas bem. Nunca ninguém puxou* tanto e tão bem em tão poucos dias. E dizer que ainda há quem pense que o senhor não merece o governo desta cidade! Merece, coronel, merece. E que o tenha, são os votos do soldado, admirador e obediente cidadão.

Rubem Braga

Rio, 12/6/1952

---

* Palavra parcialmente legível no exemplar consultado do *Comércio* ("...xou"). No entanto, deduzimos ser "puxou".

CARTA A UM DEPUTADO

*M*eu caro deputado Nelson Carneiro,
Câmara Federal
Que surra, companheiro! Foi por 187 votos contra 46 que a Câmara rejeitou a emenda divorcista à Constituição, isso quando seriam necessários dois terços para aprová-la – sem falar no Senado; e a maior parte daquele pessoal do Senado, você sabe, não se interessa pelo divórcio, achando que ele viria tarde demais.

Também aí na Câmara a maioria não se interessou, embora por motivos diferentes; e como a questão foi aberta pelo dr. Capanema é de supor que cada um teve lá seu motivo. O Governo agiu sabiamente não fechando questão, visto que a Igreja a fechara, a Igreja, e as senhoras dos senhores deputados; nunca houve uma questão tão bem fechada.

Você citou, em apoio de sua emenda, o caso ao saudoso líder udenista Soares Filho, caso que eu não conheço bem; poderia citar casos mais populares, como o do bancário Afrânio e do "chauffeur" Madragôa. O padre Arruda Câmara afirmou que 95 por cento da população do país é contra o divórcio. Não sei onde o reverendo foi buscar essa estatística. Também não sei em que se baseia o deputado Emílio Carlos para afirmar, em contraposição, que 70 por cento das mães brasileiras são solteiras. "Quel pays!" – como exclamava uma senhora francesa minha amiga, vinda de Paris, mas espantada com certos hábitos amorosos dos brasileiros. Meu Deus, se isso é verdade, então somos um povo de filhos da mãe. Ah, por favor, Nelson, não ache forte minha expressão, que ela não o é; já o bom Álvaro Moreyra se espantou ao reparar que somos o único país do mundo em que "mãe" é palavra feia. "Quel pays!"

Houve aí quem falasse em tradição; foi o meu prezado professor Alberto Deodato que defendeu "as tradições trazidas nas caravelas de Cabral"; mas houve também (o Vieira de Melo) quem lembrasse que a escravatura também era uma tradição, e nem por isso a conservamos.

A escravatura, o feudalismo, a monarquia, o bicho-de-pé, as ceroulas, as bichas aplicadas pelos barbeiros, quantas tradições perdidas! E isso sem falar na forca e no esquartejamento, de saudosa memória.

Voltemos às Ordenações, meu caro Nelson Carneiro, porque elas também vieram nas caravelas do almirante. Eu, com franqueza, não gosto de ir a essa Câmara, pelo escândalo que me parece ver aí, no meio dos homens (e alguns bastante perigosos) senhoras e senhoritas que deveriam, segundo a boa tradição da família brasileira, estar trancadas em casa, a ralhar com os meninos ou a jogar bilboquê.

Deputado, adeus.

Rubem Braga

CARTA A UM SENADOR

Prezado amigo Domigos Velasco
Senado Federal

Ao começar a escrever esta carta pensei, naturalmente, no tratamento que devo dar ao destinado e não tenho jeito de lhe dar outro se não "você". E como você é senador, isto me dá um sentimento de importância, logo corrigido pela memória de um fato recente.

Foi o caso que precisei falar ao Chico Negrão de Lima, e fui ao Ministério da Justiça. Não sou muito freguês de ministério: talvez porque, como repórter, já tenha mofado muitas vezes nas antessalas do referido, o que é mortificante. Pois logo no elevador dei de cara com o Penido, que me mandou entrar diretamente para uma sala em que estava o Ministro, em conversa com o senhor. Logo que me viu, o Ministro se afastou por um instante da pessoa com quem falava, para vir me dar um aperto de mão e pedir que me esperasse um instante, porque estava acabando de conversar uma coisa com o general – era general, o homem, e chefe de Polícia. E um minuto depois vinha o Chiquinho falar comigo – sim, o Chiquinho, pois é assim que o chamo.

Ao sair, encontrei, nas antessalas, várias pessoas que esperavam a sua vez de serem recebidas, e isso foi o que me fez sentir importante. Desci – e poucos minutos depois, na rua México, dou de cara com outro Ministro, o do Trabalho:

troco com ele um aperto de mão chamando-o também de "você" e perguntando com naturalidade: "mas então, Segadas, o que há de novo?"

Dois ministros em cinco minutos, e ambos "você". Senti-me quase um prócer da República, e, andando pela rua, não pude deixar de me lembrar do tempo em que "Ministro" para mim era uma palavra cheia de um solene prestígio, designando uma pessoa quase inatingível, super-humana, da qual eu só ousaria me aproximar trêmulo, e com um "vossa excelência" na boca. Foi de súbito que me ocorreu que não, eu estava ficando importante – eu estou, simplesmente, é ficando velho. É apenas por contagem de tempo, e nada mais, que posso tratar com familiaridade pessoas altamente colocadas; e não há mérito nenhum em ter cabelos brancos.

Veja, meu caro senador, que o introito desta carta ficou enorme; sempre serei um desses escritores vagabundos que no lugar de dar logo o seu recado, e dizer a que vem, começa a lembrar isto e mais aquilo e, quando vê, já está na hora de se retirar, e não disse nada; isto deve ter nome, talvez a vocação do vazio, ou do lero-lero.

A carta era para lhe dizer que li com o maior carinho a reportagem-entrevista feita pelo Joel, com você, neste número de *Comício* – e acho que a ideia que orienta a sua vida me parece um grande equívoco. Que estou convencido, pelo que tenho visto e ouvido, que Deus, meu caro Velasco, Deus é da Direita. Já não falo da Igreja, que é apenas um aparelho pelo qual as pessoas se entendem com Deus; falo do Próprio. Não convém espalhar isto, pois é um segredo muito desagradável: mas, segundo minhas observações, Ele está mesmo é com os ricos e poderosos, na vida civil; e na guerra, como diziam os hereges de Vieira, Ele se põe sempre ao lado "dos mais mosqueteiros".

Há, é verdade, a outra vida; mas você acredita mesmo Velasco, que o Getúlio e o Jaffet (por exemplo) já não tenham boas acomodações reservadas no Céu, com anjinhos em volta para servi-los e louvá-los, e carro de chapa branca, e muita sombra e água fresca e charutos cubanos? Tem, Velasco, eu garanto a você; já está tudo arrumado direitinho; você não conhece esse pessoal. Continue dizendo aos pobres que Deus pensa neles, e dará a cada servente de pedreiro um cartório na eternidade; isto talvez os console, mas estou certo de que esses pés-rapados vão todos mesmo para o Inferno, amontoado em trem de subúrbio, e ainda pagando passagem.

Sim, não convém espalhar isto: mas olhe lá que é verdade – e mais do que isto, é a Verdade. É por este motivo que lhe digo que, quanto a mim, eu fico na esquerda, mas sem Deus; e daqui vou para o Inferno, mas sem surpresa. E lá, amigo velho, nós conversaremos melhor essas coisas. Você vai ver!

Abraço do

Rubem Braga

Rio, 27/6/1952

CARTA AO PRESIDENTE

Doutor Getúlio –
Anda aflito o nosso amigo comum dr. Capanema; e a esta hora já deve ter batido à sua porta para pedir conselho que o tire do aperreio em que o deixou, na Câmara, a leitura daquele ofício do coronel Francisco Rosa, diretor da Divisão de Ordem Política e Social, ao general Felicíssimo, presidente do Centro de Estudos e Defesa do Petróleo. Não resisto à tentação de transcrevê-lo:

"Solicitarei amigavelmente transferência Congresso do Petróleo para agosto, apelando patriotismo, hospitalidade brasileira, pois poderá parecer acinte às autoridades do governo bem como ilustre hóspede. Não sendo atendido, Congresso será proibido mês de julho". O português, doutor, é mau; pior, entretanto, é o que está escondido dentro, para usar a linguagem do Cântico dos Cânticos.

O ilustre hóspede, já se vê, é o sr. Dean Acheson, secretário do Departamento de Estado norte-americano. Isso o coronel nem se dá ao trabalho de dizer; mas como não temos outro hóspede ilustre em perspectiva, só pode ser esse.

Mas o que haverá de acintoso para o sr. Dean Acheson em se fazer um Congresso de Petróleo no Brasil por ocasião de sua visita? Que tem ele a ver com isso? O senhor, doutor Getúlio, tem se esbaldado em dizer, e repelir, que não tem nada; que esse projeto da "Petrobrás" é nacionalista cem por cento, e que não precisamos do estrangeiro para coisa alguma. Se é assim, por que cargas d'água vem a polícia proibir que se discuta sequer a questão do petróleo durante a estada do sr. Acheson? Parece que não se trata de falar mal da "Petrobrás", mas de um filho do sr. Acheson, um filho queridinho.

Afinal de contas, o sr. Acheson deve saber que nós, os brasileiros, estamos discutindo a nossa política do petróleo. Discute-a o Congresso, a toque de caixa, sob o aguilhão do líder, que a todo custo quer ver o projeto aprovado, e já. Discute-a a imprensa, discute-a quem quiser, no botequim, na rua, no quartel, pois neste regime em que estamos é normal, e desejável, que um assunto de importância nacional seja discutido por qualquer cidadão. Mas aí vem o sr. Acheson – e pronto! O senhor manda o dr. Capanema acabar com a discussão na Câmara; e sua Polícia manda "amigavelmente" que cesse a discussão aqui fora. Vamos ficar todos quietinhos, para não molestar o sr. Acheson. O coronel escreve ao general: caluda! E, a menos que desejemos entrar no chanfalho, nós todos, paisanos, militares, cidadãos desta República de Opereta, ficamos proibidos de sussurrar a palavra "petróleo" – para não aborecer o sr. Acheson!

Doutor Getúlio – Quem poderia dizer, durante a sua campanha eleitoral, que dentro de tão pouco tempo iríamos descer a tanto! Será preciso que eu lhe lembre agora que neste país não existe apenas uma força – o sr. Acheson – que existe também essa vasta coisa flutuante, às vezes errada, mas certa no seu instinto e sagrada na sua natureza, que se chama opinião pública: e que, paisanos ou fardados, nós todos, que somos uma parcela dessa opinião, não gostaremos de chegar à ignomínia suprema de silenciar sobre um problema de máximo interesse para nosso povo e nosso futuro – por cortesia ao sr. Acheson?

Uma vez o senhor disse que os "trustes" o haviam derrubado do poder. Cuide-se, doutor: o que não foi verdade pode vir a ser; esse temor religioso aos "trustes", essa obediência que passa os limites da subserviência – isso pode lançar os seus burros n'água. Não adianta punir o sr. Francisco Rosa; ele foi apenas o "enfant terrible" que veio para a sala dizer o que os pais sentem, mas não dizem. Ele foi apenas a voz do inconsciente de um governo que está perdendo, dia a dia, a própria consciência. Pense nos cidadãos que votaram no candidato "anti-trust" e nos militares que lhe garantiram a posse: de que lado eles ficarão agora? Pense, doutor; mas pense depressa, porque o sr. Acheson está vindo aí e na frente dele é falta de educação pensar.

Amigavelmente (como diz o coronel Rosa) cumprimenta-o.

Rubem Braga

CARTA A UM SENHORIO

Sr. Dean Acheson
Secretário de Estado
U. S. A.

Devo pedir-lhe desculpas por não ter ido ao encontro que o senhor teve, na A. B. I., com os jornalistas brasileiros; tanto mais que o nosso comum amigo Herbert Moses descreveu o seu tipo com estas palavras encantadoras: "majestoso, porém não ridículo".

Se faltei ao encontro, a verdade é que acompanhei, pelos jornais, sua visita ao Brasil; admirei sua estampa, especialmente seus bigodes, formosos e grandes, com duas pontas espetadas, uma para bombordo, outra para boreste; são bigodes imperiais, que lhe ficam muito bem; e conforme as guias desse bigode se voltam para um lado ou outro, o certo é que muda muito a direção dos negócios do mundo.

Mas de tudo o que senhor disse no Brasil, senhor Acheson, o que mais me impressionou foi o que disse na Câmara. Deixando de lado o discurso formal, que trazia no bolso, abriu o senhor o coração, e disse coisas raras. Das quais uma especialmente me despertou a atenção, que foi dizer o senhor que se sentia em casa.

Não esconderei que sua frase me deixou uma ponta de inveja. É que nem sempre, senhor Acheson, eu me animarei a dizer a mesma coisa. Sim, nem sempre me sinto em casa, neste país; às vezes tenho a impressão estranha e penosa de que sou um estrangeiro aqui, ou de que isso aqui é do estrangeiro. É, na verdade, o Brasil, um país estranho; não é, portanto, de admirar que a gente mesma o estranhe de vez em quando. O senhor é um homem feliz, que não estranha nada, e se sente em casa aonde quer que movimente os seus imperiais bigodes.

Na mesma ocasião o senhor falou muito em democracia, e liberdade. Desde criança ouço falar destas coisas; e sempre me disseram que seu país é um grande modelo do que elas são, e valem. Foi certamente por isso que resolvi um dia ir visitá-lo: era um velho sonho que ia realizar, e meu coração estava alegre. Pois essa alegria não durou muito; entre a minha humilde pessoa e a sua pátria da democracia postou-se um magro e implacável cônsul de costume riscadinho que me fez saber, com um sorriso maléfico e um "I'm sorry" não convincente, que o Governo dos Estados Unidos da América do Norte não tinha o menor prazer em receber a minha visita – e me negava, para encurtar conversa, o visto.

Fiquei chocado com esse contra, senhor; mas isso não tem importância porque tenho levado outros contras e choques na vida; e confessarei mesmo que essa recusa me entristeceu menos do que outras; no fundo a recusa de uma dama fere mais um homem como eu que a recusa de uma Nação – pois assim é feita, de frivolidade e incoerência, esta pobre alma, latina e semicoloquial. Mas esse "contra" teve consequências tristes; a pior delas é que, sem poder visitar a sua Pátria, senhor Acheson, eu não pude beber as lições de democracia e respirar o clima de liberdade; e passei mesmo a desconfiar de que essas coisas não são nem muito boas nem muito limpas, visto que se escondem da vista de um homem honrado e de boa-fé, como costumam ser os Braga de Cachoeiro.

Eis porque fiquei assustado pelo fato do senhor dizer que aqui estava em sua casa: essa declaração me deu um certo sentimento melancólico de mim mesmo, e fiquei a me perguntar se, estando aqui o senhor em casa, não estarei por acaso, sobrando eu. Ontem entrou pela redação o Dantinhas, que é inspetor da Integração e bom amigo. Pois senti um vago susto quando ele veio me falar; não era nada; mas eu tinha acabado de ler o seu discurso na Câmara, senhor Acheson, e tive receio de que meu prazo de permanência no Brasil houvesse findado, e o senhor negasse a me conceder outro visto.

O susto passou; mas não vale a pena esconder que continuo meio desconfiado; ainda estou com essa sensação desconfortável de estar morando de favor numa casa alheia, de onde a qualquer momento podem me mandar embora.

Do admirador, e inquilino.

Rubem Braga

CARTA A UM BANQUEIRO

*P*rezado Luís

V. me desculpará não escrever seu nome todo, nem dar o nome do grande banco desta praça cujo cadastro acaba de se incendiar. Nessa coisa de bancos é preciso ter muito cuidado; banco é ao mesmo tempo um monstro todo poderoso e uma virgem extremamente delicada, cuja virtude já se sente melindrada só pelo fato de alguém admitir que ela possa vir a sê-lo.

O fato é que o incêndio despertou grande emoção nos baixos círculos financeiros desta praça, a que eu pertenço. Um amigo manifestou, de olhos brilhantes, a esperança de que seu "papagaio" tivesse se queimado: outro mostrou-se triste por ter pago há poucos dias uma letra; e um terceiro, que ali tem suas economias, perguntou com algum susto: "será que queimaram o meu dinheirinho?"

Porque banco é aço; banco é ouro, banco é também confiança, mas banco é principalmente papel. Afonso Arinos contou-me que veio certa vez à sua casa, aqui no Rio, um capiáu do fundo das Minas Gerais, a quem ele devia pagar uma certa importância. O velho roceiro apareceu à noite, depois do jantar; e como não tivesse dinheiro em casa, Afonso disse que ia encher um cheque para ele. "Não senhor, eu não aceito papel do senhor não. Ah, isso não, moço. Eu sei quem o senhor é, eu conheci seu falecido pai, o senhor não vai pensar que eu vou aceitar um documento do senhor. Sua palavra para mim vale muito mais do que qualquer papel escrito."

Afonso teve trabalho de explicar ao homem o que era um cheque. E no dia seguinte, depois de receber seu dinheiro num banco, o velho contou maravilhado a um amigo: "mas o dr. Afonso é um homem acreditado mesmo. Cheguei lá com aquele papel, disse que ele tinha mandado, o homem nem perguntou quem eu era, foi logo me dando o dinheiro".

Esse bem-aventurado, Luís, não sabia o que era um banco – essa formosa instituição que, segundo uma definição antiga, "empresta dinheiro a toda pessoa capaz de provar que não está precisando dele". Há, é certo, banqueiros diferentes, sem entrar (Deus me livre) no mérito da questão, nesse caso do inquérito feito no Banco do Brasil, devo dizer que simpatizei com a declaração do sr. Marino Machado, acusado de fazer empréstimos sem garantias reais: "sempre preferi emprestar ao pobre que paga do que ao rico que não paga nunca".

Sei que v. é de mesma teoria, e defende a tese de que o inocente "papagaio" jamais deu prejuízo a nenhum banco, e ajudou a construir a fortuna de muitos: quem dá prejuízo ao banco é o rico especulador que faz negócios sobre mercadorias; quando há alta, ele paga, pois enriquece com o dinheiro do banco; se a coisa dá para trás, ele entrega a mercadoria desvalorizada, e o banco que se dane. Caso que acontece de preferência, é claro, com bancos oficiais, visto que o banqueiro sempre é mais liberal quando o dinheiro é, afinal de contas, do povo.

Mas eu queria lhe contar era um sonho que esta noite sonhei. Que todos os cadastros de todos os bancos tinham pegado fogo; mais ainda, toda a papelada, inclusive os títulos, tudo, menos o dinheiro. E também todos os fichários da polícia, todos os processos da Justiça, todas as coleções dos jornais, e os arquivos particulares. O que aconteceria,

Luís? Ficaríamos sem defesa contra os malandros e os criminosos, os embusteiros e os assassinos, os anarquistas e os calhordas – ou seria o momento de fazer um apelo aos cidadãos em geral, sem excluir nenhum, dizer a eles que não havia mais nenhum papel escrito que alguém pudesse mostrar contra ninguém, e que era possível contar apenas com a palavra e a consciência de cada um, e que havia sido deliberado acreditar nessa palavra e nessa consciência? Você acha, Luís, que o mundo viria abaixo?

A ideia é engraçada, e parece que não tem nenhum sentido; mas não me ocorre outra esta manhã para fazer uma crônica: fique esta mesmo, e só o que lhe acrescento é um abraço apertado do sempre seu amigo e admirador

Rubem Braga

Rio, 17/7/1952

COISAS FÚNEBRES

Saiu o Cardeal de seus cuidados e de seu Palácio, e foi ao gabinete do Prefeito para lhe dizer que a Igreja espera que ele vete a lei que obriga a Santa Casa de Misericórdia do Rio de Janeiro, que tem o monopólio dos serviços fúnebres, a construir fornos crematórios, em seus cemitérios, para uso facultativo.

A intenção do prefeito, nós a conhecemos, pois o seu silêncio a diz: era não aprovar nem vetar a lei; ela então voltaria para a Câmara Municipal, cujo presidente a sancionaria. Esse presidente já estava ameaçado de excomunhão, pois a Igreja excomunga quem contraria seus princípios em certos assuntos, e casos; e neste caso e assunto o Direito Canônico não tem perdão. Ora, esse presidente estaria obrigado por lei a sancionar o projeto; e, portanto, seria excomungado por cumprir a lei – o que é triste, principalmente em um país onde habitualmente nem se excomunga ninguém, nem ninguém cumpre lei alguma.

Mas esse homem horroroso e cruel que é o jornalista J. E. de Macedo Soares veio em socorro do presidente da Câmara. Mostrou que quem mecere excomunhão é o prefeito. Este deve ser excomungado por omissão. Não lhe basta não aprovar: é preciso que ele vete. Também é triste ser excomungado por omissão em uma terra em que tantos praticam, sem nenhum castigo, tantas ações diabólicas, e feias.

Eis porque saiu o Cardeal de seu Palácio e foi visitar o Prefeito no dele. Os dois se trancaram, e a conversa foi longa, e ao fim nenhum disse, cá fora, abacate. Isso mostra que o Prefeito resistiu, e argumentou. Deve ter sido uma cena bela e terrível, esta: o Prefeito a querer agir de acordo com sua consciência, como autoridade e cidadão de uma democracia, onde, se nem todos podem ter a vida que pediram a Deus, é justo ao menos que cada um escolha sua melhor maneira de ficar morto. E o Cardeal, com santa paciência e verbo severo, a lhe querer salvar a alma, não apenas a sua como a do presidente da Câmara. Que diabo de cidade não ficaria esta, já tão cheia de pecados, se ficasse com o Prefeito e o Presidente da Câmara excomungados? Só a ideia nos faz tremer.

Os cidadãos querem seus mortos enterrados, e os judeus os seus queimados. À primeira vista parece racional que cada um faça como entender. Mas o Cardeal cuida que não, e contrariar o Cardeal é o diabo.

Eu, por mim, que não sou nem cristão nem judeu, posso morrer de tudo, menos de me afligir com o que acontecerá a este triste corpo ou a esta velha alma quando o Braga bater a bota, e estes se separarem. Vivem um a fazer trapaças com o outro, e a sofrer por causa do outro, e a fazer o outro sofrer; na verdade nunca se deram muito bem. A ideia da morte já me parece bastante consoladora para que eu lhe peça confortos suplementares. Não, não exijo nada, não faço questão de nada. Se me permitissem um capricho de luxo, então eu confessaria que me apraz a perspectiva de virar cinzas, e ser lançado aos ventos; que o programa de ficar dentro de um daqueles feios retângulos de cimento do cemitério S. João Batista, entre túmulos detestáveis e pernósticos, me parece menos suave que descansar numa cova de terra, em algum lugar humilde onde possa crescer o mato, e que o tudo o que era Braga vive moita – e não se fale mais nisso.

Mas estou por tudo – depois de morto, é claro. E a crônica hoje me saiu fúnebre. O melhor é ir para casa, isto é, para o apartamento, isto é, para um pequeno retângulo de cimento onde posso me habituar à ideia de ser mudado, mais tarde, para outro ainda menor. E o Cardeal e o Prefeito, que são brancos, que se entendam.

Rio, 31/7/1952

TEMPOS DE SUSPEITA

*T*ranscrevemos, hoje, na seção competente, a carta de um leitor sobre a atitude de *Comício* em relação à Standard Oil.

Aconteceu que outro leitor – um rapaz que foi funcionário da Standard – nos escreveu há tempos, se oferecendo para fazer revelações interessantes sobre a política do grande "trust" no Brasil. Publicamos sua primeira nota. Resolvi, então, entrar em contato pessoal com ele, o que só foi possível algum tempo depois. Veio, aí, a segunda nota, que publicamos em nosso número passado. Talvez ele nos traga outra reportagem.

Mas o que interessa no caso é a atitude do leitor. Como a segunda publicação demorasse, ele tirou logo a sua conclusão: "chantage". Na seção competente o redator competente já mandou esse missivista para o diabo que o carregue.

Sem nenhuma importância em si mesmo, o caso vale, entretanto, por um brilhante sinal dos tempos. Os tempos são de suspeita. Qualquer coisa que qualquer pessoa diga ou deixe de dizer, faça ou deixe de fazer, é recebida com desconfiança. Por ação ou omissão, todo mundo está fazendo a suja. Se você elogia o Ademar, você está levando o dinheiro do Ademar; se você ataca Ademar, você está querendo levar o dinheiro do Ademar. Se você insinua que a senhorita Margaret Truman canta mal, você está se enchendo do ouro de Moscou; se você não acredita que o sr. Stalin seja o pai dos povos, você está se empanturrando de dólares.

O povo sempre foi desconfiado, no que faz muito bem. Mas parece que no momento há uma crise aguda de descrédito; e a explicação que eu acho para isso é que ela é uma reação contra a crise de ingenuidade que empolgou alguns milhões de otários deste país há dois anos atrás. O pior é o dr. Vargas não se limitar a deixar de cumprir o que prometeu. Saudoso das vibrações da massa, sentindo que o povo está decepcionado e frio, ele procura, de vez em quando, levantar o moral com uma bomba. "Vou fisgar tubarões!" – e depois se afunda numa poltrona, chupa seu charuto, cochila. "Falcatruas no Banco do Brasil! O povo saberá o nome dos ladrões, eu os punirei!" E depois, moita – moita, charuto, poltrona, cochilo...

Está claro que depois disso o povo acaba acreditando apenas que nada, nem ninguém, merece crédito. E como a vida vai piorando, a desconfiança vai azedando. Se amanhã alguém disser que o sr. Nereu Ramos é dado ao nudismo de galochas, a informação pega.

Em todo caso deve ficar registrado – acreditem ou não – que na montanha de dinheiro que diariamente chega a esta redação, a Standard não comparece com coisa alguma. Teríamos o maior prazer em publicar os anúncios da excelente gasolina Esso, que é, aliás, a consumida pela frota de caminhões de *Comício* e pelos "cadillacs" de seus diretores, redatores e contínuos – mas não veio anúncio algum. Nem esse adjetivo "excelente" eles vão pagar, os biltres. O azar é nosso. Quanto à nossa opinião sobre a política de petróleo, é a mesma do sr. Luís Carlos Prestes, do Brigadeiro Eduardo Gomes e (na campanha eleitoral) do sr. Getúlio Vargas; e muitos anos antes de existir *Comício* cada um de nós três já pensava assim.

Não nos consideramos três virgens puras no mangue da imprensa brasileira. Também já declaramos, no editorial no primeiro número, que não pretendemos salvar o Brasil uma vez por semana. Somos três homens de boa vontade, tementes a Deus e ao tenente Gregório. Mas, por favor, nos deixem viver!

Rio, 8/8/1952

OS ENXOTADOS

O Sr. Guilherme Romano tem toda razão. Ele está recomendando aos proprietários de terrenos baldios no Distrito Federal que tomem providências no sentido de, o mais rapidamente possível, cercá-los com muro de alvenaria ou placas de cimento pré-moldadas. Deverão os referidos proprietários – diz a notícia – manter constante vigilância sobre seus imóveis, a fim de evitar a constução de casebres, "colaborando assim com a administração municipal no combate à proliferação de construções clandestinas". A Prefeitura facilitará a construção de muros, tanto no que toca ao licenciamento como à aquisição de material. A Coordenação dos Serviços das Favelas (é essa coisa que o Sr. Romano dirige) "providenciará junto à Polícia de Vigilância uma especial atenção para com os terrenos, cujos proprietários se disponham a cooperar na sobreguarda do seu próprio patrimônio e na solução do problema das favelas".

Essa bela notícia é um pouco falha, pois não nos diz nada sobre as providências tomadas para que essa pobre gente, que invade os terrenos, possa morar em algum lugar. Isso, com certeza, é assunto de outro departamento do governo. Aqui se trata apenas de cercar os terrenos, vigiá-los, SOBREGUARDÁ-LOS (palavra tremenda) para impedir a invasão desse indesejável: o pobre Bernard Shaw disse que a pobreza é um pecado; estamos vendo que ela é quase um crime. O casebre do pobre é como uma lepra que se evita erguendo muros e postando guardas particulares e públicos.

Ora, eu não sou a favor de favelas, mas não creio que elas sejam uma praga, uma doença. Elas são, apenas, um sintoma. Essa gente tocada pela miséria da roça não pode esperar que dona Alzirinha venha de Paris resolver definitivamente os problemas rurais, nem que o Dr. Josué cuide do bem-estar social do Sr. Truman. Essa gente tem de comer, tem de morar. Como não tem nenhum terreno, procura os baldios. Se os encontra trancados e guardados aqui, vai além. Há muitos terrenos baldios no Brasil que é, por assim dizer, um país baldio. Podemos, com o fogo e, depois com o cimento e as pauladas e o revólver, impedir que os pobres venham morar demasiado perto dos ricos. Não podemos impedir que eles morem em algum lugar.

Essa Coordenação das Favelas não pensa em resolver o problema: apenas enxota o problema. O problema é o pobre. A pobreza é um pecado. A pobreza é um crime. O melhor é liquidá-la. E o governo parece que está fazendo, neste particular, uma política muito realista: como não quer, ou não pode, acabar com a pobreza, ele procura acabar com os pobres.

Do jeito que vai, acaba mesmo.

NÓS E OS CHILENOS

É claro que a melhor coisa a ler em *Comício* é a seção "Os queridos confrades", em que transcrevemos trechos de artigos ou notas de outros jornais e revistas. Seu defeito é não ser, ainda, nacional, isto é, incluir apenas material extraído dos jornais do Rio, quando temos, por este Brasil afora, uma imprensa tão viva e tão vária. Além disso a seção está sendo feita às pressas, porque o sujeito encarregado de fazê-la é encarregado de muitas outras coisas, e sempre deixa essa para a última hora. Bem feita, ela valeria pelo resto do jornal – pois, apesar do brilho fulgurante de nossos maravilhosos redatores e colaboradores, uma publicação tão modesta como a nossa não poderia apresentar nada melhor do que uma seleção de que dizem os nossos queridos confrades.

Do que se transcreve neste número eu gostaria de chamar a atenção para duas reações brasileiras à notícia da vitória de Ibanez nas eleições chilenas. Muito de indústria não fomos colhê-la em meios esquerdistas, ou então suspeitos de simpatia pelo General Perón, que foi o padrinho da candidatura Ibanez – embora ninguém possa dizer até que ponto o afilhado será dócil ao padrinho. Muito de indústria selecionamos duas opiniões colhidas onde quase todo dia se pode ouvir uma lôa ao capital estrangeiro e às suas benemerências. A direção do "Diário Carioca" e o Sr. Augusto

Frederico Schmidt não são apenas anticomunistas; ambos levaram sua crença na cooperação norte-americana a ponto de defender a tese de que o projeto da Petrobrás, com as emendas nacionalistas que a UDN e elementos de outros partidos impuseram ao governo, é um erro pavoroso; melhor seria entregar a exploração de nosso petróleo ao capital privado nacional e estrangeiro – em resumo, à Standard. Não queremos discutir aqui essas opiniões que não adotamos, mas respeitamos, ainda que aborrecidos e até chateados por essa obrigação democrática de admitir todas as opiniões. Apenas queremos precisar que é de tais fontes que parte esta reação primária e justa diante do resultado das eleições chilenas: a culpa é, antes de tudo, dos Estados Unidos, isto é, da política de inabilidade, incompreensão e pão-durismo que eles executam na América Latina.

Eu, por mim, sempre achei que uma grande desvantagem que o Brasil leva em todas as suas negociações com os Estados Unidos é a certeza permanente, que o nosso parceiro tem, de que, no fim das contas, nos submeteremos a tudo que ele quiser. Um diplomata brasileiro, que tem desempenhado missões de alta importância, me contou a conversa que teve, certa feita, com uma alta figura do Departamento de Estado, que pedia a sua opinião sobre a atitude que assumiríamos, em uma assembleia internacional, sobre um determinado assunto. "Eu acho que a nossa delegação..." – começou a dizer o brasileiro, mas o americano o interrompeu:

– "Sua delegação eu sei, voltará conosco, como sempre. Não é isso que estou perguntando. Eu queria saber qual será, no seu entender, a reação da opinião pública no Brasil".

A anedota é melancólica, mas perfeitamente autêntica. Aquele diplomata americano era talvez um tanto sem-cerimônia ou, se quiserem, impertinente, ou, se quiserem mais um pouco, cínico; mas era, principalmente, mais inteligente que os outros. Ele se preocupava com as reações da opinião pública de um país sul-americano, o que não costuma acontecer nem aos diplomatas norte-americanos nem... aos governos sul-americanos.

Talvez o exemplo do Chile, bem explorado, possa nos ser útil.

Rio, 12/9/1952

CARTA AO PREFEITO

Senhor Prefeito –

Era ao Bispo que devia me queixar – é o que todos me dizem. Mas acho que não fica bem, pelo menos neste número de *Comício*, em que o Fernando Sabino, além de me intrigar com a memória de Gide, dizendo que nunca o li, e dar a entender que só tenho alguma cultura de uísque (bebida que às vezes sou obrigado a tomar para poder desfrutar, nos botequins desta praça, da companhia divertida dele e de outros chichisbéis e valdevinos) ainda pretende me deixar mal com a Santa Madre Igreja. Até parece que eu sou contra o Index – que, pelo contrário, considero uma brilhante prova da evolução do espírito liberal do Santo Ofício, que antes não se limitava a escrever o nome de um autor e seus livros numa lista negra, mas queimava caridosamente os livros – e, às vezes, o autor.

O Senhor Prefeito, que já correu perigo de ser excomungado, compreenderá minha reserva, e meu temor. Deixemos o Bispo em paz, e vamos ao caso que, nem por ser meu particular, deixa de ser de todo o povo desta cidade que o senhor governa.

Eu quero morar, Senhor Prefeito; e, homem de sorte, já tenho onde. Senti-me feliz quando arranjei esse lugar onde; mas já se escoaram meses, e eu continuo a não morar, continuo a esticar o meu velho corpo cansado em camas emprestadas de alheios quartos, de lares amigos e caridosos.

Estou longe de meus livros, de meus quadros, às vezes até de minhas cuecas, meus pobres trens espalhados um pouco por toda parte na Zona Sul desta capital, mendigando aqui um almoço, além um banho, mais além uma cadeira e mesa para escrever, ou um rádio para ouvir o jogo de futebol. Ao trotar por essas nossas ruas, Senhor Prefeito, com minha escova de dentes no bolso e uma pequena maleta na mão, eu me sinto um flagelado sem pau de arara, e no meu peito ferve um ódio de morte ao imperialismo.

Quando eu falo de imperialismo estou falando da Light e todos esses seus pseudônimos que monopolizam o gás, o telefone, a luz. Homem de idade provecta e saúde melindrosa, não posso, no inverno, tomar banhos frios; e se não tenho gás para acender o meu fogão, como vou cozinhar meu triste almoço? E se um diretor de jornal, sentinela da democracia, não tem telefone, como pode ele vigiar a República, com sua casa isolada do jornal e do mundo?

Pois chorando, implorando, ameaçando, dizendo preces e palavrões, já consegui, Senhor Prefeito, que ligassem o gás ao meu edifício. E agora sou, na Companhia que explora esse mau cheiroso ventinho que pega fogo, objeto de mofa e escárneo de todo o mundo. Eles me dizem: "choraste, Braga? pois lá tens o gás; agora é preciso que vá um fiscal da Prefeitura e diga que o podemos ligar ao teu apartamento".

Que vergonha, Senhor Prefeito! Eu a combater o polvo imperialista, e o polvo a me apontar, com seus mil braços, a desidia de minha Pátria, e a me dizer, com sua boca nojenta: "vamos, agora não se trata de "tubarões" estrangeiros: é a tua Prefeitura, da tua cidade, é a gente de tua terra e de teu sangue que proíbe o teu feijão, oh miserável!"

Não é pelo gás, Senhor Prefeito, é pelo nome do Brasil! Mande lá um fiscal, um fiscal decente, que não queira "morder", como os outros, o português da portaria; que diga que tudo está em ordem e que me permita voltar-me outra vez para esses sacripantas estrangeiros e dizer: "vamos, polvinhos, filhos do polvo, o meu gás!".

Vou lhe mandar esta crônica com meu (futuro) endereço e um pedido de telefone e de clemência. E entrementes sou, Senhor Prefeito, ainda que sem pão, sem fé, sem lar, sempre seu admirador e criado sem valia.

Rubem Braga

Rio, 19/9/1952

INSENSATOS

Às vezes eu fico pensando que uma parte de nossa gente rica está ficando louca. Ou então vive em ambientes fechados, à prova de som, com iluminação artificial e sem janelas. Porque, positivamente, ou essa gente enlouqueceu ou não pode ver essa paisagem social sombria e tensa, não pode ouvir esses murmúrios que vão subindo, vão subindo.

Estou me lembrando, neste momento, da explicação que me dava um amigo de São Paulo sobre um milionário com quem conversávamos duas horas, e que me espantou pelo seu absoluto desconhecimento da vida do povo: "eu me dou muito com ele, e posso dizer: ele só vive em ambiente de ar condicionado. A casa dele e o escritório são aquecidos no inverno e refrigerados no verão. O automóvel também. O que ele precisava era de pegar um pé de vento, quente ou frio, de preferência com poeira na cara".

Uma rajada de vento das ruas me parece, mesmo, uma boa receita, e misericordioso, para esses ricos insensatos que estão, cada dia que passa, mais alucinados, em seu exibicionismo. Não estou escrevendo isto para atacar pessoas, não desejo citar nomes: estou me referindo a um fenômeno que me parece grave e me faz lembrar, por exemplo, o conto "Red death" de Edgard Allan Poe – aquele que conta a história dos que se reuniram em um castelo em festas enquanto lá fora a gente pobre morria de peste.

Ainda vemos de vez em quando a polícia suspender, fechar ou molestar de algum modo jornais da extrema-esquerda. Eis uma grave tolice. Se as autoridades querem zelar pela ordem social com tanto afã que se dispõem a pisar a Constituição e desrespeitar a liberdade de imprensa, seriam pelo menos mais inteligentes se prestassem mais atenção ao que escreve o meu amigo Jacinto de Thormes e menos ao que escreve o meu amigo Egídio Squeff. O Sr. Luís Carlos Prestes, com quarenta adjetivos violentos em uma coluna de manifesto, não chega a ser 1 por cento tão subversivo quanto o Sr. Marcos André, com seu estilo ameno e delicado.

Mas afinal de contas os escritores dão apenas o reflexo da realidade ou de um de seus aspectos – e não é vedando a sua imagem num espelho que você remove um objeto.

Quem tiver um pouco de informação sobre o que está acontecendo no Brasil e fizer algumas contas em uma folha de papel, chega logo a esta conclusão; os pobres estão ficando cada vez mais pobres, e os ricos cada vez mais ricos. É espantoso que os segundos façam tanta questão de esfregar essa verdade na cara dos primeiros.

Rio, 26/9/1952

UM PARTIDO

Estamos publicando hoje uma entrevista do senador Alberto Pasqualini. É longa, mas recomendo sua leitura. Tem muitas coisas sensatas e algumas líricas e destas a que me parece mais encantadora pelo seu lirismo é o dizer ele que o Governo do Sr. Vargas "ainda é conservador."

Esse "ainda" me parece a flor dos advérbios. Creio que o Sr. Pasqualini o pôs na frase como quem põe uma flor na lapela, para enfeitar.

Fomos informados, há tempos, de que o Sr. Getúlio Vargas é prisioneiro dos "tubarões". Mais tarde o próprio Sr. Getúlio nos informou de que ia fisgar seus carcereiros, isto é, os "tubarões". Na verdade, jamais houve um prisioneiro tão contente, nem um pescador tão bonzinho.

O Sr. Getúlio Vargas pertence à classe mais atrasada do patronato brasileiro, que é a dos latifundiários. Não é sem certa malícia que o Sr. Pasqualini reconhece que ele "promulgou" uma legislação social adiantada em relação à que existia – ou ao que não existia – antes de seu Governo. O verbo é mesmo "promulgar". Ele nunca fez outra coisa, e muitas vezes fez isto depois de muita resistência, e com má vontade, premido pelas forças políticas, que de algum modo representavam os protestos da massa trabalhadora. Este é um fato histórico que a longa propaganda da DIP – continuada depois por todos os espoletas do jornalismo oficioso – não conseguirá apagar.

Quando a Revolução de 30 venceu, ela trouxe no seu bojo, homens das mais diversas tendências políticas. Foram os homens da esquerda, com sensibilidade para ouvir o surdo clamor do povo que, através de uma luta difícil e incessante contra os elementos mais retrógrados do movimento, conseguiram levar o Sr. Vargas a promulgar certas medidas de justiça social, muitas das quais ele engavetou muito tempo e refugou o quanto pode. O Sr. Lindolfo Collor está morto, mas há muita gente viva para testemunhar isso. Depois houve um Congresso, e essas forças passaram a atuar através dele.

O Sr. Getúlio Vargas só descobriu, na verdade, que era um chefe trabalhista ouvindo a "Hora do Brasil". Foi o Ministro Marcondes que lhe deu essa ideia – que era oportuna no momento, isto porque a sua ditadura direitista estava nas últimas.

Se o honrado estancieiro continua com esse disfarce, a culpa não é dele. Ele já foi liberal, já foi nazista, já foi tudo. Já se fez de anti-imperialista – ele, o amiguinho número um da Light, seu padrinho amado, a sombra de quem ela prospera em lucros fabuloso, enquanto os centros principais do Brasil são peados em seu desenvolvimento pela falta de energia, e as populações são pessimamente servidas e violentamente roubadas.

Um Partido Trabalhista com esse chefe pode ter, em seus quadros, alguns homens dignos como o senador Pasqualini e mais alguns, mas será sempre uma dolorosa pilhéria, uma descomunal vigarice, e nada mais.

Rio, 3/10/1952

BIOGRAFIA DE RUBEM BRAGA

Rubem Braga é um dos mais importantes escritores brasileiros do século XX. Considerado o mais lírico dentre os nossos cronistas, é sempre citado como expoente máximo do gênero, no Brasil, desde Machado de Assis. Mas com a marca singular de, como assinala o crítico André Seffrin, "ser o único autor nacional de primeira linha a se tornar célebre exclusivamente por intermédio da crônica". Nascido no dia 12 de janeiro de 1913, em Cachoeiro do Itapemirim, Espírito Santo, cidade que inspiraria muitas das suas narrativas líricas voltadas para as memórias da infância, iniciou-se precocemente no jornalismo, em 1928, com a publicação de crônicas e reportagens no jornal *Correio do Sul*, fundado por seus irmãos Jerônimo e Armando. Aos 18 já assinava uma crônica diária no *Estado de Minas* e no *Diário da Tarde* de Belo Horizonte, pertencente à cadeia de jornais dos Diários Associados de Assis Chateaubriand. Com apenas 19 anos de idade, cobriu a revolução constitucionalista de 1932, no *front* da Mantiqueira, onde chegou a ser preso, acusado de espionagem. Experiência que seria retratada na crônica "Na revolução de 1932", presente nesta antologia.

    Iniciou a Faculdade de Direito, no Rio de Janeiro, e concluiu o curso em Belo Horizonte, mas nunca exerceu a profissão. O jornalismo já era sua opção de vida, e, de Minas, seguiria sua carreira de jornalista, ao longo de 60 anos, em andanças por diversas capitais brasileiras: Belo Horizonte, São Paulo, Recife,

Porto Alegre e Rio de Janeiro, publicando crônicas, entrevistas, artigos e reportagens em jornais de todo o país.

Reconhecido pela vertente lírica da sua prosa, Rubem Braga deve ser lembrado também por sua marcante atuação social, como crítico de sucessivos governos, especialmente da ditadura do Estado Novo e da ditadura militar de 1964. Preso, censurado e perseguido, foi muitas vezes obrigado a publicar seus textos sob pseudônimos. Em 1944, seguiu como correspondente de guerra do *Diário Carioca* junto à Força Expedicionária Brasileira (FEB), na Itália. Anos depois, em 1955, já consolidado como mestre da crônica, exerceria o cargo de Chefe do Escritório Comercial do Brasil, em Santiago do Chile, e, de 1961 a 1963, o de Embaixador do Brasil em Marrocos, na África.

Das cerca de 15 mil crônicas publicadas pelo "velho urso", ao longo de 60 anos de atividade jornalística, cerca de seiscentas foram reunidas, por ele, nos seguintes livros: *O conde e o passarinho*, 1936; *O morro do isolamento*, 1944; *Com a FEB na Itália*, 1945 (reeditada com o título *Crônicas da guerra na Itália*); *Um pé de milho*, 1948; *O homem rouco*, 1949; *Cinquenta crônicas escolhidas*, 1951; *A borboleta amarela*, 1956; *A cidade e a roça*, 1957 (reeditada com o título *O verão e as mulheres*); *Cem crônicas escolhidas*, 1958; *Ai de ti, Copacabana!*, 1960; *A traição das elegantes*, 1967; *200 crônicas escolhidas*, 1977; e *Recado de primavera*, 1984. Duas outras antologias foram publicadas postumamente: *Uma fada no front: Rubem Braga em 39* (Artes e Ofícios, 1994), com seleção e introdução de Carlos Reverbel, reunindo textos publicados na *Folha da Tarde*, de Porto Alegre, no período em que o cronista morou na capital gaúcha, de maio a julho e de julho a outubro de 1939; e *Um cartão de Paris* (Record, 1997), com seleção e preparação de texto de Domício Proença Filho. As sucessivas reedições dos textos selecionados pelo próprio Braga são a prova do prestígio e do carinho que o leitor brasileiro tem pelas suas narrativas, cuja excepcional qualidade literária contradiz a noção comumente aceita da crônica como gênero "menor".

Casado uma única vez, com Zora Seljan Braga, mãe de seu único filho, Roberto Braga, Rubem se instalou definitivamente no Rio de Janeiro: inicialmente numa pensão do Catete, na qual morou também o escritor Graciliano Ramos e sua família; depois em Copacabana e, finalmente, na famosa cobertura da rua Barão da Torre, em Ipanema, ponto de encontro de intelectuais e artistas. Em 1968 fundou, com Fernando Sabino e Otto Lara Rezende, a Editora Sabiá. Foi também, pouco antes de morrer, a 19 de dezembro de 1990, funcionário da TV Globo, para a qual escrevia comentários sobre assuntos do dia. Seu corpo foi cremado e as cinzas jogadas no rio Itapemirim.

Carlos Ribeiro nasceu em Salvador, Bahia, em 1958. É autor de livros de ficção, ensaios, reportagens e resenhas literárias, a exemplo de *Contos de sexta-feira*, *Abismo*, *Lunaris* e *À luz das narrativas:* escritos sobre obras e autores. É também autor de estudos sobre a obra do cronista Rubem Braga: *Caçador de ventos e melancolias*: um estudo da lírica nas crônicas de Rubem Braga (2001) e *Rubem Braga*: um escritor combativo – a outra face do cronista lírico (2013). Participa de antologias de contos e ensaios, dentre as quais destacam-se *Geração 90*: manuscritos de computador, *Contos cruéis* e *Antologia panorâmica do conto baiano* – século XX. Como jornalista, realizou trabalhos de documentação e divulgação científicas em diversas regiões naturais do Brasil e na Antártida. Carlos Ribeiro é doutor em Literatura pela UFBA, membro da Academia de Letras da Bahia e professor adjunto da Universidade Federal do Recôncavo da Bahia, onde desenvolve um projeto de pesquisa na área de Jornalismo Literário.

ÍNDICE

Escritor múltiplo 7

O CONDE E O PASSARINHO
A empregada do Dr. Heitor 21
Batalha no Largo do Machado 24
O conde e o passarinho 29
Chegou o outono 32
Luto da família Silva 35

MORRO DO ISOLAMENTO
Almoço mineiro 39
A lira contra o muro 42
Em memória do bonde Tamandaré....................................46
Mar 50
Nazinha 53
Os mortos de Manaus 56

COM A FEB NA ITÁLIA
A procissão da guerra 65
A menina Silvana 68

UM PÉ DE MILHO
Eu e Bebu na hora neutra da madrugada 75

Aula de inglês 81
A companhia dos amigos 85
Um pé de milho 88
Dia da marinha 90
Subúrbios 93
Vem a primavera 95
Receita de casa 98

O HOMEM ROUCO

Sobre o amor, etc. 105
Sobre o inferno 108
Lembrança de um braço direito 111
O homem rouco 117
Procura-se 119
Vem uma pessoa 121

A BORBOLETA AMARELA

A navegação da casa 125
O sino de ouro 129
Manifesto 132
Flor de maio 135
A borboleta amarela 137

O VERÃO E AS MULHERES

Opala 145
Homem no mar 147
Recado ao senhor 903 149
O verão e as mulheres 151
O outro Brasil 153
Neide 155
O lavrador 158

AI DE TI, COPACABANA

As luvas 163

O padeiro 165
Coisas antigas 167
Ai de ti, Copacabana 170
O pavão 173
Os trovões de antigamente 174
Visita de uma senhora de bairro 177
A palavra 180

A TRAIÇÃO DAS ELEGANTES

Conversa de compra de passarinho 185
A casa viaja no tempo 188
Nós, imperadores sem baleias 190
Não ameis à distância! 193
Ao crepúsculo, a mulher... 195
Meu ideal seria escrever... 197
A moça chamada Pierina 199
Os pobres homens ricos 202
A traição das elegantes 204

RECADO DE PRIMAVERA

O colégio de tia Gracinha 209
A mulher que ia navegar 211
Recado de primavera 214
Na revolução de 1932 216
É um grande companheiro 221
A grande mulher internacional 224

AS BOAS COISAS DA VIDA

Adeus a Augusto Ruschi 229
O velhinho visita a fazenda 231
O protetor da natureza 233
Faço questão do córrego 235
As boas coisas da vida 237
A mulher ideal 239

UMA FADA NO FRONT: RUBEM BRAGA EM 1939

Bruno Lichtenstein 245
Crianças com fome 247
Um clube 251
Sereia de Ramos 254

UM CARTÃO DE PARIS

Amemos burramente 259
Mecânica da mulher distraída 262
O vento que vinha trazendo a Lua 264

COMÍCIO

Carta a uma senhora 269
Carta a um general 272
Carta a Newton Prates 275
Carta a um coronel 278
Carta a um deputado 281
Carta a um senador 283
Carta ao Presidente 286
Carta a um senhorio 289
Carta a um banqueiro 292
Coisas fúnebres 295
Tempos de suspeita 298
Os enxotados 301
Nós e os chilenos 303
Carta ao prefeito 306
Insensatos 309
Um partido 311

Biografia de Rubem Braga 313
Biografia do selecionador 316